月影のレクイエム

ダイナ・マコール

皆川孝子　訳

The Return

by Dinah McCall

Published by Harlequin K.K., Tokyo, 2005

ふるさととは、一般には居心地がよくて身も心も安らぐ場所と考えられています。しかし、人によってはそうでない場合もあります。ふるさとは、ときには逃げださずにいられない場所にもなりえます。

ふるさととは人格をつくりあげ、そして打ち砕く場所です。そしてときには、遠く離れていても夢に見ずにはいられない場所です。

生まれた土地への強い愛着は本能に根ざしたものです。なぜなら、それは人間が生を受け、精神を形成した場所だからです。

やがては誰にも訪れる〝巣立ち〟は、ほろ苦い体験にも、健全な成長の証《あかし》にもなりえます。新生活への期待と独立への不安とのはざまで、誰よりも愛する人間を傷つけてしまうことのなんと多いことか。

後悔は人生をそこない、過去だけに目を向ける不毛な人生をもたらします。犯した誤りに向きあう勇気を持ったとき、はじめて癒《いや》しがはじまります。

本書を勇敢な人たちへ捧《ささ》げます——ふるさとに帰ることを恐れない勇敢な人たちへ。

月影のレクイエム

■主要登場人物

キャサリン・フェイン……………………数学教師。
ルーク・デプリースト……………………郡保安官。
ファンシー・ジョスリン…………………キャサリンの母親。
ターナー・ブレア…………………………キャサリンの父親。
アニー・フェイン…………………………キャサリンの祖母代わり。
エイブラム・ホリス………………………アニーのいとこ。
ポリー………………………………………エイブラムの妻。
クリーブランド、ジェファスン、ダンシー……エイブラムの息子。
ジュバル・ブレア…………………………ターナーの父親。
ネリー・コーソーン………………………牧師の妻。
ラヴィー・クリーズ………………………ネリーの友人。〈クリーズ食料品店〉経営。

1

ケンタッキー州の片田舎　一九七三年

しんしんと冷えた満月の夜。あたりには薪を燃やすにおいがかすかにただよい、曲がりくねった木の枝が朽ちかけた森の地面に漆黒の影を落としている。

近くの丘では一頭のピューマがその日の獲物を口にくわえ、露出した岩のあいだを身軽にすり抜けてねぐらへと向かっていた。山羊《やぎ》の飼い主が被害に気づくのは明日のことで、こうしているあいだにも眼下の谷には夜行性の動物が無数に歩きまわっている。この日もいつもの夜と変わりなく、彼らは生存の本能につき動かされて森を徘徊《はいかい》していた。とそのとき、なんの前触れもなく、すべてが静止した。

川でうぐいをつかまえ、いまにものみこもうとしていたあらいぐまが獲物をとり落とし、森のほうに小首をかしげて、近くの木によじのぼった。巣穴の外で横たわって子狐《こぎつね》に乳を含ませていた母狐は、とつぜん体を起こして子どもたちを巣穴へ押しこんだ。一羽の梟《ふくろう》が近くの梢《こずえ》からふいに飛び立ち、音もなく森のなかへ飛び去った。そのすぐあとで、原始の響きをたたえた叫び声が静寂を破り、霧のように空中にただよって、そして谷にこだました。

二キロほど離れたべつの山では、子どもの看病をしていた母親がかすかな叫び声を耳にして思わず身を震わせ、少しだけあいている窓に目をやった。おそらくピューマだろうが、こんな夜更けに聞くと、女性の悲鳴にも思えて不気味でならなかった。子どもの体を上掛けで包んだ母親は、窓辺に歩み寄って窓を閉めた。

森の奥では、さっきより弱々しいべつの泣き声があがった。弱々しいが、動物の声とは明らかに異なる声が。それは、新しい世界に唐突に投げだされてとまどう赤ん坊の泣き声だった。

洞穴の奥で燃えているたき火の炎が小さく揺らぎ、その場でくり広げられている劇的な場面にかすかな光を投げかけていた。らせんを描くようにして立ちのぼった一条の煙は、丸みを帯びた高い天井にあいた小さな穴に吸いこまれていく。天然の煙突から流れだした煙は、外気に溶けこむようにしていつのまにか消えた。

十九歳になるファンシー・ジョスリンは、たき火から数メートル離れた場所にこしらえた間に合わせの寝台に身を横たえていたが、陣痛の最後の痛みが過ぎ去ったいま、精も根も尽き果てていた。生まれたばかりの赤ん坊を腹の上にのせて、それぞれの体についた汚れをできるかぎりぬぐう。お世辞にも衛生的と言えない環境で出産したことはできるだけ考えないようにした。母子ともに命を落とさずにすんだだけでもありがたいと思うべきだ。

財産と言えるものは、洞穴の入口近くに置いたスーツケースひとつだけだ。こんな質素な支度で嫁ぐことになるとは夢にも思っていなかったが、こういう状況ではしかたがない。自分のものになるはずだったジョスリン家の財産は、ひと月ほど前の火災ですべて灰と化した。この百年ばかりのあいだに彼女の家族を襲った数々の災難と同様、何ひとつ証拠があるわけではないが、この火事もジュバル・ブレアのしわざだとファンシーは確信していた。

フランク叔父さんが死んだのもジュバルのせいだ。表向きは事故として処理されたものの、実際は長年にわたるジョスリン家とブレア家の確執の犠牲になったことを誰もが知っていた。そして、実際のところ、ジョスリン家の人々もいつも被害者だったわけではなく、両家の不和の炎をあおるような行いを相手に負けずにくり返してきた。ケンタッキーの肥《ひ》沃《よく》な土地の二メートル下には、怒れるジョスリン家の人間の手にかかって命を落としたブレア家の一族が数多く眠っている。

ファンシー自身、一族の男たちが正義の名のもとにくり広げてきた蛮行の自慢話を何度となく聞かされてきたが、彼女の見るところ、両家の争いに正義の入る余地はない。どんな理屈をつけて正当化しようと、それは復讐《ふくしゅう》でしかなかった。

赤ん坊を毛布でくるんだファンシーは、自分がしっかりしなくてはいけないとあらためて心に刻んだ。大切な家族を、そしてふるさとを滅ぼした両家のいがみあいについていくら考えても何も得るものはない。ジョスリン家とブレア家が生存するかぎり、憎しみはつづくのだ。

だからこそ、ファンシーは身を隠していた。ジョスリン家の最後の生き残りとして、自分と子どもの命を危険にさらすわけにはいかなかった。

疲れきったため息をついて枕《まくら》にもたれる。ある意味、現在のファンシーはすでにブレア家のとらわれ人だ。彼女をとりこにしたのはターナー・ブレア。しかし、ふたりの関係はジュバルにとって思いもよらないものだった。考えてみれば、ファンシーは物心ついてからずっとターナー・ブレアを愛していた。けれど彼の子どもを宿したことがわかって状況は一変した。いつまでも妊娠を隠しおおせるわけはない。しかし、ターナーが喜んでくれたことでファンシーの恐怖はやわらぎ、説教壇の崖《がけ》の下で月の光を浴びながら結婚式を挙げようと言われたとき、胸の不安はほとんど消え去った。正式の結婚式とは言えないが、そんなことはどうでもよかった。心のなかで、ふたりはすでに夫婦だった。

そして手に手をとって逃げる計画を立てた。

ところがちょうどそのころターナーの母親が病に倒れた。余命いくばくもない母親を見捨てて家を去ることはさすがにできず、ふたりは時機が来るのを待った。いつまでもじっと待った。母親のエスター・ブレアが亡くなるまでに六カ月の月日が過ぎ去り、日を追うごとにファンシーのお腹《なか》は目立っていった。叔父のフランクは当初はとまどいを見せたが、しだいに怒りをつのらせ、誘惑した男の名前を教えろと毎日のようにファンシーを責め立てた。しかしターナーの名前を出せばすべては終わりだ。ファンシーは最後まで沈黙を貫いて、フランク叔父の叱責《しっせき》に耐えた。

そのあと火災で家を焼けだされたファンシーは、ターナーが迎えに来て新居に連れていってくれるものと期待していた。たしかに迎えに来てはくれたが、そのあとの展開は予想もしないものだった。山奥の洞穴に連れていかれ、二、三日のあいだ身を隠しているよう説得されたのだ。ターナーはある仕事を終えたばかりで、ふたりして逃げるにはその報酬がぜひとも必要だった。彼の願いを断ることはできなかった。そのせいでこんな窮地に陥ったのだが……。そんなわけで、出産を二カ月後に控えたファンシーは身を隠した。しかし二、三日の約束は一週間となり、一週間はひと月になり、とうとうファンシーはひとりきりで赤ん坊を産むはめになった。

出産で弱った体を肘で支え起こしたファンシーは、涙にかすむ目で赤ん坊を見やり、それからふたたび寝台に身を横たえてわが子を抱きしめた。何もかもジュバル・ブレアのせいだ。あの男さえいなければ、いまごろはメンフィスでターナーと新生活を送っていたのに。

赤ん坊の弱々しい泣き声に、思考の流れがせきとめられた。ファンシーはまたも不安に駆られてはっと身を起こした。しかし赤ん坊はすでに泣きやみ、その目はたよりなげに揺れるたき火の炎に注がれていた。たっぷりした黒い髪におおわれた赤ん坊の小さな頭をなでながら、ターナーとの愛の結晶がこれほどまでに完璧《かんぺき》な姿をしていることにファンシーは感激した。洞穴に満ちる静寂を破って、やわらかなケンタッキーなまりで語りかけた。

「わたしの大切な赤ちゃん、よく聞いてね。パパとママとで、あなたをこの土地からかならず連れだすわ。こんな憎しみのなかであなたを育てるわけにはいかないもの」

赤ん坊は、胎内で何度もそうしてきたように、母親の声がするほうに顔を向けた。現実のものとは思えない甘美な痛みを、ファンシーは胸のあたりに覚えた。震える両手で赤ん坊の顔をなぞったとき、母性愛の強さを身をもって知った。と同時に、自分が哀れに思えてならなかった。涙をこらえて目を閉じ、自分の置かれた状態を振り返る。人目を忍んで結婚した末、ごくあたりまえの家庭生活の代わりに野生動物か何かのように人里離れた洞穴で暮らすなんて……。

それこそがファンシーのかかえる問題だった。カマルーンにとどまるかぎり、彼女の人生にあたりまえという言葉は存在しない。

たき火の明かりの先に広がる闇《やみ》で何かが動いた。ファンシーはあわてて赤ん坊を抱きあげ、怯《おび》えた瞳を闇に向けた。そのとき、一匹の小さなオポッサムが洞穴の入口に向かって歩いていくのが見えた。ファンシーはふたたび枕に背をあずけて、赤ん坊をひしと抱きしめた。

「ああ、わたしの大切な赤ちゃん、こんな目にあわせてほんとうにごめんなさい」

そして毛布でしっかり巻いて、胸にいっそう引き寄せた。つらそうなため息をついて、寝台に横になる。

「体を休めたい」赤ん坊にというより自分自身につぶやいた。「パパが迎えに来てくれるわ。そうしたら、こんな恐ろしい場所から出ていけるのよ」

暗くて音のない洞穴は胎内にも似て、新生児には心安らぐ環境だったのだろう。赤ん坊はむずかりもせずに、母親の安定した心臓の鼓動に耳を澄ませて眠りについた。

スーツケースはベッドの下。現金はポケットのなか。出発の準備はすべて整っているが、ターナーは身動きできなかった。なぜかこの日にかぎって、父親のジュバル・ブレアは家の周囲を歩きまわっている。父親に堂々と立ち向かうことのできない自分のふがいなさに嫌気が差しながらも、長いあいだ強権的な父に抑えつけられてきた者にとって、その呪縛《じゅばく》を解き放つのは容易ではなかった。ファンシーの一件が、ターナーの心をさらに重くしていた。愛する女性を野生動物か何かのように洞穴に隠していると思うと、恥ずかしくて身がすくむ思いだ。神の定めによって、男には妻を守る義務がある。愛する女性が衣食住のあらゆる面で不自由することのないよう気づかい、昼も夜もそばを離れずにいるのが夫の役目だ。しかし、ターナーにはそれができなかった。敵対する家の娘を妻にしたとは、どうしても言いだせなかった。

ターナーが育ったのは、憎しみが支配する世界だ。彼はジョスリンの姓を持つ人間すべてを憎むように教えられた。しかし、ファンシー・ジョスリンに出会った瞬間、ひとめで恋に落ちた。あれはたしかファンシーが九歳、ターナーが十一歳のときだ。ふたりはまだ幼かったが、自分たちの友情を家族に知られてはならないとすでに理解していた。ファンシーが十六歳の誕生日を迎えたころには、彼女こそ運命の女性だとターナーは確信していた。しかし、森のなかでの逢瀬《おうせ》は危険に満ちていた。揺るがぬ愛で結ばれていたふたりだが、会える機会はかぎられていた。そんなある日、ファンシーから子どもができたと告げられた。

自分たちの置かれた状況にやり場のない怒りを抱いたターナーは、穏やかな性格に似あわない大胆な行動に出た。ある晩、真夜中過ぎに説教壇の崖の下でファンシーと落ちあって、永遠の愛を誓ったのだ。それ以来、家を出てよその町で暮らすことがふたりの目標となった。

生まれてくる子どものことを思うと、ターナーは喜びで身が震えた。来月のいまごろには、新生活がスタートしているだろう。赤ん坊はきっと女の子だ。小さな娘を風呂に入れ、その子の最初の一歩や最初のひと言を注意深く見守り、笑い声に耳を澄ます自分の姿がいまから目に浮かぶ。娘とその母親を守っていくのが、父親たる自分の使命だ。

耳ざわりな笑い声にはっとして、すばやく窓辺に近づいた。兄のジョンだ。トラックの荷台には何匹もの猟犬。ジュバルが家の周囲をうろついている理由がわかった。犬を連れて夜の狩りに出かけるのだ。

ターナーは部屋に向き直って、ベッドの下に押しこんだスーツケースを不安げなまなざしで見やり、汗ばんだてのひらをジーンズにこすりつけた。あらいぐま狩りはべつにめずらしいことではない。山で暮らす人々の年中行事のようなものだ。ジュバル・ブレアの関心も、動物を殺すことよりむしろ男同士の連帯感のほうにあった。

窓の外にふたたび目をやったとき、ターナーは胃が引き絞られる思いがした。ファンシーが不安な思いで待っているに違いない。だがそのとき、いい考えが浮かんだ。狩りに同行しなければいいのだ。何か言い訳を考えて家に残り、みんなが狩りに出かけたあとにそっと家を抜けだしてファンシーを迎えに行き、それから夜が明ける前に山を下ればいい。

しかし、言い訳を考えるのがひと苦労だ。狩りに行かなくてすむような都合のいい理由などあるだろうか。ジョンを握手で出迎えた父は、彼に手を貸してトラックの荷台から猟犬たちを降ろした。放たれた犬たちはいっときもじっとせずに、糞《ふん》の山に群がる蠅《はえ》の大群よろしく男たちの足もとを動きまわっている。家に向かって歩いてくる父親の姿を見てターナーは思った。たとえ自分が百歳まで生きのびても、父ほどの気迫を身につけることはできないだろう。豊かな白髪から貫禄《かんろく》のある肉体にいたるまで、父の全身からは威厳と力強さがにじみでていた。

「ターナー、兄さんが来たぞ！」

さっさとしろという声に出されない命令を聞きとったターナーは、思わず身をすくめた。いくつになってもまるで子ども扱いだ。もう立派な若者だということが、父にはなぜわからないのだろう。そう考えて、ターナーはため息をついた。これまでにも夜の狩りにつきあわされたことは何度もある。ほどなく、あとふたりの兄のハンクとチャールズも顔を見せるはずだ。ハンクはオールド・ブルー、チャールズはリトル・ルーという名のそれぞれの自慢の犬を連れて。三人の兄たちはいずれも自分の犬が最高の猟犬だと主張してゆずらず、狩りそのものというより、誰の犬が最初に獲物の臭跡を見つけるかが最大の関心事だった。三人が争いあうのを見るのが父にとっての喜びであることをターナーは見抜いていた。そう思うと、父親に対する嫌悪感がつのった。

「ターナー！　何をぐずぐずしてるんだ、坊主。聞こえんのか！」ジュバルのどなり声がまたも響いた。

ターナーはため息をついた。二十一歳の息子に対してこんな口のききかたはないだろう。

そう思いながらも、体は自然に動いて玄関に向かっていた。

「おお、やっと来たか。犬に水をやれ」ジュバルはそう言うと、歓迎の意をこめてジョンの背中をたたいた。「さあ、なかへ入ってくれ。おまえのためにいいものをとっておいたぞ」

あまりに不公平な扱いに、ターナーの心は重くなった。父がぼくにウイスキーを勧めてくれたことは一度もない。水の容器をとりに井戸小屋へ向かいながら、自分の子どもにはこんな思いを決してさせまいと決意した。

言いつけられた作業が終わる前に、ふたりの兄がそれぞれの犬を連れて到着した。四本脚の狩人《かりゅうど》たちは吠《ほ》えたりうなったりして、たがいに再会できた喜びを全身で表現している。ターナーはまたもやため息をついた。犬たちでさえ信頼の固い絆《きずな》で結ばれているのだ。兄たちは家に入る前に彼に笑いかけ、手を振ってはくれたものの、足をとめて話しかけることはしなかった。ターナーは憤懣《ふんまん》やるかたない思いだった。みんな、ぼくのことをなんだと思っているんだ。下働きの使用人か？

水の容器を乱暴に地面に置くと、ブーツの爪先で犬のほうに押しやった。眉間《みけん》にしわを寄せ、肩をいからせて家へ入る。しかし、父と兄たちとの会話の断片を耳にしたとき、怒りは恐怖へと変わった。

「……の火事については心配ない」

ターナーは金縛りにあったように動けなくなった。この地域で最近発生した火災といえば、フランクが焼け死んだジョスリン家の家屋以外にない。

「ああ」ジュバルがうなるような声で相づちを打った。「証拠は何もない。煙突は割れたし、家は跡形もない。一件落着だ」

兄のひとりが声をあげて笑った。底意地の悪い不快な笑い声だった。他人の死を喜ぶとはどういう神経をしているのだろう。ウイスキーのお代わりが注《つ》がれる音にターナーは耳を澄ました。

「ブレア家に乾杯。正義はおれたちの味方だ。片はついた。おれたちには神がついている」ジュバルの胴間声がとどろいた。

グラスを打ちあわせる軽やかな音が廊下までもれてきた。ターナーは最悪の気分だった。父や兄たちの心をがんじがらめにしている憎しみという負の感情を、主がお認めになるはずがない。

「でも父さん、まだ完全に片がついたわけじゃないよ」チャールズの声だ。「ジョスリン一族にはまだひとり生き残りがいる。山のどこかに隠れてるらしい」

「おいおい、チャールズ。相手はたかが女じゃないか。勘定に入れる必要はないさ」ハンクが言う。

ジュバルの重々しい声が響いた。「そこがお前たちの浅はかなところだ。女がいちばん始末が悪い。いいか、女は子をはらむんだぞ」

「家が火事で焼けてから姿が見えないって噂《うわさ》だ」ジョンがつけ加えた。「もうこのあたりにはいないだろう」

「そうとはかぎらん」ジュバルが言った。「ひとつだけはっきり言っておくぞ。こんどあの女を見かけたら……」

男たちがグラスの残りをいっせいに飲み干し、脅しの言葉は最後まで言われずに終わったが、その意味するところは明らかで、ターナーの不安は増すばかりだった。思っていた以上に事態は切迫している。今夜のうちにファンシーを山から連れださないと手遅れになりかねない。ターナーはいつもの彼らしくなく背筋をのばして顔を上げ、しっかりした足どりで部屋へ入っていった。

「犬に水をやったよ」

ジュバルが振り向いて、ターナーにグラスを差しだした。「飲むがいい、坊主。おまえももう大人だ」

ターナーは複雑な心境だった。生まれてはじめて父親から思いやりのある言葉をかけられたというのに、この申し出を受けるわけにはいかないのだ。

「いまは酒を飲む気分じゃないんだ」言葉少なに答えた。「もう少ししたらカマルーンに出かけるけど、何か買ってきてほしいものはある?」

ジュバルが渋面をつくった。

「みんなで狩りに行くんだぞ、坊主」

「みんなが行くのはかまわないけど、ぼくはほかに予定があるから」

ジュバルの眉間のしわが深くなった。「予定ってなんだ？　言ってみろ」

ターナーはひるみそうになったが、ファンシーのことを考えて自分を奮い立たせた。

「父さん、ぼくはもう二十一歳だよ。町に出かけるのにいちいち許可をもらう必要はないと思う」

ジョンが大声で笑って、弟の背中をぽんとたたいた。

「たしかにこいつの言うとおりだよ、父さん。それに、ターナーのやつは臆病《おくびょう》だから血なまぐさいスポーツには向かない」

いつもなら胸にこたえたであろう兄の冷やかしの言葉も、今夜は気にならなかった。

「そのとおりだよ、ジョン兄さん。楽しみのために動物を殺すのは好きじゃない」

ジュバルはふんと鼻を鳴らした。末っ子が狩りの誘いを断ったことには少なからず驚いたが、この問題をこれ以上追及すべきかどうかは即座に心が決まらなかった。だがやがてウイスキーが気持ちよく体にまわってくると、元気な息子がほかに三人もいるのだからべつに気にすることはないという寛大な気持ちに傾いた。

「よし、いいだろう」ジュバルはそう言って、グラスをテーブルに置いた。「一時間もしないうちに日が暮れる。リトル・ルーのときの声を聞くのが待ちきれんな」

男たちが出ていったあと、家にひとり残されたターナーは安堵《あんど》のため息をついた。急いで自分の部屋へ行き、ベッドの下からスーツケースを引きだす。あとは兄たちが狩りに出かけるのを待つだけだ。この数カ月ではじめて気分が軽くなった。

ところが父と兄たちはいつまでたっても出発しようとしない。ターナーは時計と窓を交互に見やって、いらだつ気持ちを懸命に抑えた。日が暮れてだいぶたっても、彼らは家の外で談笑している。ロープでつながれた猟犬たちは、狩りが目前にせまっていることを察知して興奮し、たがいに激しく動きまわってロープを複雑にからみあわせていた。山の洞穴でひとり待つファンシーのことを思うと気が急《せ》くが、ターナーは深呼吸をして心を静めた。明日のいまごろはふたりしてメンフィスに落ち着いているはずだ。愛するファンシーは真っ白なシーツにくるまれて、自分の腕のなかで眠っているだろう。

部屋のなかに目を走らせたとき、四方の壁に囲まれた安全な空間で毎晩ふかふかのベッドで寝ているわが身があらためて恥ずかしくなった。男なら父親に正々堂々と立ち向かって自分の考えを主張すべきだが、悪い結果を招くことになるかもしれないと思うと、どうしても言いだせなかった。

不安をつのらせながら部屋を歩きまわっていると、とつぜん周囲が静かになった。窓辺に駆け寄る。男たちが手にしているカンテラや懐中電灯の明かりが、木立のあいだを揺れながら遠ざかっていくのが見えた。

　ターナーはほっと息を吐きだしてスーツケースと懐中電灯をつかみ、玄関に向かって歩きだした。その途中で、ふと足をとめた。父親に何も告げずに家を出ていくわけにはいかない。ジュバル・ブレアという男は、納得できる理由もなしに息子が姿を消したとなれば、どんなことをしてでも捜しださずにはおかない執念の持ち主だ。ターナーは書き置きを残していくことに決めた。

　長々と書く必要はない。父親が知る必要のないことにはいっさい触れずに、メンフィスで仕事を見つけ、落ち着いたら連絡するとだけ簡単に記した。小さなメモを台所のテーブルの塩と胡椒《こしょう》入れのあいだに立てかけたターナーは、玄関のところで振り向いて、なつかしいわが家を最後にもう一度だけ目におさめた。

　ターナーはこの家で生まれ、生涯のほとんどの夜をこの屋根の下で過ごした。しかし、母親が世を去ってからの数カ月、この家はたんに雨露をしのぐ場所にすぎず、心安らぐ家庭ではなくなっていた。炉棚に置かれた母親の写真に目をやった。この写真を撮影した日のことはいまでも鮮明に覚えている。彼が十六歳の年の復活祭の日曜日だった。母は淡いグリーンのワンピースを着て、勝手口近くのライラックの木に身を寄せるようにして立っている。このライラックは母の大のお気に入りだった。ジュバルはその木を根ごと掘り返して豚小屋に投げ捨てた。そうすることによって、母の痕跡《こんせき》を家のなかからすべて消し去ったのだ。

ターナーは炉棚から写真をとってスーツケースに入れた。家を出ようとしたところで、玄関ホールの壁にかけられたライフルが目に入った。メンフィスのような都会暮らしに銃が必要とは思えないが、このライフルは十二歳のクリスマスに祖父から贈られた品だ。置いていくのは悪いような気がした。壁から下ろし、弾丸が装填《そうてん》されていることを無意識に確認する。すばやい一連の動きで安全装置をかけ、つりひもを肩にかけた。数分後には庭へ出て、森へ向かって歩きだしていた。懐中電灯が脚の横にあたって歩きづらいが、やがて必要になるはずなので捨てるわけにはいかない。今夜は月夜で、ターナーはこの森を自分の庭のように知り尽くしている。遠くから、獲物を探して木立のなかを走りまわる猟犬の吠え声が聞こえた。この森の奥のどこかで、父と兄たちは野営してたき火を囲み、犬たちが獲物の臭跡を見つけるまでのあいだ、ウイスキーを飲みながらほら話をしあうのだろう。そのあとはスリル満点の狩りだ。男同士の連帯の輪に入れない自分を残念に思う気持ちもないではないが、ターナーにとってはファンシーを思う気持ちのほうがはるかに強かった。ファンシーのためなら死んでもいい。ファンシーと、そして子どもさえいれば、あとは何もいらないと思えた。逃避行の計画が成功することを信じ、肌にファンシーの息を感じる瞬間を夢見て、ターナーは歩きつづけた。

ファンシーが目を覚ましたとき、洞穴のたき火は消えかかっていた。一瞬自分がどこにいるのかわからなくなって恐怖に襲われ、頭上の闇に目を凝らした。ちょうどそのとき赤ん坊が身をくねらせ、小さな泣き声をあげた。その瞬間、ファンシーは自分の置かれた状況を思いだした。

いくらなんでも遅すぎる。ターナーはなぜ早く迎えに来てくれないのだろう。ファンシーは毛布をはねのけて寝台の端に体をずらし、上体を起こした。そのとたんめまいに襲われて目を閉じ、ゆっくりと呼吸をして懸命に気持ちを落ち着かせた。慎重な手つきで赤ん坊を寝台の中央に寝かせ、椅子の背を杖《つえ》代わりにして立ちあがる。水を飲んで何か食べなければ。医者にも診てもらわなくてはいけない。こんな非衛生的な環境で出産したのだ。母子ともにどんな恐ろしい病気に感染していても不思議ではない。

震える手で、たき火に小さな木切れを二本ほど足した。格別大きな炎にする必要はない。森に住む動物が好奇心に駆られて洞穴に入りこむのを防ぐことができればそれでいい。ほどよい大きさの炎になったところで、テーブル代わりの台のところへ行って水差しを手にとった。

水は少しいやなにおいがしたが、それでもかまわずに飲み、それからてのひらに受けて顔にたたきつけた。いつまでも横になって休んではいられない。いまのうちに処置しておかなければならないものがある。まずは後産と、体をぬぐうのに使った血だらけの衣類を土に埋めなくてはならない。そのままにしておくと、血のにおいに引きつけられて野生動物が寄ってくる恐れがある。

作業を終えたころには力が尽きて体が震えていた。おまけに赤ん坊はぐずりはじめている。もう一度手を洗ってよろよろと寝台にもどり、胸をはだけて赤ん坊を腕に抱いた。聖母を思わせるポーズをしていることに自分では気づきもせずに、赤ん坊の小さな口に乳首を押しこむ。何度かの失敗のあと、ようやく乳首が口におさまった。小さな口を動かして乳に吸いつく赤ん坊のひたむきさに、ファンシーは心を打たれて見入った。

「ターナー、早く来て」低い声でつぶやいた。涙が頬を流れ落ちた。

しばらくして赤ん坊はふたたび眠りにつき、ファンシー自身もうとうとしはじめた。頭ががくんと垂れ、人形の首のように横に倒れた。首の痛みで目を覚ましたファンシーは、赤ん坊に目をやってほほえんだ。こんな状況ではあるが、とにかく赤ん坊は元気に息をしている。いまにもパニックを起こしそうになっていた心が少し晴れた。きっと何もかもうまくいくはずだ。

そのとき、まだ赤ん坊に名前をつけていないことを思いだした。ターナーとふたりでいろいろ考えてはいたが、どれも男の子の名前ばかりだった。ブレア家の血を引く人間に娘が生まれる可能性はないと思っていたのだ。

ファンシーは赤ん坊の頬を指先でなぞって、とうに亡くなった自分の母親に思いをはせた。

「キャサリン」そっとつぶやき、それからもう一度くり返して、舌の感触をたしかめた。いい感じだ。これしかない。「あなたの名前はキャサリンよ」やさしく言って、赤ん坊の頬にキスをした。

さらに時間が経過した。少し前に足した小枝が燃え尽きそうになっている。ファンシーは用心深く姿勢を変えて、薪の山に腕をのばした。乾いた樹皮を指でつまんで、小枝をとりあげる。たき火にくべる直前にある音に気づき、はっとして動きをとめた。

猟犬の声だ。

山のこちら側で誰かが狩りをしているのだ。

炎を大きくすると気づかれる可能性があるので、手にした枝を薪の山にもどした。急いで赤ん坊を抱きあげ、胸にしっかりと押しつける。幼子の規則正しい寝息を聞いていると、神経が静まる気がした。わが子を見習って大きく息を吸い、山にこもってから猟犬の声を聞くのはこれがはじめてではないと自分に言い聞かせた。それでも、洞穴の入口から目を離すことはできなかった。

数分が過ぎた。せまりつつある危険に気づかずに赤ん坊はすやすやと眠っているが、ファンシーは警戒をゆるめることができなかった。猟犬の声はさっきより近づいている。ひょっとしたら、ジュバル・ブレアかもしれない。ブレア家の男たちが山のこちら側でよく狩りをすることはターナーから聞いて知っていた。もしほんとうにジュバルだったら？　赤ん坊とふたりきりでいるところを見つかったら、自分たちの運命はどうなるだろう。

ターナー……ターナー……あなたはどこにいるの？

赤ん坊が体をよじる動きにはっとわれに返り、強く抱きすぎていたことに気づいた。

「ごめんなさい、ママが悪かったわ」そっとささやきかけて、寝台にもどす。

赤ん坊はすぐに安らかな寝息をたて、静寂がふたりを包んだ。洞穴の奥で水がしたたる音から、たき火で小枝がはぜる音まで、何もかもがすさまじい音量で耳につき、ファンシーの恐怖心をあおった。

やがてじっとしていることができなくなった。ぎこちない動作で立ちあがって洞穴の入口まで歩いていき、闇のなかへ一歩足を踏みだして、山腹をおおう木々のあいだを凝視する。今夜は満月だが、木立が密集していて数メートル先までしか見わたすことができない。しかし、音だけははっきり伝わり、猟犬たちが近づきつつあるのは間違いなかった。

緊張した面持ちで周囲を見まわしたが、洞穴の入口をふさぐことができるようなものは何もない。低木を何本か引き抜いても、血のにおいを嗅《か》ぎつけた猟犬を追い払う役には立たないだろう。

ファンシーは空を見あげ、月の位置で時間の見当をつけた。もうすぐ真夜中だ。認めたくはないが、現実から目をそむけるわけにはいかない。ターナーが迎えに来てくれないということもありうるのだ。

そのときとつぜん猟犬の甲高い吠え声が夜気を切り裂いた。もうこの場所も安全ではない。ファンシーは洞穴の内部に目をやって、それからふたたび木立に視線を移した。どうすべきだろう。山を下れば、狩りをしている男たちと鉢あわせすることになる。ターナーと秘密の結婚式を挙げた説教壇の崖を見あげたとき、いい考えが浮かんだ。崖の上には、狩人たちが――ジュバル・ブレアでさえも――決して足を踏み入れない場所がある。

魔女の家だ。

ファンシーも実際に見たことはないが、家があるのは知っている。カマルーンの住人はほとんどひとりの例外もなく、夜遅くに崖の上で火が灯《とも》るのを目撃していた。満月の夜が来るたびに誰かがいけにえにされているという噂がまことしやかに交わされていたが、ファンシーは信じていなかった。彼女の知るかぎり、この山に住む人間が行方不明になったことは一度もない。ということは、もし何かをいけにえにしているとしても、それが人間だということはありえない。

猟犬の吠える声がまたも聞こえた。ファンシーは恐ろしさに身を震わせた。もうぐずぐずしてはいられない。急いで洞穴のなかへもどると、赤ん坊をしっかりくるんで、説教壇の崖に向かって山をのぼりはじめた。

ファンシーが着ているのは最後に一枚だけ残った古いデニム地のワンピースだ。肩にシヨールをかけ、赤ん坊ごと体に巻きつける。痛みも疲労感も限界に近いが、ジュバル・ブレアのような男と顔を合わせるより魔女のほうがはるかにましだ。

木立のあいだをよろよろと進む姿は、小さな青い幽霊さながらだった。腹部と脚のあいだがひどく痛むが、恐怖に比べればなにものでもない。ときおり髪や服が枝に引っかかったが、足をとめずにのぼりつづけた。低木の茂みに服がこすれて布地が裂け、顔に小さなかき傷ができた。赤ん坊はぐずりだしている。お腹が空《す》いているのだ。しかし、授乳のために立ちどまる余裕はなかった。

しばらくすると、猟犬たちが騒ぐ恐ろしい声が耳に届いた。洞穴を発見したのだ。普通の狩人なら、ちょっと興味を引かれただけで行きすぎるだろう。けれど相手がジュバルとなると、それだけではすまない。

その先を考えたくなくて、黙々と足を前に動かしたが、疲労は極限に近づいていた。全身の筋肉がひくひくと痙攣《けいれん》し、一歩足を前に出すたびにますますつらくなる。もう限界だと思ったそのとき、腹のなかで何かはじけるような異様な感覚があった。足をとめ、空気を求めてあえいだ瞬間、生温かいものが脚のあいだを流れ落ちるのを感じてファンシーはうめいた。

うろたえて、せめて自分がいまどこにいるのか知りたいと思った。幸いなことに、説教壇の崖の出っ張りがすぐ先の地面に影を落としている。大した距離ではない。ファンシーは歯を食いしばって歩きつづけたが、痛みと全身の疲労はさらに激しさを増していた。頭が不安定に揺れ、耳鳴りがやまない。赤ん坊がぐずっていまにも泣きだしそうだが、自分でも泣きたい気持ちだった。けれど、山では音がよく伝わる。洞穴で血痕を見つけた猟犬たちはいまごろ興奮して大騒ぎしているだろう。たとえ狩人たちに悪気がなくても、血のにおいで狂暴になった犬たちの残虐なふるまいをとめることは不可能に違いない。

猟犬の遠吠えがとつぜん夜のしじまを破った。ファンシーは絶望の声をあげた。あの声の意味するところは明らかだ。においの跡を見つけたのだ。犬たちがあとを追ってやってくる。

「神様、助けて」つぶやいてファンシーは走りだした。

2

たき火そのものは小ぶりだが火の勢いが強く、円錐《えんすい》形に積みあげた枯れ枝の山を炎が貪《どん》欲《よく》になめ尽くしていく。らせんを描いて細く立ちのぼる煙とともに樹皮の破片が空中に舞いあがった。この季節にしては森はかなり乾燥しているが、長年山で暮らしているブレア家の男たちは火の扱いには慎重で、たき火をする場所には開けた土地を選び、さらに地面が露で湿っていることを事前に確認していた。ハンクがジョンに酒瓶を手わたしたとき、猟犬の一頭が森の隅まで響くような遠吠《とおぼ》えを発した。

「リトル・ルーの声だ」興奮気味の声でジョンが言った。「臭跡を見つけたらしい」

チャールズが陽気に応じる。「それがやつらの役目だからな。さあ、酒をまわしてくれ」

ジュバルは機嫌よくたしなめた。「ウイスキーはいいかげんにしておけよ。いつかのハンクみたいに、立ち木に正面衝突したくはないだろうが」

狩りで悲惨な目にあったことを思いだして、ハンクが眉根を寄せた。「もう少しで片目をなくすところだったぜ」父と兄たちのにぎやかな笑い声を浴びながら、情けない調子でぼやく。

ウイスキーが腹を焼く感触を楽しみながら、男たちはたき火を囲んでいましばらくなごんでいた。リトル・ルーの遠吠えに応《こた》えてほかの犬たちがいっせいに吠えだすのを聞いて、座に緊張が走った。

ジュバルがふいに立ちあがった。「何か見つけたようだな。見に行くとするか」

ジョンがたき火の始末をするあいだ、ハンクは銃に手をのばした。「ピューマかもしれないよ、父さん」

息子たちはぞくぞくする思いで父親のあとについて歩きはじめた。

猟犬の一団はさらに山をのぼっていく。動きだして五分もするとジュバルは脚が焼けるように痛みだしたが、顔には出さなかった。狩りができるのも今年が最後かもしれない。妻にどんなに引きとめられても聞く耳を持たなかったが、さすがに年は争えない。体の無理がきかなくなっているのだ。それでも、息子たちの前で弱みや衰えを見せるのは自尊心が許さず、我慢して足を前に進めた。猟犬の声が急に小さくなったことに気づいて、男たちは足をとめた。

「どうしたんだ?」チャールズがつぶやいた。「あいつら、どこへ行ったんだろう?」

ジュバルは首をかしげて記憶を呼び起こした。このくぐもった鳴き声は、前にも聞いたことがある。そう思ったとき、ふいにひらめいた。

「あいつら、どこかへもぐったらしいな。おおかた洞穴にでも入りこんだんだろう」

「ピューマのねぐらだ」ハンクが叫ぶ。

ジュバルはにんまりと笑った。「それなら、でっかい猫をしとめに行こうじゃないか」

かすかではあるがはっきりと聞こえてくる猟犬の声を追って、男たちは進みはじめた。

洞穴の入口を最初に発見したのはジョンだ。

「あったぞ！」彼の叫び声に、一行はカンテラを高くかかげ、銃をかまえて洞穴へ足を踏み入れた。

なかでは猟犬たちがあたりかまわず走りまわり、地面を嗅《か》いだり、ぼんやりした明かりに照らされた場所を掘り返したりしている。狭く閉ざされた空間に犬の吠える声がこだまして、耳をふさぎたくなるほどのやかましさだ。

「様子がおかしいぞ」カンテラをかかげて、ジュバルがつぶやいた。「動物の巣じゃないらしい」

ジョンが犬を叱《しか》って静かにさせた。ハンクとチャールズも即座にそれにならう。騒々しい吠え声はくーんという鳴き声に変わり、男たちは声を張りあげずに会話を交わせるようになった。

「父さん、これ」ハンクが肩ひものついたかばんを指さした。女ものの衣類が入っているのを見てとって、驚きの表情を浮かべる。「ぶったまげた。女の服だぜ」

乱雑に置かれた数個の箱を銃身でついて、ジュバルは表情をこわばらせた。次いで、光の届かない場所で熱心に地面を掘っているオールド・ブルーとリトル・ルーの二匹の犬に目をやる。

「あいつら、何を掘ってるんだ？」

犬のそばへ行ったジョンはカンテラを高くかかげた。

「何か埋まってる」そう叫ぶと、犬たちを穴から押しやった。

全員が穴の周囲に集まって、カンテラや懐中電灯を向けた。膝をついて目を近づけたチャールズが、とつぜん顔をそむけて喉をつまらせた。

「おえっ」よろよろと立ちあがる。「血だ……」

ジュバルが息子たちを押しのけて顔を近づけた。悪臭に鼻をひくつかせたが、吐き気はもよおさなかった。

「どうせ動物のはらわたか何かに決まってる。ここを住処《すみか》にしてた誰かが獲物をつかまえて臓物を埋めたんだろう」

「こんなはらわた、見たことないよ。こっちは血だらけの服だ」ジョンが言って、衣類らしき布を銃身で持ちあげた。「うわ。これも女もののドレスだ」身震いして服を穴に落とし、テーブル代わりに使われていたと思われる木片の上に置かれた本をぱらぱらとめくった。しばらくして、衝撃のあまりあんぐりと口をあけて父親に向き直った。「父さん！

これを見てくれよ」

　本を受けとったジュバルは、そこに記された名前に目を走らせると同時に手から払い落とした。

「ファンシー・ジョスリン」

　そして、さもけがらわしいというふうに、ぺっと唾《つば》を吐いた。

　ハンクとチャールズが悪態をついたのに対し、ジョンは無言だった。

「あのあま、こんなところに隠れてやがったのか」ジュバルがつぶやいた。

「それはどうかな、父さん。女の人がこんな場所で暮らすなんて常識では考えられないよ」血気にはやる父と弟たちの頭を冷やすために、ジョンは理路整然と言った。

「それならどこで暮らしてたんだ？　フランクの家はもうないんだぞ。完全に丸焼けになった。おまえも覚えてるだろう」

　ジョンは目をそらした。ジョスリン家との確執をめぐって、父と息子はたびたび言い争いを重ねてきた。自分の家柄や血筋を大切に思う気持ちにかけてジョンは誰にも負けないが、家と家がいがみあうというのはどう考えても時代遅れの風習で、二十世紀にはそぐわない。

「彼女がどこへ行こうと、おれたちの知ったことじゃない。さあ、ここを出よう」

　ジュバルがジョンに向き直った。その瞬間、彼の胸でくすぶる怒りは目の前の息子ひとりに向けられていた。

「知ったことじゃないとはどういう意味だ？」

ジョンは一歩もゆずらぬ構えで答えた。「言ったとおりさ。もうすんだことだよ、父さん。ほうっておこう」

父と兄とのいさかいを、チャールズがさえぎった。「たまげたな。これを見てくれよ」

みんながいっせいに振り向いた。チャールズの手に握られているのは、ベビー用毛布と新生児サイズのねまきだ。

ジュバルが口汚くののしって、また唾を吐いた。そしてチャールズの手から奪いとった小さな衣類を地面に投げ捨て、ブーツの底で踏みにじった。

「わかったか？」ジョンに指をつきつけて、怒りに声を震わせる。「あいつらをほうっておくとこうなるんだ。女ってのはいちばんたちが悪い。いくら手間暇かけて男を始末しても、うじゃうじゃ子を産みやがる」

ハンクが見つけたドレスを乱暴につかんだジュバルは、息子たちを押しのけて洞穴の出口へ向かった。

「さあ行くぞ。犬を連れてこい！」

ジョンは顔色を変えた。「父さん！　何をするつもり？」

振り返った父親の顔に浮かんだ歪《ゆが》んだ笑みを見て、ジョンは心臓が凍りつきそうになった。

「狩りをするんだ。決まってるだろうが」

「いけないよ！」ジョンは大声で叫んで、すがるような目で弟たちを見た。「ハンク！　チャールズ！　父さんをやめさせてくれ！　相手は女だぞ」

ハンクは肩をすくめ、チャールズは首を横に振った。「父さんの言うとおりだ。あいつらの仲間がひとりでも残ってるかぎり、戦いは終わりじゃない」

ジュバルが口笛を吹いて犬を集め、ドレスを鼻先につきつけた。

「つかまえろ。女をつかまえるんだ」

狩りの途中で待ったをかけられ欲求不満に陥っていた猟犬たちは、ドレスのにおいを嗅ぐと、洞穴から夜のなかへ銃弾のように飛びだした。そのすぐ後ろを男たちが走っていく。ジョンも力のかぎり走った。追われている女性がファンシー・ジョスリンではないことを祈りながら。


ファンシーは脚の感覚を失っていた。感じるのは腕に抱いた子どもの重さと、早鐘を打つ胸の鼓動だけだ。一歩、そしてまた一歩と引きずるように足を進める。気がついたときは力尽きて、落ち葉の上にあおむけに倒れていた。

「ここであきらめるわけにはいかないわ」むせぶようにつぶやくと、横向きになって体を丸め、現在の自分にできる唯一の方法で赤ん坊を守った。鼓膜のあたりで狂ったように脈が打ち、呼吸は不規則なあえぎと化していた。せめてターナーにひとめ娘を見てもらいたかった。彼はどんなにか喜んでくれただろう。

とつぜん誰かに肩を引っ張られ、耳もとで何かをささやかれたような気がした。いよいよ追っ手に発見されたのかと思って小さな叫び声をあげたが、耳もとでささやいたのは女性の声だ。体の向きを変えて見あげた瞬間、目に入ったのは説教壇の崖《がけ》の輪郭だけだった。だがしだいに目の焦点が定まったとき、ふっと安堵《あんど》のため息がもれた。噂《うわさ》の魔女にようやく出会えたのだ。

長い黒髪を一本の三つ編みにした女性は、おさげを肩の前に垂らしてファンシーのかたわらに膝をついた。やさしい手つきで助け起こしながら、そっと呼びかける。

「起きなさい。体を起こすのよ」

「無理よ」ファンシーは弱々しい声で答えた。「体のなかで何かが破れてしまったの。出血がとまらなくて……」

女性がたしかな手つきですばやくファンシーを触診した。体の下に大量の出血を認めて思わず顔を引きつらせたが、その表情は夜の闇《やみ》にまぎれて見えなかった。

「わたしにまかせて」穏やかな声で言った。「とにかく立ってちょうだい。わたしが住んでいる山小屋はここからそれほど遠くないわ」

だがファンシーの意識はすでに朦朧《もうろう》としており、体を少しでも動かすのは不可能だった。

「追っ手から赤ちゃんを守って」ファンシーは懇願するように言うと、魔女の腕に赤ん坊を押しつけた。

若い母親の大胆な決断に、女性は衝撃の表情を隠せなかった。

「わたしも残るわ。狩りの一行が到着するまで、力を合わせて猟犬たちを追い払うのよ。あなたをここに置いては行けないわ」

ファンシーは首を横に振った。「もし追っ手がジュバル・ブレアだったら、あなたまで巻き添えになって殺されてしまう。わたしをつかまえるためなら手段を選ばない人よ」

「何か事情でもあるの？」

「わたしの名前はファンシー・ジョスリン。ターナー・ブレアはわたしの夫で、この子の父親だけど、ジュバルはそのことを知らないの」

女性は愕然《がくぜん》とした表情を浮かべた。人里離れて暮らしてはいても、ジョスリン家とブレア家が長年いがみあっていることは知っていた。

「だからといって、いくらなんでもそこまでは……」

ファンシーは魔女の腕をぐいとつかんだ。「わたしはもう長くありません。お願いだから最後の頼みを聞いて。わたしの大切な赤ちゃんを憎しみの連鎖から救いだして。この土地から連れだして、わが子と思ってかわいがって育ててください」ファンシーの声はしだいに弱まり、やがて涙まじりのかすれ声になった。「この子の名前はキャサリン。そしてしかるべきときが来たら、母親がどんなに愛していたか話してやって。お願い……」

女性は首《こうべ》を垂れて、泣き声をあげている赤ん坊を胸に引き寄せた。

「あなたを置き去りにするわけにはいかないわ。そんなこと無理よ」

ファンシーは最後の力を振り絞って女性の手首をつかみ、肘まで起きあがって相手の目をまっすぐに見つめた。

「魔女さん、名前を教えて」あえぎあえぎ言った。「あなたの名前は?」

女性は最初こそためらいを見せたものの、やがてぬくもりの感じられるそぶりでファンシーの頬に手を置いた。

「アニー・フェインよ」

「アニー・フェイン、さあ行って。一生に一度でいいから善行をほどこして。お願いだからこの子を助けて」

猟犬たちは間近にせまっている。楽観的に見積もっても距離は四百メートルを切り、さらに急速に近づいている。女性の顔を凝視し、そこにあるものを見てとって満足そうな表情を浮かべたファンシーは、地面にふたたび倒れこんだ。

女性がとつぜん立ちあがった。目にもとまらぬ速さだった。いままでそこにいたのに、次の瞬間にはもう消えていた。ファンシーは深い安堵に包まれた。もう何も心配はない。

心残りもない。目を閉じて、きたるべき運命に身をゆだねた。

洞穴に到着したターナーの顔は涙に濡《ぬ》れていた。しだいに消えていく物音から判断して、たっぷり五分は遅れをとったようだ。そして、洞穴の様子を見るかぎり、父たちがファンシーを発見したのはまず間違いない。あたりは乱暴に踏み荒らされているが、なかでもぎょっとしたのは血だらけのドレスが床に投げ捨てられていることだ。そして人影はどこにもない。ファンシーは人質として連れ去られたのだろうか。それとも奇跡的に逃げおおせたのだろうか。ドレスに血がついているのも解せない。もしかしたら父たちはすでに彼女を殺して、死体をどこかに隠そうとしているのか。そして赤ん坊は——赤ん坊はどうなったのだろう。恐怖のあまりパニックを起こしそうになったが、うろたえている暇はない。とにかく一刻も早く父たちに追いついて、とり返しのつかない事態が起こるのを食いとめるのだ。ターナーは洞穴を飛びだすと、祈りの言葉をつぶやきながら駆けだした。

片手に懐中電灯、片手にライフルをかかえて、低く張りだした枝をよけ、地面からつきでた岩を飛び越えながら懸命に走った。一度、数百メートル前方に明かりが見えた気がして大声で父の名を呼んだが、返事はなかった。走るうちに脇腹《わき》が痛くなり、肺は燃えるようで、ブーツが鉛さながらに重く感じられたが、それでも前進しつづけた。

もう一歩も進めないと思ってくじけそうになると、またどこからか新たな力が湧《わ》いてきた。ターナーは死にもの狂いで足を速め、木の枝が顔や体にあたるのも、乾ききって尖《とが》った低木の茂みで服が切り裂かれるのにも気づかないまま走りつづけた。頭にあるのはファンシーのことだけだった。

遠くで聞こえる猟犬の声に永遠に追いつけないような悲観的な気持ちになったとき、前方に三つの明かりが見えた。父と兄たちだ。待ってくれと叫ぼうとしたが、息が切れて声が出ない。銃声を聞けば足をとめてくれるかもしれないと考えてライフルの安全装置をはずし、空へ向かって撃った。

銃声が響きわたるのと同時に、ファンシーは体をびくりとさせて意識をとりもどした。うめき声をあげて目をあけたが、もう星のまたたきは見えず、周囲には暗闇が広がりつつあった。森の茂みをかき分けて全速力で駆けてくる猟犬たちの気配を濃厚に感じる。騒々しい鳴き声がしだいに狂暴なうなりに変化していくが、そんなことはどうでもよかった。猟犬より先に暗闇が訪れるのは間違いない。暗闇は避難所であり救いの場所だ。もうすぐそこへ行けることがファンシーにはありがたかった。

森の開けた場所に猟犬たちが到着し、説教壇の崖の下めがけて走りだしたその瞬間を、ファンシーは知らなかった。この世に残った自分の肉体に猟犬たちが何をしようと関心はない。彼女の魂は天にのぼりつつあった。

銃声が森の木々にこだまして、その残響が完全には消え去らないうちに、前方の明かりの動きに変化が見られた。ターナーは安堵のあまり叫びだしそうになったが、その思いは長くはつづかなかった。猟犬たちの興奮した吠え声と狂暴なうなり声を耳にしたとき、心臓が凍りつきそうになった。あれは獲物を発見したけだものの凱歌《がいか》だ。なんとかして父をとめなければならない。

数秒後には明かりの輪のなかに飛びこんで、父に向かって絶叫していた。

「彼女はどこだ？　ファンシーに何をした？」

末息子の剣幕に虚をつかれたジュバルと兄たちは一瞬口ごもり、それがさらなる悲劇を呼び起こす原因となった。

ターナーはうめくような声をあげると、兄たちを押しのけて猟犬の声を追った。次の瞬間には森の木立を抜けて、説教壇の崖の下に広がる開けた土地に立ち、皓々《こうこう》たる月に照らしだされた無惨な光景を目にしていた。青みを帯びた銀色の月明かりを浴びて、虐殺の徒と化した猟犬が群れをなし、その下から人間の脚の一部と女ものの服の布地がかすかにのぞいている。頭に血がのぼったターナーは、駆け寄りながら猟犬めがけて発砲した。

そのあとに訪れた静寂は、猟犬のうなり声に負けないほどの恐怖に満ちていた。涙にむせびながら犬の死骸《しがい》を引きずりおろしたターナーは、ライフルを投げ捨ててファンシーの体をかき抱いた。

一見したところ、目につくような大きな傷はなかった。ターナーは彼女の腕と顔をさすって起きてくれと懇願し、大声で名前を呼んだ。しかしファンシーは微動だにせず、その口からはあえぎ声さえもれなかった。揺り起こそうとして腹に手を置いたとき、その部分が平らなことにターナーは気づいた。赤ん坊は？　赤ん坊はどこへ行った？

周囲を見まわし、数匹の猟犬の姿しかないことを確認したターナーは新たな恐怖に心臓をつき刺された。あたりには血のにおいが色濃くただよっているが、恐ろしい事実を受け入れることはできなかった。ふたたび涙をこらえて頬を近づけ、ファンシーを抱き寄せた。

「ファンシー……ぼくだよ。ターナーだ。さあ、目を覚まして。きみを迎えに来た」

返事はなかった。頭が横にぐらりと倒れ、光を失ったうつろな瞳があらわになった。ターナーはうめいた。遅かった。迎えに来るのが遅すぎた。

あまりにも深い喪失感に、肺の空気がすべて失われた。もうこのまま息がとまっても不思議はないとさえ思えた。だがやがて呼吸は復活して、その口から発せられた悲痛な叫びは夜を切り裂き、山のふもとまでこだました。

その声を聞いて兄たちは思わず立ちどまったが、父はかまわずに歩きつづけた。

「何をしてやがる？」開けた場所にたどり着いたジュバルはそう叫ぶと、ターナーを乱暴に引きずり起こした。「頭でもおかしくなったのか？　兄さんたちの犬を殺すとはどういう了見だ？」

いつもの彼とは違い、父親にひどい言葉でののしられてもターナーは悲しくも悔しくもなかった。ライフルをとりあげ、まっすぐ父親の顔に向けた。静かで落ち着き払ったその口調は、胸のうちで燃えたぎる激しい怒りをみじんも感じさせなかった。

「父さんが彼女を殺した」

ジュバルは内心の衝撃を隠して、懸命に言葉を絞りだした。「おれたちは何もしてない。だがもし手を下していたとしても、相手はいまいましいジョスリン家の者だ。気にする必要などあるものか」

ターナーはゆっくりと銃を下げて、父親の腹に狙《ねら》いを定めた。

「ファンシーはぼくの妻だ。父さんはぼくの妻に犬をけしかけた」

驚いて息をのんだ兄たちと対照的に、ジュバルは平然と問い返した。「なんだと？」

ターナーは一歩前に出た。いまや銃口は父親の腹に強く押しあてられていた。

「赤ん坊はどこだ？」そう尋ねて、ハンクからチャールズ、そしてジョンへと視線をゆっくりと移動させていく。「ぼくの子どもをどこへやった？　母親だけでは飽き足りずに、赤ん坊も犬にくれてやったのか？」

「なんてことだ」ジョンが小声でつぶやいて、一歩前へ出た。「そんなこととは知らなかったよ、ターナー。おれたちは知らなかったんだ」

ターナーは銃を父親からジョンへ向けた。そして、いっさいの感情を欠いた平板な声で告げた。

「ぼくに触るな。おまえたちはみんな骨の髄まで腐っている。教えてくれ。子どもはどこだ？」

ハンクは本気で恐ろしくなった。言い訳の通用する一線を、自分たちは越えてしまったのだ。「知らなかったんだよ」懸命に釈明する。「でも、しかたないじゃないか。だって相手はジョスリンだぞ」

銃が横に振り向けられるのと同時に、ターナーの指がすばやく動いた。ハンクの顔に衝撃が広がり、胸の中央が赤く染まった。わずかの間を置いて、ものも言わず地面に倒れた。

ジュバルがターナーにつめ寄った。「なんてことをしやがる！　おまえは血のつながった兄さんを撃ったんだぞ。しかも、あばずれ女ごときのことで」

ターナーのライフルがまたも火を噴いた。新たな標的となったのは父親だった。膝を撃ち抜かれたジュバルは、苦痛のうめき声をあげて地面に倒れた。

次の瞬間にはチャールズが銃をかまえていた。殺しあいをやめてほしいと懇願するように片手を上げたジョンがターナーの前に身を投げだし、彼に向かって発射された弾丸をその体に受けた。

驚愕の表情を浮かべてくずおれていくジョンを、ターナーはなすすべもなく見ていた。

無意識に抱きとめてその体を地面に横たえたとき、ジュバルが発砲した。しかし、銃弾はチャールズの右目の下に命中した。またひとり死者が出た。

ターナーは呆然《ぼうぜん》として立ち尽くした。着ている服は血だらけだ。ファンシーの血。ジョンの血。あたりには死のにおいが立ちこめている。凄惨《せいさん》な光景が目には映っているものの、それが何を意味するか頭では理解できなかった。悲しみのあまり何も考えられず、銃を自分に向けた。しかし弾はすべて使い尽くしていた。ターナーは悲痛なうめきをあげてライフルを投げ捨てた。

胸の痛みのほかには何も感じられない。

なんとかしてこの痛みを消したかった。

ファンシーのほうには目を向けずに、ジョンの銃に手をのばした。すぐにも自分の命を絶つつもりだった。だがそのとき、まったくべつの物音が彼の心を貫いた。弱々しいが、まぎれもない赤ん坊の泣き声だ。ターナーはくるりと体を回転させ、赤ん坊の姿を捜して木立のなかをやみくもに進みはじめた。

「ぼくの赤ちゃん……どこにいるんだ？」

かすかではあるが、泣き声がはっきりと聞こえる。ターナーは興奮にわななきながら前進した。

「泣くんじゃない。パパがきっと見つけてあげる」

無我夢中で足を前に運ぶ。一発の銃弾が背中を貫いたことさえ感じずに歩きつづけたが、脚を撃たれて崩れ落ちた。倒れながら転がって、後方に目をやった。ジュバルが肘まで起きあがって、ライフルをかまえていた。

ターナーは父親には注意を払わず、その後方に横たわっている女性を見つめた。苦痛が全身をさいなむのをじっと待ったが、神経が麻痺《まひ》したようで何も感じなかった。もう一度ファンシーを見つめた。すべてを終わりにしていっそ楽になりたかった。

「とどめの一発を撃ってくれ、父さん」こぶしを振りあげて、声をかぎりに叫んだ。

ジュバルはその顔に憎しみをたたえ、ライフルを持ちあげて震える手で狙いを定めた。

ターナーは覚悟を決めたが、いつまでたっても銃声は響かなかった。

ジュバル・ブレアの顔から殺気が消えていきつつあった。手がだらりと垂れてライフルが落ちる。いつもの悪態は影をひそめ、うめきともうなりともつかない声をあげながら地面に倒れた。

ターナーは思わずあとずさりした。いまや息を吸うたびに全身が痛みで張り裂けそうだ。後ろを振り向いて遠くに目をやると、ファンシーの遺体の輪郭を見てとることができた。

「ほんとうにすまない」かすれた声でささやいて目を閉じた。あとは命が絶えるのを待つだけだ。

ところがそのとき、赤ん坊のかすかな泣き声がふたたび風に運ばれて耳に届いた。ターナーは頭を起こした。数秒後には、木立に向かって、そして泣き声に向かって這《は》い進んでいた。

しばらくして、女の形をした人影が音もなく森のなかからあらわれ、説教壇の崖の下に広がる開けた場所にひざまずいた。肩が震え、両手が力なく垂れる。やがて立ちあがり、力を振り絞って、ファンシー・ジョスリンの冷たくなった体を両腕に抱きかかえた。

夜中に雨が降りだした。小雨はやがて豪雨に変わり、しまいには銃弾を思わせる勢いで木の葉にたたきつけ、男たちと猟犬の死体にも激しく降り注いで血を洗い流した。雷が天を引き裂き、ジュバル・ブレアを暗闇から揺り起こした。頬にあたる雨粒は氷さながらに冷たく、体の下は絶え間ない川の流れと化している。助けを求めて叫ぼうとしたが、声は出なかった。命の灯はまだ消えていないものの、その魂はすでに活動を停止した肉体に閉じこめられていた。

一方、山の頂上近くではアニー・フェインが荷造りに精を出していた。若い母親の遺体はすでに裏庭の木の根もとに埋め、血に染まった自分の衣類も焼却し終えていた。男たちの死体が発見されるのは時間の問題で、現場の近くに住んでいるのはアニーひとりだ。カマルーンの町の空気を熟知しているアニーは、住人たちが誰かを悪者に仕立てあげずにはおかないことを見抜いていた。迷信家の彼らは、アニーを犯人と決めつけるに違いない。

アニーは月明かりをたよりにファンシーの痕跡《こんせき》を隠す作業にとりかかった。できたばかりの墓を土でおおって、その上に自分で栽培した香草を植え、周囲に小石を並べて丸く囲う。作業が終わったときには、庭にいくつもあるほかの花壇と見分けがつかなくなっていた。

　赤ん坊がまた泣きはじめた。急いで家にとって返し、手早く手を洗って胸に抱きあげる。布巾《ふきん》を転用したおむつでお尻をきれいにしてやり、少し体を揺すってやると、赤ん坊は気持ちよさそうにすやすや眠りだした。

　自分の住まいであり避難所であった小さな山小屋をアニーは熱い思いで見つめ、それからベッドで眠っている小さな命に視線を移した。長いあいだひとりだけでやってきた。自分以外の誰かの面倒を見るのは大きな負担だ。しかし、あの女性と約束をしたのだ。そして、アニー・フェインは約束を守る人間だった。クロゼットに駆け寄って、古びたスーツケースを引っ張りだす。旅立ちのときが来た。


　匿名の通報を受けた郡保安官が説教壇の崖の下に横たわる複数の死体を発見したのは、翌朝のことだった。カマルーンの町に衝撃が走り、教会の牧師は末息子のターナーに悲報を知らせるためにブレア家に駆けつけた。ところがターナー・ブレアは影も形もなかった。見つかったのは塩と胡椒《こしょう》の容器のあいだに立てかけられた書き置きだけで、そこには落ち着いたら連絡するという父への伝言が記されていた。ブレア家の男たちが家族喧嘩《げんか》の果てに死んだらしいというニュースが、またもや町を大きく揺るがした。猟犬と男たちの体内からとりだされた弾丸は、彼らが所持していた銃から発射されたものと認められた。持ち主不明の銃が一挺《ちょう》だけ発見されたが、ジュバルの父親であるヘンリー・ブレアの名が刻まれていたことから、家族のうちの誰かが余分に持っていったのだろうと推測された。町の人々にも保安官にもその理由はわからなかったが、ジュバルはまともに会話ができる状態ではなかった。そしてまた、保安官が話を聞くために山の上に住む魔女の住まいを訪れたとき、山小屋はもぬけの殻だったという噂もたちまち町を駆けめぐった。

数日後、息子たちは埋葬され、ジュバル・ブレアは近くの町の病院のベッドに横たわっていた。銃弾を脚に受けたせいで身動きはならず、同時に起こった軽い卒中の後遺症で言葉が不自由になっていた。町の人々は悲嘆に暮れたが、やがて悲しみは忘れられ、彼らの不幸を悼むのは親族だけになった。そしてやがては親族たちも不幸な記憶に縛られるのを嫌い、悲しみを過去に葬った。

住民のなかには、ブレア家の男たちは魔女に呪《のろ》いをかけられたせいで殺しあったのだと言い張る者もいた。そしていつしか数日が数週間になり、数週間が数カ月になり、数カ月が数十年へと変化した。いまでもときおり説教壇の崖で起こった謎《なぞ》の事件が人々の話題にのぼることがあるが、いつも決まって祈りの言葉で締めくくられた。

あの事件は過ぎた話であり、いまさら蒸し返そうと考える者はひとりとしていなかった。アニー・フェインが帰ってくるまでは。

3

ケンタッキー州カマルーン　現在

牧師の妻ネリー・コーソーンは、今日はなんだかいやな予感がすると朝からこぼしていた。夫との朝食の席でもそう言いつづけ、食事がすむと、カマルーンでただ一軒の食料品店を経営する親友のラヴィー・クリーズに会いに行き、胸に宿る不安について話して聞かせた。しかしネリーが妙な予感に襲われることはめずらしくなく、ラヴィーは仕事をする手を休めずに友人の言葉を軽く聞き流していた。ところが青果物を並べ直していると通りが何やら騒がしくなり、ネリーがとつぜん甲高い悲鳴をあげた。

何事かと思い、ラヴィーは店の奥から飛ぶようにして出ていった。窓の外に目をやった瞬間、心臓が激しく打ちはじめた。一匹の犬がレキシントン葬儀社の黒塗りの霊柩車《れいきゅう》に轢《ひ》かれたのだ。犬はすでにこと切れているようで、不吉なことに、霊柩車には死者をおさめた棺《ひつぎ》が積まれていた。

犬が死ぬ場面を目撃したネリーは気を失って倒れた。ラヴィーに介抱されて息を吹き返したときには、犬の死骸《しがい》はすでに片づけられ、霊柩車の運転手は犬の飼い主になにがしかの賠償金を支払い終えていた。

やはり予感はあたっていたというようなことをつぶやきながら、ネリーが冷たい布で顔のほてりを冷ましていたとき、一台のジープが通りを走ってきて霊柩車の後ろにとまった。窓際に立っていたラヴィーは見るともなしに目をやった。ほこりだらけの黒いジープから降りてきたのは、見たことのない女性だった。年のころは二十代なかば。服装の感じからして、都会の人間らしい。身長は少し高めで、華奢《きゃしゃ》な体つきをしている。しかしラヴィーの目を引いたのは、肩にかかるかかからないほどの長さの漆黒の髪だった。たまった汚れが縞《しま》模様を描いている窓の隙間《すきま》から目を凝らし、そろそろガラス拭《ふ》きをしなければと頭の片隅で無意識に考えながら、ラヴィーは女性を観察した。

いったい何者だろう。誰かに似ている気がする。けれど、それが誰なのかさっぱり思い浮かばない。

顔をもっとこちらに向けてくれたら……。

その願いを聞きとったように女性が振り向き、ラヴィーははじめて女性の顔を正面からとらえることができた。

「いったい誰かしら」小さな声でつぶやいた。

「なあに？　どうしたの？」ネリーがラヴィーの肩ごしに通りをのぞいた。

「あの女よ」

「あの人がどうかしたの？」

ラヴィーは深く息を吸いこんだ。「誰かに似てる気がしてならないのよ」

「誰かって？」好奇心を刺激されて、ネリーが熱心に尋ねた。

「さあ……それがよくわからないの。たぶん思い違いだわね」

「こっちへ来るわよ！」

ラヴィーは窓から向き直った。

ドアの上にとりつけられた鈴が鳴った。ジープの女性がためらいがちな表情を浮かべて戸口に立っている。ジーンズに目立った汚れはないが、長旅をしてきたことを示すしわが刻まれ、シャツとジャケットも同様だった。

「何かご用？」ラヴィーはつっけんどんに尋ねた。

ネリーがぎょっとした表情で親友の顔を見つめた。店を訪れた客にこんな冷淡な応対をするのはいつものラヴィーらしくない。

居心地悪そうにジャケットの襟をさすっていた女性は、二歩ほど前に進んで店内に入り、背後でドアが自然に閉まるのにまかせた。

「運転手つきのトラックを一台雇いたいんです」

ラヴィーが押し黙ったのを見て、ネリーは牧師の妻である自分の出番だと悟った。

「通りの先にガソリンスタンドがあるわ。そこの経営者のメイナード・フィリップスならきっと――」

「メイナードにはそんな暇ないわよ」ネリーが言い終えるのを待たずに、ラヴィーが決めつけるように言った。

若い女性はラヴィーの顔をじっと見つめ、礼儀正しくふるまう意思が相手にないことを見てとったが、ひるまずに尋ねた。

「ほかにどなたかご存じありませんか？」

ラヴィーは内心怖気《おぞけ》をふるった。話す前に口もとをきゅっと引きしめるしぐさは、どこかで見たことがあるような気がしてならない。それでも、この女性に会ったことがないのはたしかだ。

「いないと思うけど。この町の人はみんな忙しいから」

反発を示すように女性のあごが上を向き、店内に足を踏み入れてはじめて、その声がきつい調子を帯びた。

「それは生まれつき？　それとも、故意にやっているの？」

ラヴィーが渋面をつくった。「何が生まれつきだって？」

「その無作法な態度よ」

ネリーは見ていられなかった。喧嘩《けんか》や争いごとは何より苦手だ。虫かごに入れられた蝶《ちょう》のように手をひらひらさせて、神経質そうな目つきでラヴィーを見てから仲裁に入った。

「ラヴィーは何も悪気があって——」

「ほかにもまだ何か用があるの？」ラヴィーは噛《か》みつくような口調で言い放った。

こんどばかりはネリーも黙っていられなかった。「ラヴィー！　あんた、いったいどうしちゃったの？」

ラヴィーは答えなかった。意地を張っているわけではない。実際のところ、理屈ではうまく説明できないが、この女性の顔を見るたびにみぞおちがむかつくような不快感に襲われるのだ。そして、七十五歳になる現在まで、ラヴィー・クリーズは直感をおろそかにしたことがなかった。

「もういいです」女性が言った。「どこかほかをあたってみるわ。この町にも、ちょっとしたお小づかい稼ぎに興味のある人はきっといるはずだから」

ネリーは一歩前に進みでた。牧師の報酬は決して豊かとは言えない。夫がどこかでトラックを調達してくるという手もあるはずだ。

「何を運びたいの？」ラヴィーが向けてくる無言の非難には気づかないふりをして、そう尋ねた。

若い女性は肩ごしに窓の外を指さした。「祖母の棺です」

ネリーの目は同情を示して大きく見開かれた。「まあ、お気の毒に。おばあさんを亡くされたのね。お悔やみ申しあげます」

女性の体からふっと力が抜け、穏やかな声で応じた。

「ありがとうございます」

ネリーは気分が軽くなった。遺族にお悔やみの言葉をかけるのは牧師の妻のつとめでもある。不穏な空気が消えたところで、好奇心がむくむくと頭をもたげた。「霊柩車に墓地まで運んでもらうわけにいかないの？　墓地はそんなに遠くないわ。町のはずれにあるのよ」

女性の目にふいに涙があふれた。ネリーは気の毒になった。ラヴィーが見ていなければ、腕をまわして抱きしめていたところだ。

「以前住んでいた家の裏に埋葬してほしいというのが祖母の願いなんです。墓掘りの作業についてはすでに手配済みですが、山道が険しいので霊柩車でのぼるのは無理だと言われました」

「それはそうでしょうね。山のどこに埋葬するつもりなの？」

女性がジャケットのポケットを探った。「説教壇の崖《がけ》という場所のもっと上のほうです。地図をここに入れてきたはずだけど」しかしポケットのなかには見あたらず、肩をすくめた。「車に置き忘れてきたのかもしれないわ」

　信じられないことに、ラヴィー・クリーズが舌打ちをした。また険悪な雰囲気になるのを恐れて、ネリーは口をはさまずにいられなかった。

「お嬢さん、言いにくいけれど、それは何かの間違いよ。だってあの山の上には何もないのよ。あるのはその昔、魔女が住んでいた山小屋だけ」

　女性は平手打ちを食らったかのように体をふらつかせた。「嘘《うそ》だと思っていたのに……」自分自身に語りかけるようにつぶやくと、さっと身をひるがえして、出口に向かって歩きはじめた。その後ろ姿を目にしたとき、ラヴィー・クリーズはまたもや背筋が寒くなるような妙な感覚に襲われた。しかし好奇心には勝てずに、思わず呼びかけていた。

「待って！」

　女性が足をとめて向き直った。

「あなたの名前を教えて」

　強い視線に射すくめられて、ネリーとラヴィーはそこに怒りの炎が燃えているのを見てとった。

「キャサリン・フェインよ」

　ラヴィーの顔から血の気が引いた。「まさか死んでまで……」小さくつぶやいて、近くの椅子にぐったりと沈みこむ。

ネリーはあえぐように言った。「魔女の身内なのね！」

キャサリンは怒りで身を震わせた。「あなたたちは古い考えや迷信に凝り固まった、救いようのない人たちね。祖母の人柄を知っていたら、決してそんなふうには言わないはずよ」そしてラヴィーの顔に指をつきつけた。「あなたが力を貸してくれなくても、アニー・フェインの最後の願いはかならず実現させてみせるわ」

ドアが乱暴に閉められ、あとにはふたりの老女が残された。

「あたしたちはもう終わりよ」ネリーがうめくように言った。「魔女がカマルーンにもどってきたのよ」

「変なこと言わないで。あの女は死んだのよ」

「ヘンリーの犬もね。次は誰の番かしら。今日は妙な予感がするって言ったでしょう？ほらね、あたしの言ったとおりになったのよ」

ラヴィーの頭にはさまざまな考えが渦巻いていて、友人の言葉はほとんど耳に届いていなかったが、ネリーはかまわずにしゃべりつづけた。みずからの予感が正しかったことが証明されたのだ。

「思ったとおりよ。何か悪いことが起こるってわかってた」

彼女の予感が正しかったことをさらに裏づけるかのように、すさまじい雷鳴が食料品店の窓を揺るがし、そして雨が降りだした。

霊柩車の運転手と短く言葉を交わしたキャサリンは、自分の車に乗りこんで、しばらくじっとすわったまま呼吸を整えた。この数日のできごとは地獄にも等しかった。最初に訪れた試練は、祖母の死と直面することだった。祖母の体は長いあいだ癌《がん》に侵されていた。しかし、死の床でなされた告白は、キャサリンが生きてきた世界を根本からくつがえすものだった。

目を閉じて祖母の顔を思い浮かべ、心を引き裂かずにおかなかった最期の言葉をひとつひとつ思い起こす。

あなたはわたしの実の孫ではないのよ。あまりに衝撃的な告白に頭がぼんやりして、そのあとに伝えられた内容はほとんど頭に残らなかった。

家と家との争い。

禁じられた愛。

偽り。

殺人。

キャサリンは震えがちな息を胸の奥深くまで吸いこんだ。もうたよれる人間は誰もいない。天涯孤独の身となったのだ。自分の過去と思っていたものは実際には存在しなかった。いや、聞かされてきた話のすべてが嘘だったわけではない。両親が死んだことは事実だ。

ただし、ふたりの最期はこれまで信じていたようなロマンティックなものではなかった。鉄道事故に巻きこまれて、たがいの腕のなかで息を引きとったというのは作り話だった。実際は、祖父のせいで母も父も命を落としたのだ。あまりの衝撃に、身も心もばらばらになりそうだ。それが事実なら、自分の体には恐ろしい血が流れていることになる。

雷鳴のとどろきに、思わず体をびくりとさせた。一瞬後には土砂降りになり、食料品店の建物も、汚れた窓ごしにこちらを見ているふたりの老女の姿も、ぼんやりとしか見えなくなった。これで窓ガラスの少なくとも片側はきれいになるわ、という皮肉な思いがキャサリンの胸をよぎった。

エンジンをかけ、ワイパーを作動させてから車を出した。あまりにも激しい怒りに襲われたせいで、胸がむかむかする。いっそ泣きたい気分だが、いったん泣きだしたら胃のなかのものをすべて吐きだしてしまいそうだ。ここでそんな醜態をさらすわけにはいかない。さらに、祖母を魔女呼ばわりする人間の言葉を真に受ける必要などないと思い直した。もしかしたらメイナードという男が手を貸してくれるかもしれない。

ガソリンスタンドはすぐに見つかった。敷地内に数台の大型トラックが駐車している。運転手の誰かひとりくらいはちょっとした小づかい稼ぎに興味を示すに違いない。それ以上深く考えずにキャサリンは雨のなかへ降り立ち、店内へ駆けこんだ。

ルーク・デプリーストがコーラを飲み終えたとき、ガソリンスタンドに併設された売店のドアが音をたてて開いて、若い女性が飛びこんできた。すばやい一瞥《いちべつ》を投げかけて地元の人間ではないと判断し終えたころには、すでに女性は彼の横を通りすぎてカウンターへ向かい、談笑している三人の男に声をかけようとしていた。ルークはコーラの空き缶を窓際のテーブルに置いて、何事かと様子を見守った。

「どなたか荷物を山の上までトラックで運んでいただけないでしょうか。もちろんお礼はお支払いします」と女性は言った。

三人は関心を示した。こんな田舎では臨時収入を得る機会はめったにない。好奇心に勝てずに、ルークは一歩前へ出た。

ガソリンスタンドの経営者であるメイナード・フィリップスは、優先権は自分にあると考えた。カウンターに肘をついて、女性に愛想よく笑いかける。

「そういうことなら、うちにはこのあたりでいちばん新しくて性能のいいトラックがある。力になれると思うよ、お嬢さん。それで、荷物というのはなんだね？」

女性の答えは男たちの意表をつくものだった。ルークも例外ではなかった。

「棺です。祖母の遺体を、彼女が昔住んでいた山の上に埋葬したいんです。霊柩車では山道をのぼれないので」

メイナードの笑みが小さくなるのに気づいたルークは、はらはらしてなりゆきを見守った。

「死体を運んだ経験は一度もないが」メイナードはそう言って窓の外に目をやり、通りの向こうにとまっている黒塗りの霊柩車を驚きの表情で見つめた。「でもまあ、べつに運んでも害にはならんだろう」

女性がほっと肩の力を抜くのが見てとれた。

「ああ、よかった。霊柩車の運転手に伝えてきます」

彼女がカウンターから向き直る瞬間、ルークはその横顔を目におさめた。まつ毛の先についた雨粒が涙のように小さく揺れ、下唇はいまにも震えだしそうだ。精神力だけでなんとか持ちこたえているその姿は、彼女がカマルーンまで長い旅路をたどってきたことを思わせた。

「あ、そうだ、お嬢さん」メイナードが呼びかけた。「目的地は山のどのあたりか、正確なところを教えてもらえるかね。雨で道がすべりやすくなってるから」

女性が立ちどまった。下唇が不安げにわななくのをルークは見逃さなかった。

「説教壇の崖という場所から四百メートルほど上の地点です」

メイナードが眉間《みけん》にしわを寄せた。「それは何かの間違いじゃないかね。あのあたりには何もないが」

男たちのひとりが割って入った。「その昔、魔女が住んでた山小屋が一軒あるきりだ」

女性が体をこわばらせた。気分を害したような硬い声で言った。

「六キロ足らず運転するだけで百ドル稼げるんですよ。やってくれる気があるのかないのか、はっきりしてください」

「目的地はさっき言った場所に間違いないんだね？」メイナードが念を押す。

「ええ」

「ほとけさんの名前をまだきいてなかったな」

女性の肩に力がこもるのが、こんどは誰の目にも見てとれた。

「祖母のアニー・フェインです」

思ってもみない答えが返ってきた。ルークはこの町の生まれではないがその名前は知っていた。と同時に、アニー・フェインの遺体をトラックの荷台に積んで山にのぼっていく物好きなどひとりもいないことを承知していた。

かぶっていた野球帽を一度脱いで髪を手ですいたメイナードが、帽子をまた頭にのせた。

「悪いが、力にはなれない」

女性が口もとを小さく震わせるのを見て、ルークは重いため息をついた。女性の涙を見るほどつらいことはない。

「祖母の棺をどうしても山に運ばなければならないんです。お願いできませんか？」

「ああ。すまないがその仕事を引き受けるわけにはいかない」

女性がほかの男たちに声をかけようとしたときには、すでにひとり残らず店を逃げだしてトラックで立ち去っていた。

ルークは女性を気の毒に思ったが、男たちの行動も理解できなくはなかった。この町に住む人々にとって、迷信は空気と同じだ。ルーク自身は信じていないが、その昔、魔女が山で暮らしていたという話や、彼女がジュバル・ブレアと息子たちに呪《のろ》いをかけたという噂《うわさ》はいやというほど耳にしてきた。途方に暮れている様子の女性から、ルークは目が離せなかった。

「どなたか引き受けてくれそうな人をご存じないですか？」女性がメイナードに尋ねた。

この瞬間、相手にあきらめるつもりがないことをルークは悟った。意志の強さに感心する一方で、今後どんな厄介ごとが待ち受けているかと思うと気が重かった。カマルーンの背後にそびえる山の村落ではこのところ窃盗事件が頻発し、ルークは本来の職務をこなすだけでも目がまわるほど忙しかった。しかし、困っている女性をほうっておくわけにはいかない。

「メイナード、一時間ばかりトラックを貸してもらえないか？」

部屋の奥にもうひとり男がいたことにそのときになって気づいた女性は、声のほうに体を向けた。メイナードは呆気《あっけ》にとられて目をむいたが、女性の驚愕《きょうがく》の表情には遠く及ばなかった。

「まあ、べつにかまわんが」メイナードはそう言って、ポケットの鍵束《かぎ》を探った。「だが、パトカーのブレイザーももうすぐオイル交換が終わるはずだ」

「ああ、それはわかってる」ルークは穏やかな口調で応じて、怯《おび》えた顔で自分のほうを見ている女性の顔を見つめた。「しかし、あの車は棺を運べるほど車体が長くないからね」

メイナードはこっそり舌打ちして、鍵を差しだした。

「洗車してから返してくれよ。死臭がつくと困る」

ルークは窓の外を指さした。「買ってから一度も洗車してないのに？　ちょうど雨が降ってきたから、返すときはいまよりきれいになってるよ」そう言うと、カウボーイハットを軽く持ちあげて女性に会釈した。「トーニ郡保安官のルーク・デプリーストです。喜んで手伝わせてもらいますよ」

女性の表情がみるみるやわらいでいった。「お礼は向こうへ着いてからお支払いするわ」

「代金は不要です。職務の一部と考えてもらえばいい」

「わたしはキャサリン・フェインです」静かな声で名乗ると、女性はほっとため息をついた。「なんとお礼を言えばいいか……」

「いや、そんな必要はない。このたびはおばあさんを亡くされたそうで、お悔やみを申しあげます」そしてキャサリンの腕に手を添えて、店の外へ連れだした。霊柩車からトラックへの棺の移動は数分のうちに完了した。

「あとからついていきます」キャサリンはそう言って、自分の車に乗りこもうとした。

「山道の運転は楽じゃない」

「とにかく行けるところまで行きます。埋葬がすんだあと、下山するときに車が必要ですから」

トラックの運転を引き受けたのはいいが、棺を降ろすときのことを考えてルークは不安になった。霊柩車からトラックに移すのは比較的簡単だった。トラックをバックさせて後部扉をあけた霊柩車に近づけ、水平に移動させるだけでいいからだ。しかし、こんな華奢な女性とふたりきりで荷台から地面に降ろすのは、どう考えても無理だ。

「トラックから棺を降ろすには人手が必要ですよ。それに、墓の準備もある。墓掘りはどうするつもりですか？」

女性は目に力をこめてきっぱりと言った。「手伝いの人たちがすでに待機しています」

ルークにはどうにも信じがたかった。「自分が何をしようとしているのか――」

「何も言わずに祖母を運んで、あとはわたしにまかせてください」

あまりにも無鉄砲な計画に、ルークは首を振るしかなかった。最後にもう一度荷台に目をやって棺が正しい位置に置かれていることを確認し、メイナードのトラックの運転席に乗りこむ。それからまもなく、女性の車を後ろに従えて町をあとにした。

町境の標識を過ぎたころ雨が小降りになり、カマルーンの町並みが見えなくなったときには完全にやんでいた。

キャサリンは言葉に尽くせないほどの安堵《あんど》を覚えていたが、その体は小刻みに震えていた。長いあいだきちんとした食事をしていないうえ、この一週間はろくに睡眠もとっていない。それでも、祖母との約束を破るわけにはいかなかった。こんなに遠くまでやってきたのだ。あと少しの辛抱だ。

そして、動揺の理由はもうひとつあった。保安官の顔を見たとき、これまでに経験したことのない何かが自分のなかで起こったのだ。この人は自分の人生において何か重要な意味を持つ存在になるという静かな確信が胸の奥で芽生えていた。


〝おばあちゃん、ひとめぼれってほんとにあると思う？〟

アニー・フェインはまじめな表情をとりつくろった。十歳になったばかりの少女にとっては深刻な問題だ。

〝そうねえ、たぶんあると思うわ〟

キャサリンは笑顔で質問した。〝ビリーおじいちゃんとは、はじめて会ったときに恋に落ちたの？〟

〝いいえ、とんでもない〟アニーは言った。〝だって、ビリー・フェインとは幼なじみだったのよ。相手のシャツのなかに蛙《かえる》を投げこんで喜ぶような少年を、女の子は好きにならないものよ。愛が芽生えたのは、彼が大人になってからだったわ〟

なんで急にこんなことを思いだしたのだろう。ふとわれに返ったキャサリンは、前を走るトラックの運転席にすわる保安官のがっしりした肩に視線を吸い寄せられていることに気づいた。神経の糸が張りつめ、胸がきゅっと締めつけられるようで、いまにも涙があふれそうだ。ああ、おばあちゃん、と心のなかで呼びかけた。できるなら運命というものを信じてみたいけど、わたしには無理みたい。

町を抜けて山道に差しかかったころ、周囲の風景に目を向ける余裕が出てきた。道路の両側には背の高い木々がこんもりと茂り、雨水も日光も通さない分厚い天蓋《てんがい》を形成している。深いわだちが刻まれ、ところどころ岩が露出している道路の状態を目にして、ジープを運転してきてよかったとつくづく思った。少し前から肩甲骨のあいだでうずいていた痛みは首筋に移動しつつある。深呼吸をして首をまわし、痛みがそれ以上広がらないように筋肉をほぐした。偏頭痛の激しい痛みは身をもって知っている。こんな日に症状が出たら最悪だ。

前方に道路のくぼみを発見して、トラックが減速した。ブレーキを踏んだキャサリンは、保安官が状況を慎重に見極めるのを待ちながら、またもや彼の後頭部とがっしりした肩を無意識に見つめている自分に気づいた。彼の顔立ちを脳裏によみがえらせる。

目は濃い色をしていた。たぶん茶色だ。髪は短くてふさふさしているが、茶色だったか黒だったかはっきりしない。目鼻立ちはぼんやりとしか思いだせないが、顔全体から意志の強さがにじみでていた。そしてはっきり覚えているのは声だ。思いやりにあふれた、とてもやさしい声だった。

こぼれ落ちそうな涙を、まばたきして払った。泣くのはもうたくさん。とは言っても、祖母のアニーから聞かされた話はあまりに衝撃的で、この苦しみを乗り越えられる日が来るとは思えなかった。

ふと気づくと、トラックはすでに道のくぼみを通りすぎていた。キャサリンは背筋をのばして、あとにつづいた。道路の傾斜がしだいにきつくなっていく。ギアを落とし、そしてさらに一段落としてローギアの状態で岩だらけのでこぼこ道を進み、運の力も借りながらなんとか難所を走り終えた。周囲の森はますます深くなり、道路の端から一メートルほどまでしか見通しがきかない。町からたった六、七キロしか離れていないというのに、文明から遠く隔たったような風景に恐ろしささえ感じた。しかし、恐怖の発作を起こす間もなく、トラックが道路の片側に停止するのが見えた。後方で車をとめたキャサリンは、目的地に到着したのだろうかといぶかった。

車の外に出る。「どうかした?」

ルークはすでにトラックを降りて、荷台に積まれたがらくたの山を探っていた。

「倒木だ。メイナードの車に何か道具が……ああ、よし。これがいい」

キャサリンは一歩後ろへ下がって、トラックの荷台からチェーンソーをとりだすルークを目を丸くして見守った。

「何をするつもり？」

ルークはめずらしいものでも見るような目でキャサリンを見てから、あごの先でトラックの前方を示した。

「木をどかすんですよ、お嬢さん」

キャサリンはうなずいた。歩み去ろうとするルークに、少しためらってから声をかけた。

「キャサリンと呼んで」

足をとめたルークは振り返って、力強い焦茶の瞳でキャサリンを見つめた。そして口もとをほころばせた。白い歯が一瞬きらりと輝き、右の頬に小さなえくぼらしきものが浮かぶのをキャサリンは見逃さなかった。

「キャサリンだね、わかった」

その姿がトラックの前に消えていくのを、キャサリンは体の震えを抑えるように両手を胸の前で組んで見ていた。

おばあちゃん、ひとめぼれってほんとにあると思う？

ともすれば空想の世界に飛んでいってしまいそうな自分を制して、キャサリンは邪魔にならない場所に立ち、ルークの仕事ぶりを観察した。ほどなく、チェーンソーが轟音《ごうおん》をたてて動きだした。キャサリンはジープのトランクに寄りかかって両手を髪に走らせ、その手を下ろして首筋の凝りをほぐした。少しすると痛みが軽くなってきた。体調がよくなると好奇心がむくむくと頭をもたげてくる。祖母はこの周辺の森を歩きまわって薬草を集めたのだろうかと思いをめぐらせた。

そのとき右手の木立の上方に、大きな岩がつきでているのが目に入った。説教壇の崖だ。うなじがぞくぞくするような、妙な感覚に襲われた。あの場所に行きたい。すべてが終わりを迎えたあの場所に自分も立ちたいという思いが強くこみあげてきた。

保安官に黙って姿を消すわけにはいかない。それでも、あの場所にはひとりで行くべきだという強い確信が胸のなかにあった。気持ちを決めかねてしばらくその場にたたずんでいたが、やがて意を決したようにルーク・デプリーストのところへ歩いていった。

倒木の処理作業は順調に進んでいた。チェーンソーの歯が木の幹に食いこむのと同時に、ルークの腕全体も細かく振動する。道路に倒れているのは大木で、いくつかの部分に切り分けないと運べそうになかった。根がねじれて乾ききっているところを見ると、かなり前に倒れたものらしい。

切っていた幹の一部が、とつぜん地面に転がった。満足そうな声をあげてチェーンソーを脇《わき》に置いたルークは、近づいてくるキャサリンの姿に気づいて顔を上げた。

「何か？」

キャサリンは説教壇の崖を指さした。「ちょっとあそこを見てきていいかしら」

ルークは表情を曇らせた。女性がひとりで山を歩きまわるのは感心しないし、まして行き先が説教壇の崖と聞いてはなおさらだ。

「二、三分待ってくれたらいっしょに行く」そう言ったが、はかばかしい反応は得られなかった。

「いいえ。ひとりで行きたいの」返事も待たずに、キャサリンは歩き去った。

ルークはその後ろ姿を見つめ、万一のことを考えて、彼女が進んだ方向を頭に刻みつけた。こんな山奥で、見知らぬ女性のために捜索隊を結成するような厄介な目にはあいたくなかった。アニー・フェインの孫娘が行方不明になったと聞いて、みずからの意思で山を捜索しようと申しでる人間など、町全体で六人にも満たないだろう。

ルークは思いを現実に引きもどして、倒木を切り分ける作業にもどった。早く車を出せば、それだけ早く棺を山小屋に届けられる。

青かけすの甲高い鳴き声から、深い木立のあいだをすさまじい速度で走りまわるりすが木の葉を揺らす音にいたるまで、森はさまざまな音で息づいていた。こんな状況でなければ魅惑的な情景と映っただろうが、現在のキャサリンには自然を愛《め》でる気持ちの余裕はなかった。彼女が孤児になったいきさつを語る祖母の震えがちな声が、いまも耳にこびりついている。

さらに数分、巨大な崖に向かって歩きつづけた。近づけば近づくほど、木立がうっそうとしてくる。キャサリンはしだいに胸が重苦しくなり、脚が震えてきた。自然の天蓋によって日光が遮断された土地には下生えもわずかしか見られない。ところどころ、裸の岩が露出して、あたりには生命の気配が感じられなかった。

ふと気がつくと、開けた場所に立って、自然のつくりあげた不思議な説教壇を見あげていた。重力に挑戦するかのように山腹からつきだした崖は、広大な草地の上方に大きく張りだしている。この場所で叫んだら、驚くほど鮮明な山びこが返ってくるに違いない。キャサリンの視線は次に、岩の陰になっている地点に注がれた。母親の最期の瞬間を、祖母が見届けた場所だ。悲しみが波のように押し寄せてきた。

両親が命を落とした場所をこの目で見て、手で触れたいという強い思いに誘われて、さらに歩いていった。近づいてみると、陰になっていた部分は草一本生えていないむきだしの土地だった。キャサリンは膝をついて、黒く湿った土を指ですくった。そして体を起こしながら指のあいだから土をこぼして、これほど豊かな土地になぜ植物が育たないのだろうと不思議に思った。

ふいにささやき声が聞こえた気がして振り向いたが、誰もいなかった。ひどい暑さにもかかわらずぞくぞくするような寒気を感じつつ、生命のしるしを求めてあたりを探しまわったものの、何ひとつ見つからなかった。このうつろな気配は、自分の心と通じるものがある。キャサリンにはそう思えた。ふと見ると、遠くの森の梢《こずえ》が揺れている。ささやき声に聞こえたのは葉ずれの音だったのだ。それでもなお、この場から逃げだしたいという思いは胸を去らなかった。幽霊の存在を信じているわけではないが、この場所には何か不思議な妖気《ようき》がただよっていた。

「キャサリン……」

自分の名前を呼ぶ声がかすかに聞こえてきて、キャサリンは飛びあがりそうになった。母親であるファンシー・ジョスリンの亡霊と対面することを頭のどこかで期待して振り向いたが、木立のあいだからあらわれたのは保安官だった。想像力をふくらませすぎた自分の愚かさを、キャサリンは声に出さずにたしなめた。

「こっちよ」そう返事をして声のするほうへ歩きだしたとき、彼が捜しに来てくれたことをうれしく思っている自分に気づいた。

草地の端で、ふたりは顔を合わせた。

「無事だったんだね」保安官が言った。「さっきから何回も名前を呼んだんだが」

「ごめんなさい。ちょっと考えごとをしていたものだから」

少しためらったあとに、保安官は彼女の肩に手を置いた。「ここがどういう場所か知ってるのか？」

相手が誰にせよ、身元を明かすことにはためらいがあった。「祖母から聞かされたことだけ。ふたつの家族がいがみあいをして、何人かここで亡くなったとか」そして後ろを振り向いて、崖を指さした。「あれ、なんだか妙じゃない？」

保安官は彼女が指をさす方向に視線をやって、質問の意味を推し測った。「妙って、何が？」

「崖の下の地点よ。岩地でもないのに、草一本生えていないわ」

ルークはため息をついた。こんなことを言えばおかしな伝説を広めるようなものだが、真実は真実だ。

「昔からこうだったわけじゃない。噂によれば、遺体を片づけたあと、あたりの草が枯れはじめたそうだ。それ以来三十年近くになるが、どんな植物も根を下ろすことができない」

キャサリンは血の気の引いた顔で、あらためてその地点に目をやった。ひどく動揺していることを悟られたくなくて、大きく息を吸って前を向いた。そのときになって、祖母の棺がつき添いもなしに道路に置き去りになっていることを思いだした。

「早くもどらないと。よけいな時間をとらせてごめんなさい。道路まで案内してくださる？　あとをついていくわ」

数分のうちにふたりはトラックにもどっていた。祖母の棺に異状がないことを確認したキャサリンは、ほっと息を吐きだして、つややかな桜材の棺にそっと指を走らせた。

「ごめんなさい、おばあちゃん。ひとりぼっちにして」

「謝らなければならないのはぼくのほうだ」ルークは言った。「気がつかなくて……」

キャサリンは肩をすくめた。「では、ふたりの共同責任ということにしましょうか」相手にじっと目を注いだとき、彼が物静かな品のよさと力強さの両方をそなえていることを認めないわけにはいかなかった。気がつくと、深い色をした静かな瞳に魅入られたようになっていた。

「だいじょうぶ？」

茶色だわ。髪の毛と同じく、目も茶色。声に出さずにつぶやいてからキャサリンはうなずいた。「ええ」

ルークは腕時計にちらりと目をやった。二時半を少しまわったところだ。「ここから先はこっちの車に乗っていったほうがいいんじゃないか？」

そうしたいのはやまやまだが、下山の手段を持たずに山頂にひとりでとり残されたくはなかった。

「距離はあとどれくらい？」

「四百メートルほど」

「自分で運転していくわ」

ルークは賞賛の表情を隠そうとはしなかった。「きみはなかなか根性があるね」

「祖母にそう育てられたのよ」

「おばあさんの教育は立派に成功したようだ」ルークは静かな口調でそう言うと、カウボーイハットを深めにかぶった。「行こう。何か困ったことがあったら、クラクションを鳴らして」

彼はトラックに乗りこみ、残されたキャサリンは自分の車にもどった。数分後にはふたりは車を連ねて道を進んでいた。

アニー・フェインの旅は終わりに近づいていた。

4

ルークは霊の存在を信じないが、急カーブを走り抜けたとたん、目の前に小ぢんまりした山小屋が出現したのを見て腕の毛が逆立った。二階建ての山小屋は、このあたりの家々とは趣をまったく異にしている。どちらかというとスイスの別荘を思わせる造りで、ルークは叔母の家にあった鳩《はと》時計を思い浮かべた。昨日まで誰かが住んでいたかのような状態で、二十年以上空き家だったとはとても思えない。時空を超えた不思議な雰囲気をさらにあおるように、薄暗いポーチの陰から四人の男がぬっと姿をあらわし、ステップを下りてふたりの車を出迎えた。

男たちはみな背が高くひょろっとして、しかつめらしい表情をしている。埋葬という厳粛な行事に対する敬意のあらわれか、あるいはふだんからそういう顔つきなのかはわからない。全員、顔が半分隠れてしまいそうなつばの大きな古びた帽子をかぶり、色あせたジーンズに綿のシャツという簡素な服装に身を包んでいる。キャサリンがトラックの隣に車をとめてエンジンを切った。ルークは興味津々で彼女の反応をうかがった。安堵《あんど》の表情が浮かんでいるところを見ると、どうやら男たちとここで落ちあう手はずになっていたらしい。

それでも念のために、ジープを降りたキャサリンに寄り添うようにして、用心深く男たちに近づいた。山に住む人々はよそ者を好まない。だから、彼らがキャサリンを知っているとしても、ルークのことは警戒するはずだ。トーニ郡の保安官を八年以上つとめているルークは、管轄内で暮らす人々の顔をすべて知っているが、この男たちの顔には見覚えがない。この数年、頻発している窃盗事件のことがふと彼の頭をよぎった。だが、ちょっとした親切心から見知らぬ女性に手を貸したことがきっかけで、お尋ね者の窃盗グループの逮捕につながったというのでは、あまりに話がうますぎる。四人のなかで最年長の男がとつぜん帽子を脱いでキャサリンに手を差しだすのを見て、ルークの物思いは中断された。

「アニーのお孫さんだね」唐突に男が言った。

「キャサリンと呼んでください。あなたがエイブラム・ホリスね？」

「よろしく、フェインさん。うちの小僧たちだ。ジェファスンに、ダンシーに、クリーブランド」そう言うと、息子たちに向き直った。「おまえたち、いいか。こちらがアニーのお孫さんだ」

〝小僧〟と呼ばれたのはいずれも三十代の男たちで、背丈も百八十センチを優に超えている。

キャサリンは思わず口もとをほころばせた。彼らのおっとりした物腰と素朴な口調には、カマルーンでの不愉快な記憶をきれいに洗い流すだけの温かさがあった。

「みなさんの手紙をいつもおばあちゃんに読んでもらっていたので、昔からの知りあいのような気がするわ。できるなら、もっとべつの状況でお会いしたかった」

「人生とはそんなものだ」エイブラムが言った。「アニーは天寿をまっとうした。ビリーのもとへ帰る時機が来たんだろう」

そのとき、キャサリンは保安官をほったらかしにしていたことを思いだした。

「失礼しました。礼儀作法もわきまえないで。エイブラム、こちらはルーク・デプリースト保安官よ。彼は親切にもおばあちゃんの……」つらそうな表情がその顔を一瞬よぎった。「棺《ひつぎ》をここまで運んでくださったの。ちなみに、手を貸そうと申しでてくれたのは町で彼ひとりだったわ」

ルークのシャツに軽く触れて、彼の注意を初老の男に向けさせる。「保安官、こちらはエイブラム・ホリスよ。祖母とはいとこ同士で、わたしの記憶にあるかぎり、ずっと昔から助けあってやってきたの」

ルークは意味ありげに目を見開いた。助けあって何をやってきたというのか。盗品の売買か？　とはいうものの、好奇心をむきだしにするのは山のエチケットに反する。質問攻めにする代わりに、帽子のつばに手をやって会釈した。男たちも会釈を返したが、やはり無言だった。

キャサリンは重いため息をついた。山の男は無口だと祖母から聞かされていたが、ここまで寡黙だとは思っていなかった。ふと、ポーチに立てかけられたスコップが目にとまり、ここへ来た目的を思いだした。エイブラムに視線を移す。

「お墓は……？」

「ビリーの隣に用意してある。アニーの願いどおりに」

泣くまいとして、キャサリンは口もとをきゅっと引きしめて目をそらした。周囲の美しい風景に意識を集中させて、若き日のアニー・フェインが大自然のなかを自由自在に歩きまわっていた姿を思い描くのだ。

ああ、おばあちゃん。わたしのために大きな犠牲を払ったのね……。胸のなかで語りかけてから、トラックにちらりと目をやった。そろそろ祖母を休ませるときだ。

「用意はいい？」男たちに声をかけた。

エイブラムの合図を受けて、息子たちが棺の周囲へ集まった。トラックの荷台を下げる作業を見守っていたルークは、自分ひとりがのけものになったような気がした。反射的に、キャサリンの肩に手を置いた。

「フェインさん？」

涙で濡《ぬ》れた目をして、キャサリンが顔を上げた。

「ぼくにも手伝わせてもらえないだろうか」ルークは男たちが運びだそうとしている棺を指さした。

キャサリンは一瞬ためらったが、すぐに心を決めた。「祖母もきっと喜んでくれるわ」

ルークはエイブラムとダンシーのあいだに入って、トラックから棺を降ろした。これまでにも何度か棺をかついだ経験はあるが、これほど質素な葬式ははじめてだ。

わずかな間のあと、キャサリンを先頭にした行列は山小屋の裏へ向かって進みはじめた。背の高い樫《かし》の木の横を通りすぎたとき、頭上の枝から飛んできた一羽の茶色い小鳥が葬列に加わらせてほしいと言うかのように近くの茂みに下り立った。

むしむししていたカマルーンの町とは対照的に、山の空気は澄んでいる。山小屋の正面は岩の多い土地で草木の姿がほとんど見られないが、裏側は足首ほどの長さの草で地面全体がおおわれ、なかにはルークが名も知らない野の花が交じっていた。家も庭も手入れが行き届いているように見えるのが、どうも腑《ふ》に落ちない。アニー・フェインが留守にしていた長年のあいだ、誰が家を管理していたのだろう。ルークのそんな疑問は、キャサリンの次の言葉によって解決された。

「おばあちゃんの家をしっかり守ってくれてありがとう」

「親類なんだから当然だ」エイブラムが答えた。「反対の立場だったら、アニーも同じことをしてくれたはずだ」

ルークはよけいな口を差しはさまずに、ふたりの会話に黙って耳を澄ました。彼らが親類同士だとは知っていたが、ここへきて新たな疑問が芽生えた。アニー・フェインがこの土地と山小屋をそれほど大切にしていたのなら、なぜ彼女は出ていったのだろう。

しばらくして行列は歩みをとめ、男たちはいっせいに腰をかがめて棺を地面に下ろした。掘り返されたばかりの土の山と、その横に口をあけた深い穴を目にしたとき、ルークは埋葬という任務の重さを実感した。ふと顔を上げた瞬間、キャサリンが体をふらつかせて近くの木につかまるのが目に入った。できるなら抱きしめて支えてやりたいところだが、赤の他人がいきなりそんなまねをするわけにはいかない。

この場を支配する敬虔《けいけん》な雰囲気に溶けこもうと、ルークは深く息を吸った。男たちが数本のロープを使って棺を墓穴に下ろした。時がとまったように思えた。のちに振り返ったとき、この場面が五感のすべてを刺激する一連の短い映像として浮かびあがってくることをルークは確信した。

スコップ一杯の土が棺の上に落とされるたびにぱっと広がる、掘ったばかりの土のにおい。

キャサリンが静かにすすり泣く声。

どこかの高い枝から聞こえる駒鳥《こまどり》のさえずり。

親類の女性の最後の願いに応《こた》えるために身を粉にして働くホリス家の男たちの完璧《かんぺき》に息

の合った動き。

静寂を破って詩篇《しへん》第二十三篇を唱えるエイブラム・ホリスの朗々たる声。

キャサリンが墓の上に置いた花束のなかで、すでにしおれつつある野の花。

そしてすべてが終わった。新しく盛られた土は、美しい風景のなかの一片の傷のように見えた。時がたつうちに傷は癒《い》え、ビリー・フェインの墓をおおう蔦《つた》がやがてはアニーの墓をもすっかり包みこむことだろう。

キャサリンはじっと墓を見おろした。やるべきことは終わった。顔を上げたとき、その瞳には涙があふれていた。

「みなさんにはほんとうにお世話になりました。どんなにお礼を言っても言い尽くせないわ」

ホリス家の男たちはいっせいに帽子をとってほんのりと頬を染め、エイブラムはうんうんとうなずくように首を振った。

「さっきも言ったが、反対の立場だったらアニーもきっと同じことをしてくれた」帽子を頭にのせ、おさまりのよい場所を求めて左右に小さく動かしてから手を離す。「しばらくこっちにいるつもりなら、クロッカーにもぜひ寄ってくれ。隣の郡だからそんなに遠くはないが、なんなら地図を描《か》いてあげよう」

「ご親切にどうも。でも行けそうにないわ。あまりゆっくりはできないの。おばあちゃんの私物を整理し終えたら、二、三日のうちにここを発《た》つつもりよ」

そのあいだルークは口をつぐんでいたが、キャサリンがひとりきりで山小屋に残ると聞くと黙っていられなくなった。

「ひとりでここに滞在するのはあまり賢明な行動とは言えないな」唐突に口をはさんだ。

キャサリンがさっと顔を向けた。怒りのにじんだ尖《とが》った声で反論する。「なぜ？　カマルーンの人たちの機嫌をそこねるから？」

ルークは顔を赤らめた。「いや、違うんだ。ぼくが言いたかったのはそんなことじゃない。最近、このあたりでは窃盗事件が多発しているから、女性が山にひとりきりで残るのは安全とは思えない」

「魔女の山小屋に侵入しようという物好きなんて、いるわけがないわ」

キャサリンの答えには見逃しようのない皮肉な調子がこめられていた。ルークが言い返そうとしたとき、エイブラムが割って入った。

「安全の点なら心配ない」言葉少なに言った。「おれたちが見まわりをする」

「子守りは不要よ」キャサリンの言葉はホリス家の男たちにも向けられていた。「念のために言っておきますけど、都会暮らしは田舎での生活よりよほど危険なのよ。わたしはそういう危険な場所で自分の面倒をちゃんと見てきたの。ご心配はありがたいけど、ひとりでここに残るわ。もう決めたから」

エイブラムはルークよりはるかにいさぎよく、彼女の決断を受け入れた。顔を合わせたときと同じように、キャサリンの腕に手を置いた。

「知ってのとおり、狩猟期にはときどきここに寝泊まりさせてもらってきたから、家はそれほどひどく傷んではいない。でも今回はあんたの到着を待つあいだにせがれたちと少しばかり手を入れておいたし、ポリーからは食事の差し入れをことづかってきた。電気も通じるようになったから、必需品も使えるはずだ」

キャサリンはほろ苦い笑みを浮かべた。必需品というのはトイレのことで、祖母は終生そのおくゆかしい表現を愛用しつづけた。この言葉がどこから来たのか、いまになってわかった。

「もう一度お礼を言うわ。どうもありがとう」

エイブラムは軽く頭を下げた。「じゃあそろそろ失礼するかな。せがれたち、荷物を持ってこい。ぐずぐずしてると暗くなるぞ」

三人の息子たちはいったん家の正面に向かい、大きくふくらんだ南京《なんきん》袋をそれぞれ肩にかついでもどってきた。

窃盗事件のことがふたたびルークの頭をよぎった。礼儀に反するとは思いながらも、職業柄、黙って見ているわけにはいかなかった。

「袋の中身はなんですか？」かたわらで、キャサリンがあきれて息をのむ気配がした。

エイブラム・ホリスが振り向いて、冷ややかな目でルークを見返した。

「われわれの飯のたねだ」

麻薬の違法取引を頭に思い浮かべながら、ルークは腰の拳銃《けんじゅう》に手をのばした。

「飯のたねというと？」

エイブラムが身をこわばらせ、息子たちはその場で立ちどまった。緊張した空気に、キャサリンが助け船を出した。

「エイブラム、保安官は密猟の問題にとくに関心を持っているわけじゃないと思うわ」

ルークが眉間《みけん》にしわを寄せた。「密猟だって？」

キャサリンは自分の浅はかさを悔やんでため息をついた。こういう事態に発展することを予測しておくべきだった。

「祖母は植物や薬草に詳しい人だったの」静かな口調で語った。「魔女だなんてとんでもない。エイブラムは祖母の畑の作物を収穫して、利益の一部を受けとっていたのよ」

「作物とは？」ルークはまだ麻薬の可能性を否定しきれなかった。

エイブラムが袋のひとつを持ちあげて、ルークの足もとにほうった。袋の口があいて、からみあった茶色い根が大量に入っているのが見てとれた。ルークは膝をついて、そのひとつを明るい光のなかへとりだした。

一見したところ、さつまいもに似ている。しかし、ひとつまたひとつととりだすうちに、人間の腕や脚のような形をしていることがわかった。

薬用人参《にんじん》。

生のままでもアジア市場で高値で取引される品だ。

作物を袋にもどしたルークは、立ちあがってエイブラム・ホリスに手を差しだした。

「すまなかった。職業柄、怪しげなものを見逃すわけにはいかないので」

エイブラムは少しためらっていたが、やがてルークの手を握った。「べつに気を悪くしちゃいない」

数分後、ホリス家の男たちは去っていった。

あとにはルークとキャサリンだけが残された。キャサリンの表情からは、ルークにも早くいとまごいを告げてほしいという思いがはっきりと読みとれた。

「何か家のなかに運ぶものがあったら手伝うから、遠慮しないで言ってくれ」

キャサリンはしばらく考えてからうなずいた。「そうね、お願いするわ。食料品の箱をふたつとスーツケースを」

「お望みの場所まで運ぶよ」ルークはそう言って、キャサリンのあとについていった。

山小屋に足を踏み入れた瞬間、この家がおとぎ話のような雰囲気に満ちていることをあらためて実感した。階下の大きな居間の上に寝室用のロフトがあるだけの単純なつくりだが、さまざまな場所に驚くほどの創意工夫が見てとれる。ちょっとしたくぼみや隙間《すきま》には、乾燥させた薬草類や大量の本がぎっしりとつまっていた。無駄なスペースはどこにもない。家具はどれも素朴だが頑丈そうで美しく、聞こえる音といえば古めかしい冷蔵庫の低いうなりだけだ。

ルークが荷物を運んでくれたことをキャサリンはありがたく思ったが、長居はしてほしくなかった。ここは祖母が暮らしていた場所だ。ひとりきりで思う存分見てまわりたかった。

「荷物は適当に置いてくださる?」静かな声でそう言うと、出口まで歩いていってドアを細くあけた。

指示どおりに荷物を置いたルークは、体の向きを変え、テーブルの横でためらうように立ちどまった。

「ここに残るのは考え直したほうが――」

「今日はいろいろお世話になりました」

ルークは表情を曇らせた。引きとってほしいと遠回しに言われたからには、もう自分にできることは何もない。キャサリンは大人の女性だ。思慮に欠ける行動をしたからといって、法律に触れるわけではない。

「どういたしまして。だがもしお邪魔でなければ、明日またちょっと様子を見に来よう」

キャサリンの顔をほんのつかの間、安堵の表情がよぎった。しかしその表情は次の瞬間には跡形もなく消え去り、ルークには目の錯覚としか思えなかった。

「その必要はないわ。ほんとうに」キャサリンはドアをさらに大きくあけた。

ルークはカウボーイハットをいつもより深くかぶった。「お言葉を返すようだが、フェインさん、それは違う。必要は大ありだ、若い女性がこんなところにひとりで泊まっていると思うと、こっちは心配で夜もおちおち眠れない。せめてぼくのためだと思って、寝る前にドアノブの下に椅子をあてがっておいてくれないか」

それだけ言うとドアを出ていき、荒々しい足どりでポーチを横切って、足早に庭を歩いていった。借り物のトラックに乗りこみ、バックさせて、一度も後ろを振り帰らずに車を出す。少し気分を害したような口調とは裏腹に、実際は女性をひとりで残していく自分自身に対して腹を立てているのではないかとキャサリンには思えた。

しかし部屋のなかへ向き直ったとき、思いがけず親切にしてくれた保安官の存在はキャサリンの頭からきれいに消え去っていた。ようやくアニー・フェインが残した世界と正面から向きあうことができるのだ。

キャサリンは暖炉に火をおこし、乾燥した薪を炎が貪欲《どんよく》にむさぼり食う様子に見入った。まだそれほど冷えこんでいるわけではないが、炎は部屋全体に活気とぬくもりを与えてくれる。それでも、キャサリンの心は暗いままだった。アニーが愛する男性と新生活をはじめたこの場所に身を置けば、きっと心の安らぎを得られると期待していた。ところが、胸に湧《わ》くのはむなしさだけだ。アニーの愛のなごりに触れても、自分の出生にまつわる不安な思いをぬぐい去ることはできなかった。

暖炉の奥で薪が転がり、大きな火花が上がって煙突に吸いこまれた。外は風が出てきたらしく、木々がうなり、老朽化した山小屋の壁がときおりきしんで音をたてる。しかしキャサリンは、闇《やみ》も、壁の向こうにあるものも、怖くはなかった。いちばんの恐怖の対象は、胸でうずくなんとも不快なこの気持ちだ。この地域に住む人々が両家の不毛な争いを見過ごしたと思うと、怒りで胸が悪くなる。一方で、アニーを村八分にしたこともあまりに非常識で許せない行為だ。死の床についた祖母がこの町の人々が持つ偏見の大きさについて語るのを聞いたとき、キャサリンは信じられなかった。住人たちに直接会い、声をひそめて噂《うわさ》する姿を見るまでは真実と思えなかった。

魔女。

まともにとりあう気もしないほど、愚かしい言い草だ。無知にもほどがある。時代は二十一世紀だというのに、この町の住人はいまだに目には目をというやりかたを正義とみなし、迷信や呪《のろ》いを信じているのだろうか。

物思いに浸っていると、どさっという物音がポーチで聞こえ、そのあと木の床を走りまわる足音がした。

キャサリンは飛ぶように立ちあがって、さっとドアに向き直った。帰り際にルークが残していった警告を、いまになって思いだした。胸の鼓動が激しくなるのを感じながら、キッチンテーブルの椅子をつかんで、ドアノブの下にあわててあてがう。勢いあまって指をはさんだ。

痛みに顔をしかめたとき、ふとわれに返った。

深呼吸をして、パニックを起こしそうになった自分を声に出さずにいさめる。もう一度よく耳を澄ました。不審な物音はしない。聞こえるのは風の音だけだ。懸命に気持ちを落ち着かせる。おそらく何かが風で飛ばされてポーチの上を転がったのだろう。外には何もないし、誰もいない。

自分の考えが正しいことを証明しようと、ドアノブの下にあてがった椅子を蹴《け》ってはずしてドアを大きくあけ、ポーチに踏みだして漆黒の夜と向きあった。強い風にたちまち髪が吹きあげられて顔と目にたたきつけられ、視界が涙で曇った。

「ここにはわたしのほかに誰もいない」小声でつぶやいて大きく息を吸いこみ、ポーチの端まで歩いていく。「ここにはわたしのほかに誰もいない」風の音に誘われるように、はっきりと声に出して言った。

キャサリンは空を見あげた。三日月の手前を雲が飛ぶような速さで横切り、あとに小さなちぎれ雲を残していく。近くの木から名も知らない鳥が飛び立ち、視野の隅をかすめた。

生まれてはじめて、正真正銘のひとりぼっちになった。付近に民家は一軒もない。車も街灯も電話もない。文明社会に属する音は皆無で、聞こえるのは自分の声だけ。両手でこぶしをつくって、黒々とした木立をにらみつける。こんどは挑むような大声で叫んだ。

「ここにはわたしのほかに誰もいない！」

あごをつんと上げて、答えが返ってくるのを待ったが、何も聞こえなかった。身も心も震えるような感覚に、くるりと向き直って山小屋に入り、後ろ手にドアをばたんと閉める。

しばらくして、ロフトへつづく階段をのぼった。最上段で足をとめ、階下の大きな部屋全体を最後にもう一度目におさめ、そしてお世辞にも頑丈とは言えない錠と、ドアノブの下にあてがった椅子に視線を移動させた。怖がりの自分を情けなく思いながら、ベッドにもぐりこむ。きっと目を閉じることもできないだろうと思っていたが、数分のうちに眠りについていた。


山小屋から百メートルも離れていない地点で、ハンターが警戒の表情を浮かべて木立に身をひそめていた。山小屋に人がいる。いつか見た幽霊ではない。幽霊なら明かりは必要ないはずだ。なかにいるのが誰にせよ、電気をつけただけではなく、暖炉の火もおこしたようだ。風上にいても、ときおり煙のにおいがほんのり嗅《か》ぎ分けられた。

好奇心の持つ力は強大で、もっと近くで観察したいという衝動がこみあげてきた。しかし、長年にわたる孤独な生活と用心深い性格のせいで、姿を見せるのはためらわれた。じっと見ていると、山小屋のドアがとつぜん大きく開いた。相手にこちらの姿が見えるはずはないが、無意識にあとずさりして木立の奥に隠れた。小屋のなかからあふれだした光を受けて、ほっそりした女性の姿が影絵となって浮かびあがった。

何かしゃべりだしたのを見て、最初は庭にいる誰かと会話を交わしているのだと思った。しかし、しばらく観察しているうちに、ひとりごとを言っているのだとわかって気が楽になった。ハンター自身もよくひとりごとを言う。

はじめのうちは切れ切れにしか聞こえなかったが、「ここにはわたしのほかに誰もいない！」という叫び声が聞こえたとき、思わず身をこわばらせた。自分以外の人間とのつきあいに関心はないが、この女性の気持ちはよく理解できた。

風が強くなり、むせぶような高い音をたてて木立のあいだを吹きすぎる。ハンターはいっさいの動きをとめた。これまでも何度もしてきたように、首をかしげて風の音に聞き入る。いよいよそのときが来たのだろうか。長年の捜索は、ようやく終わりを告げるのか。呼吸を浅くし、脈をほとんど感じられないくらいまで弱めて、意志の力で肉体の存在を無に近づける。

やはりそうだ！　彼の耳にまたも聞こえたのは、生まれたばかりの赤ん坊の甲高い泣き声だ。ハンターは目を凝らし、あごを引きしめて、闇のなかへ消えた。

窃盗事件の最新の報告書を押しやって机から立ちあがったルークは、疲れた様子でのびをしながら窓辺に歩み寄った。事務所の外に立っている街灯めがけて、蛾《が》や昆虫がすさまじい速度で飛んでいくが、彼の目にその光景はほとんど映っていなかった。頭にあるのは、まるで森ねずみのように、ものを盗んでは代わりにべつの品を置いていく泥棒のことだ。盗んでいく品も通常の窃盗事件とは違っていた。あるときは食料品だったり、またあるときは洗濯ロープに干してあったつなぎの作業着だったり、また、各種の工具もよく被害にあう。ルークの記憶が正しければ、一度などは近くに置かれていた高価なチェーンソーには目もくれずに手挽《てび》き用ののこぎりを持ち去り、代わりに手彫りの鉢を置いていった。そうかと思えば、農場主が薪を割るのをどこかで見張っていたらしく、彼が食事をとりに家へ入った隙に切り株に放置された斧《おの》を盗み、代わりに小さな木製の腰かけを残していったこともある。犬が吠《ほ》えたり騒いだりしたことは一度もなく、今日にいたるまで、誰も泥棒の姿を目撃したことがない。いまでは幽霊のしわざだという噂さえ流れはじめている。しかしルークはそんな噂を信じるほど愚かではなかった。幽霊なら食料や工具に用はないはずだし、靴も履かない。ましてや、片方の靴の底に刻み目の入った足跡を残すわけがない。

肩が凝って首のつけねが痛くなり、温かい風呂とやわらかいベッドを思い浮かべながら首をまわした。その瞬間、思いはキャサリン・フェインに移った。あんな奥深い山中にひとりで残してきたことが悔やまれてならなかった。本人の意思を尊重すべきだと考えて引きさがったが、女性がひとりで山小屋に泊まるなんて正気とは思えない。苦々しい表情がルークの顔をよぎった。いくら努力しても、自分には世界を救うことはできないのだ。疲労のこもったため息をつくと、壁にかかっていた帽子をとって部屋の明かりを消した。家へ帰る時間だ。

その夜遅く、食事をすませて待望の風呂につかったルークは、シーツのあいだに裸でもぐりこんだ。なめらかな木綿のひんやりした感触は官能的な悦《よろこ》びを目覚めさせる。いつもの癖でベッドカバーをすっかり蹴り落とし、脚をのばして、丸みを帯びた木製のベッド枠を足の裏でなぞる。目を閉じると、はじめて会ったときのキャサリン・フェインの顔がまぶたに浮かんだ。メイナード・フィリップスの店で、彼女は頬から雨粒をしたたらせて立っていた。

やがてルークは眠りについた。

5

牧師の妻ネリー・コーソーンは、夫の朝食を用意していた。卵をふたつ手にとって最初のひとつをフライパンに割り入れると、黄身が二個並んでいた。思わぬ得をしたようで、自然と顔がほころぶ。つづいて、慣れた手つきでもうひとつの卵を割り入れた。フライパンに目をやったとき、その卵はすでに最初の卵と混じりあって、恐ろしい様相を呈していた。透き通っているはずの白身が、血のかたまりのような赤黒い色に染まっているのだ。

「神様、お助けください！」ネリーはあえぐように言うと、フライパンを乱暴に火から下ろして、中身を生ごみ処理機に投げ捨てた。

熱された油が流水に触れて大きくはねたが、火傷《やけど》の心配をしている余裕はなかった。その瞬間、頭に浮かんだのは、前日の不気味なできごとの数々だった。町へやってきた黒い棺《ひつぎ》、霊柩《れいきゆう》車に轢《ひ》かれて死んだ犬、そして説教壇の崖《がけ》の上に埋葬された女。自宅の台所で起こったこの小さな事件もまた、カマルーンを襲いつつある不吉な現象の一部に違いない。

しばらくして、牧師が朝食をとりに台所へ入ってきた。夫の姿を見たネリーはわっと泣きだして、ふたりの安全と不滅の魂を守るためにともに祈ってくれるように涙ながらに訴えた。

しかしこの朝、思わぬ不愉快な事件に見舞われた住民はネリーひとりではなかった。農場主のヴァージル・ケンプが朝いちばんに納屋の掃除をしに行くと、お気に入りの乳牛、オールド・スージーに子牛が生まれていた。だが、その子牛が頭をもたげたとき、ヴァージルは腹を殴られたような衝撃を受けて思わずうめいた。ひたいの中央にうがたれた大きな茶色い瞳で、子牛はヴァージルを見つめ返したのだ。とっさに彼の頭をよぎったのは、前日、埋葬のために山に運ばれた女のことだった。ヴァージル自身は、たとえすでに死んでいるにしても魔女とはいっさいのかかわりを持ちたくないと思い、メイナードの店から尻尾《しっぽ》を巻いて逃げ帰った。

そんなところへ、奇形の牛が生まれたのだ。

魔女の身内の頼みを断ったために、呪《のろ》いをかけられたのだとしか思えなかった。

大きな鳴き声をあげて、子牛がよろよろと立ちあがった。雌牛が大きく張った乳房のほうにその体を押しやったが、ひとつ目の子牛は目の焦点をうまく合わせることができず、乳房にむしゃぶりつく代わりに不安定な足どりで二歩ほど横に歩いて、わらのなかにつっ伏した。ヴァージルは身を震わせて母屋へとって返し、銃を手にしてもどった。

説教壇の崖の上に位置する山小屋では、目を覚ましたキャサリンが首をかしげていた。

昨夜寝る前にベッド脇《わき》の小卓に置いたはずの腕時計が見あたらず、代わりに青いグラスが置かれている。ぎくりとして上体を起こし、部屋じゅうに目を走らせたが、怪しい人影はない。ロフトの周囲に張りめぐらされた手すりの先に目を凝らすと、玄関のドアの錠には異状がないことが見てとれた。

腕時計を小卓に置いたというのはおそらくただの勘違いで、グラスは昨夜からそこにあったのだと自分自身に言い聞かせ、もう一度あたりを見まわした。しかし、五分ばかり捜しても収穫はなく、あきらめて着替えをした。行方不明の腕時計よりもっと差しせまった問題がある。階下に下りてきたころには、空腹のあまり腹が鳴っていた。

冷蔵庫をさっとあらためると、昨夜は気づかなかったチーズの包みが見つかった。パンとチーズという朝食は好みではないが、贅沢《ぜいたく》を言っている場合ではない。ナイフを探してかつて祖母が使っていた台所道具をかきまわしていると、悲しい思いがこみあげてきた。もっと早くこの山小屋のことを話してくれたら、ふたりでいっしょに帰ってこられたのに。祖母の目ですべてを見ることができたら、どんなにすてきだったことか。そう考えたとき、アニーがよく口にしていた警句が記憶によみがえった。〝望むだけならなんでもできる〟言い換えれば、困難を乗り越えなさいということだ。現実から目をそむけずにしっかり立ち向かいなさいと祖母は言いたかったのだ。

食料を用意しておいてくれたホリス家の女たちにも、山小屋の手入れをしてくれた男たちにも感謝の念を抱きながら、キャサリンは木製の握りのついた古びたナイフをとりだして、大きなチーズのかたまりを切り分けた。片手にパン、片手にチーズを持って、新しい一日を祝福しにポーチへ出る。

ジープのボンネットにとまっていた一羽のからすが、耳ざわりな鳴き声をあげて空中へ飛び立った。

「こっちだって、あなたなんかお断りよ！」大声で叫び返したものの、あまりに子どもっぽいふるまいがわれながら照れ臭くなって苦笑いした。

裏庭で食事をしようかと考えてポーチの端まで行きかけたが、途中で考えを変えた。新しい土をかぶせたばかりの祖母の墓に向かう心の準備はまだできていない。玄関前のステップに腰を下ろして、パンにチーズをはさんだだけの素朴なサンドイッチをひと口食べると、なんだか気持ちが落ち着いてきた。聞き分けられるものから、まったく得体の知れないものまで、森はあらゆる音で息づいている。それでも昨夜とは違って、怖いという感情は起こらない。さらにひと口サンドイッチをほおばって、ぴりっとしたチェダーチーズの風味とサワーブレッドの歯応《はごた》えを心ゆくまで味わった。できれば熱いコーヒーでのみ下したいところだが、コーヒーをいれるにはこの場所を動かなければならない。キャサリンは数週間ぶりに手に入れた心安らかな瞬間を壊したくなかった。

あざやかな色彩を視野の隅に感じて顔を上げると、二羽の紅冠鳥が地面を軽く飛ぶように歩いていた。深紅の体に明るいオレンジ色のくちばしをつけた雄は、すばやく餌《えさ》をついばんで近くの藪《やぶ》に飛び移った。雄をひとまわり小型にしたような雌は、まだ地面をあさっている。しばらく見ていると、雌が安全に食事を終えられるように、雄が見張りをしていることがわかった。強い信頼関係で結びついている二羽の姿は、キャサリンの心に深く焼きついた。うらやましさにため息がもれる。この小鳥と違って、自分には守ってくれる人がひとりもいない。これからもそんな人があらわれるとは思えない。自分は天涯孤独の身なのだ。

祖母と話をしたいという強い衝動につき動かされて、よろよろと立ちあがった。話しかけても答えが返ってこないのは承知しているが、それでもいい。食べかけのパンとチーズを置いて、裏庭に向かって駆けだした。

小屋の裏は樹木がうっそうと茂り、青い空のほとんどをおおい隠している。草木についた朝露が、まだ完全には消えずに残っていた。松の大木の下を通ったとき、一匹のりすが自分の領分に無断で立ち入られたことに抗議するような声で鳴いた。しかしキャサリンの関心は大木にはなく、前方の一点に注がれていた。そして次の瞬間には、アニーの墓の前に立っていた。膝をついて身を乗りだし、かぶせたばかりの土に両のてのひらを押しあてる。祖母がもういないと思うと悲しくてたまらないが、最後の願いをかなえてあげることができたという達成感も一部にはあった。

「約束どおり、ふるさとにもどってきたのよ、アニーおばあちゃん」右手に視線を走らせて、みっしりと蔦《つた》のからまる古びた墓に刻まれた名前を目で追った。「ビリーおじいちゃんと、ようやくいっしょになれたのね」

祖母との会話を終えると、体を起こして目を閉じ、周囲の空気と香りに五感を解放した。あたりにはほんのりとタイムが香り、なつかしいひめういきょうのつんと鼻をつくにおいもただよっている。甘い香りと刺激のあるにおいが交じりあい、まるでふるさとの庭にいるようだ。アニーが庭造りにかけた時間の膨大さと、そこから得た喜びの大きさにキャサリンは思いをめぐらせた。栽培した香草や野生の薬草を摘む祖母のあとを、飽きずについて歩いた子ども時代の思い出が次々によみがえる。アニー・フェインは時代を先どりする女性だった。テキサス州ウィチタフォールズで祖母が営んでいた健康食品店と、幼いころから暮らした家のことがキャサリンの頭をかすめた。できるなら店は今後もつづけたいが、あの古い家はひとり暮らしには広すぎる。

目をあけて立ちあがり、山小屋に視線をもどした。遺言によれば、祖母が所有していた財産はこの家を含めて、いまやすべてキャサリンのものだ。

眉間《みけん》のうずきを手でさする。短期間にあまりに多くのことが起こった。祖母はなぜ最後の最後になってキャサリンの出生の秘密を明かしたのだろう。そのまま口をつぐんで墓場まで持っていくこともできたはずだ。黙っていても、誰に知れるものでもない。そう考えると、あの時期に打ち明けたのには、死ぬ前に心の重荷を解き放つこと以外の何かがあるのだと思えた。真実を伝えることは生きているあいだにいつでもできたはずで、そうしても何も不都合はなかった。キャサリンにとってアニー・フェインはこの世のすべてだったのだから。

この話には、何かべつの要素がからんでいると見たほうがよさそうだ。祖母の話が事実なら、事件の関係者はすでにひとり残らず他界しているはずだ。キャサリンの伯父にあたる男たちの未亡人や子どもは、いまさらかかわりあいを持ちたがらないだろう。彼女の出生にまつわる秘話を知ったらなおさらだ。さらに、ブレア家やジョスリン家が現在も存在するのかどうかも不明だ。キャサリンが身元を明かしたことがきっかけで、争いが再燃するようなことになったら困る。アニーはそういう可能性をすべて考慮したうえで、キャサリンに打ち明けたはずだ。そうなると、何かべつの意図があった可能性がますます濃くなる。それはいったいなんだろう。

埋葬のために祖母の遺体をケンタッキーまで運ぶことによって、カマルーンの住民がその昔アニーに対して抱いた恐怖のただなかにキャサリンをほうりこむことになるのを、祖母は見越していたはずだ。そうだとしたら、祖母はキャサリンに何をさせたかったのだろう。アニー自身では実行できなかった何が自分にはできるのか。答えの出ない疑問に頭を悩ませていたとき、車が近づいてくる音が聞こえた。気持ちを切り替えて、キャサリンは山小屋の正面へ走っていった。

敷地に停止した白い四輪駆動のブレイザーに見覚えはなかったが、運転席から降りてきた人物には見覚えがあった。ルーク・デプリーストの顔を見た瞬間、キャサリンは自分が彼の来訪を当然のように受けとめていることに気づいた。彼は様子を見に来ると約束し、この人はきっと約束を守る人だということが彼女にはわかっていた。予想があたったことが、なんだかうれしかった。近づいてくるルークを待ち受けながら、たくましい体をうっとりと見つめてしまう。広い肩幅、長い脚、贅肉のない腹。体つきはがっしりしているが、穏やかな表情をたたえている顔のなかで目を引くのは、引きしまったあごと強い輝きをたたえた瞳だ。彼女の正面で立ちどまったルークは、カウボーイハットのつばに手を置いた。

「フェインさん、おはよう」

「おはようございます、保安官」

彼女の堅苦しい挨拶《あいさつ》に、ルークは思わず苦笑いを誘われた。「ゆうべは無事に過ごせたかい？」

キャサリンはうなずきながら、彼の声は良質のウイスキーのようだと考えていた。なめらかで通りがよいが、体の奥を刺激する独特の魅力がある。とんでもない方向に考えが流れはじめたことに当惑して、目をそらした。そのために、ルークの顔に浮かんだ感嘆の表情を見逃すはめになった。

ルークはため息をついた。昨夜はひと晩じゅうキャサリンの身の安全が気になってならなかった。さらに今朝、メイナードの店に立ち寄って車にガソリンを入れたとき、胸の不安はいや増した。その昔アニー・フェインを疎外し中傷した人々に復讐《ふくしゅう》するために、魔女の親戚《しんせき》がカマルーンにもどってきたという噂《うわさ》が町全体に広がっていたのだ。ルークがどんなに説明しても、人々の思いこみを変えることはできなかった。目の前で朝食の卵が血の色に変わったというネリー・コーソーンの証言が、噂に信憑《しんぴょう》性を与えた。さらに悪いことには、ヴァージル・ケンプが生まれたばかりの子牛を持ってきてみんなに見せた。ひとつ目の子牛をひとめ見た時点で、どんな説得も功を奏さなくなった。ルークにできるのは、できるだけ早く山小屋まで来てキャサリンの無事を確認することだけだった。こうして元気な姿を目にしてほっとした半面、彼女のクールな応対にはかすかな失望を感じた。ふと気がつくと、氷のように薄い信頼関係にすがりつこうとして、話の糸口を必死に探していた。

「何か必要なものは？」

「いいえ、とくにないわ」キャサリンはそう言って、腕にとまった羽虫を払った。

ルークは眉間にしわを寄せて、落ち着かない気持ちを押し隠した。まるで、生まれてはじめてパーティーに参加した中学生時代の自分のようだ。踊ってくださいと女の子に申しこむ勇気がなくて、若いルークは夜通しもじもじしていた。いまはそんな重大時ではない。

それなのに、なぜこんなに緊張しなくてはならないのかわけがわからなかった。

「フェインさん、ぼくは昼までこの付近にいる予定だ。お邪魔でなければ、またあとで様子を見に来る」

彼のどこか謎《なぞ》めいたまなざしに、キャサリンは知らず知らずのうちに魅入られたようになっていた。すぐには言葉が出なかった。

「キャサリンよ。キャサリンと呼んで」

「ぼくをルークと呼んでくれたら」

「保安官……」そう言いかけて、キャサリンはあわてて言い直した。「ルーク、ひとつ質問してもいい？」

ルークはうなずいた。

「何をそんなに心配しているの？　さっきも言ったようにわたしはひとりでだいじょうぶだし、何も問題はないのよ。もし何かあったとしても、カマルーンの町はそんなに遠くないわ。いざとなれば、徒歩で行っても二時間くらいで着けるはずよ」

「そんなことをしてはいけない！」思わず乱暴な口調でたしなめたルークは、強く言いすぎたことを悔やんだ。町で何が起こっているかキャサリンは知らないのだ。そんなところへ彼女が顔を出したらどんな騒ぎに発展するかわからない。まして、徒歩で行くのは危険すぎる。不測の事態が生じたときに、すぐに逃げることができない。「ぼくが言いたかったのは、山のなかをまだ泥棒がうろついているから、犯人が逮捕されるまでは安心できないということだ」

「携帯電話があるわ」

ルークは首を横に振った。「ここでは使えない」

キャサリンは当惑した表情を浮かべた。「でも……」

深い森を手で示しながら、ルークは言った。「山の標高が高くて木が密生しているので、電波が届かないんだ。ぼくの言うことを信じてくれ」

大打撃というほどではないが、キャサリンは少し弱気になった。

「わかったわ。安全には注意します。ありがとう」

ルークはうなずいて、その場にしばし立ちどまり、何か適当な話題はないかと考えをめぐらせた。

長い沈黙がつづいた。

さっきまで餌をついばんでいたつがいの紅冠鳥は見あたらず、ジープにとまっていたからすの姿もない。共通の話題は何ひとつ思いつかないものの、キャサリンはなぜかルークと別れたくなかった。そのときとつぜんお腹《なか》が鳴って、思わず頬を赤らめた。幸いルークには聞こえなかったようだ。

「コーヒーでもいかが？」気がついたときにはそう言っていた。自分でも意外だった。ひとりきりで祖母の荷物を整理するつもりだったのに。

　緊張していたルークの肩からほっと力が抜けた。「ありがとう、いただくよ」

「インスタントで我慢してもらうことになるかもしれないけれど」

ルークは帽子を脱いだ。「カフェインさえ入っていれば、それ以上の贅沢は言わない」

キャサリンは先に立って山小屋へ案内した。

「手を貸そうか？」戸棚をかきまわしはじめたキャサリンに、ルークは声をかけた。

　思いがけない申し出に、キャサリンは少し間を置いてから答えた。「そうね……ええ、お願い。コーヒーポットを探してもらえる？　わたしはガスが使えるかどうか見てみるわ」

「家の西側にプロパンガスのボンベが置いてあった。電気が使えるなら、きっとガスも充填《じゅうてん》済みだろう」

　彼の言うとおりだった。明るい青い炎が瞬時に燃えあがった。

「さあ、これで熱源は確保できたわ」

　ルークが振り向いて、その言葉に何か裏の意味が隠されていないか探るようにキャサリンを見つめた。男の論理からすれば、男と女がふたりでこうしているかぎりありとあらゆる種類の熱を起こすことが可能だ。しかし、さすがに後ろめたくなって、その考えを脇に押しやった。

「コーヒーポットを見つけたよ」そう言って、古びた錫《すず》のパーコレーターを持ちあげる。

キャサリンは声をあげて笑った。「そんなに古めかしい道具を見たのは久しぶりよ。ガラスの取っ手もちゃんとついてるのね」

「コーヒーはあるのかな？」

「テーブルの上の箱よ」

ふたりでコーヒーをいれる作業にとりかかった。それがすむと、キャサリンは持ちこんだ食料をひとつひとつとりだした。缶詰めをしまおうとしたとき、戸棚にあったはずのサワーブレッドの残りが消えていることに気づいた。パンがあったはずの場所には、錆《さ》びついた瓶の王冠が置かれていた。キャサリンは眉をひそめて王冠を手にとり、ごみ箱代わりに使用している袋に投げ入れた。

「ここに置いてあったパン、知らない？」

思いがけない質問にうろたえて、ルークは口ごもりながら答えた。「パンって？」

「チーズの横に置いてあったの。外に出たとき、たしかにひと切れ残っていたのよ」

ルークの目が鋭さを帯びた。彼女の訴えは、例の泥棒の被害にあった人たちの口調とよく似ている。

「いま、ごみ箱へ何を捨てた？」

キャサリンは肩をすくめた。「古い王冠よ。どこから出てきたのかしら」

ルークは袋をあさって王冠を見つけた。例の泥棒が挨拶代わりに置いていくような手のこんだ品物ではないとわかって、不安がかき消えた。キャサリンに向き直る。

「前に見たときはなかったと断言できるかい？」

「できるわ。なぜ？」

ルークは首を振り、それから床を見つめて部屋をゆっくりと歩きまわりはじめた。ある箇所で足をとめ、身をかがめて四つん這《ば》いになった。小さな戸棚の戸が一枚だけはずれ、後ろの壁から日光が差しこんでいる。

「どうしたの？」キャサリンが肩の上からのぞきこんだ。

「確信はないが、おそらく森ねずみのしわざだろう。やつらはどんなものでも持ち去っていく。そして代わりに何かを残していく」

キャサリンはふいにうめくような声をあげた。「腕時計」

ルークは身を起こした。「ほかにもなくなった品があるのか？」

「ゆうべ、寝る前にベッド脇の小卓に腕時計を置いたはずなの。でも、今朝目が覚めると時計はなくなっていて、青いグラスが置かれていたのよ」

ルークは同情の笑みを浮かべた。「高価なものでないといいが」

「祖母からの贈り物だったの」

ルークの笑みは瞬時のうちに消えた。「それは気の毒に。もしかしたら、森ねずみの巣を見つけられるかもしれない」

「ほんとうに？」

「運がよければね。しかし、そのためにはぼくがまたここに来る必要がある」

キャサリンはルークの言葉に敏感に反応した。「また来てくださいと、わたしの口から言ってほしいの？」

相手に惹《ひ》かれているのにその感情を素直に認められない自分自身を歯がゆく思って、ルークは深く息を吸った。

「ああ、たぶんそのとおりだ」

「キャサリンと呼んでくれたら、いつでも歓迎するわ」

「キャサリン……キャサリン……キャサリン」ルークは低くつぶやいた。

彼の舌から転がりでる自分の名前のたおやかな響きに、キャサリンは背筋がぞくぞくしてきた。

「一度でけっこうよ」胸の高鳴りを知られたくなくて、そっけなく告げた。

ぴんと張りつめた空気をほぐすための話題を探して、ルークはガスこんろに目をやった。

「コーヒーが沸いたようだ」

救われたような面持ちで、キャサリンはこんろに駆け寄った。それからまもなく、ふたりはポーチに出て、コーヒーを口に運びながら茶飲み話をした。しばらくすると、キャサリンは自分ばかりしゃべっていることに気づいて口をつぐんだ。

「退屈させてしまったかしら？」

ルークは体をびくりとさせた。「すまない。聞いてなかった」

キャサリンは皮肉な笑みを口もとにたたえた。「身の危険を感じる必要がないとわかって安心したわ。話の最中に相手の男性が居眠りしてしまうなんて、女性としてはちょっとばかり悲しいけれど」

ルークは困り果てて弁解した。「心ここにあらずなのは、きみのせいじゃない。カマルーンで起こっていることをきみに話すべきかどうか、迷っていたんだ」

「思いがけない不意打ちを食らうのは嫌いよ。わたしに関することならなんでも知る権利があるはずだわ」

たしかにそのとおりだ。固く引き結ばれた口もとを見て、彼女は精神的に強い人間だとルークは判断した。

「アニー・フェインが埋葬のために山へもどったことを知って、町の人たちは動揺している。さらに……きみがアニーの山小屋に滞在しているものだから……」そこでひと呼吸置いた。きみも魔女と思われているなどと、いったいどの面下げて言えばいいのか。「よく聞いてくれ、キャサリン。町の人たちはどういうわけか、きみがおばあさんの復讐を果たしに帰ってきたと思いこんでいる。きみに呪いをかけられたと信じこんで、すっかり怯《おび》えているんだ」

キャサリンの目が大きく見開かれた。口はうっすら開いている。聞かされた話を理解するのに数分を要した。しばらくたって、信じられないと言いたげに首を振った。

「冗談よね……そうでしょう?」

「いや。冗談でこんなことは言わない。きみはここにいては危険だ。町全体がパニック状態で、実際の話、何をしでかすかわからない」

キャサリンが唐突に立ちあがり、ルークもそれにならった。かすかな戦慄《せんりつ》に襲われて、キャサリンはようやく顔を上げた。驚きのあまり目を見開き、唇を小さく震わせている。

「わたしに危害を加えると言うの? 町の人たちがわたしに?」

「それはわからない」ルークは静かな声で説明した。「だが、念のために警告をしておく。きのう、きみに手を貸すのを断った男のうちのひとりの農場で、今朝、奇形の子牛が生まれた。彼はきみのしわざだと信じこんでいる。手伝いを断られた腹いせに、きみが仕返しをしたと考えているんだ」牧師の家では朝食の卵が血の色に変わったと妻が訴えていることも頭をよぎったが、すべてを伝える必要はない。「そのほかにも小さな事件がいくつか起こって、みんな頭をかかえている」

「なんてこと」キャサリンはかすれた声でつぶやいて、怯えた表情を見られないように顔をそむけた。

長い年月にわたって、祖母は町の人たちに苦しめられてきたのだ。あまりにひどすぎるという思いが、とつぜん胸にこみあげた。涙があふれ、頬を静かに伝った。

人々の愚かさを声に出さずにののしったルークは、後ろからそっと近づいてキャサリンを腕に抱きしめた。

反射的に逃れようとする彼女の体をさらにしっかりと抱いて、首を横に振る。

「じっとして。ぼくはきみの味方だ」

最初はためらったキャサリンも、すぐに体の力を抜いてルークに寄りかかった。弱みを見せずにつっぱりつづけることに、もう疲れていた。おまけに、ここにはたよれる人がいる。少し甘えたからといって、べつに悪いことはない。涙がこみあげてきて、言葉は口に出る前にかき消えた。

「こんなことになってほんとうに残念だ、キャサリン」

体を後ろにもたせかけると、頭のてっぺんにルークのあごが触れるのがわかった。彼の腕はたくましく、規則正しい息づかいが頬の横を通りすぎる。キャサリンは目を閉じた。

「ええ……わたしも残念だわ」

ルークとしては、いやな知らせを伝える役まわりを引き受けたくはなかったが、職務上、知らせないわけにはいかなかった。キャサリンがもたれかかってきたとき、できるならその体をこちらに向けて、口づけで涙をぬぐってやりたいと思った。だが、そんな思いつきはカマルーンの住民たちの考えに負けないくらいばかげている。彼女の体が自分の腕のなかにどんなにしっくりおさまっていようと、彼女の涙を見るたびにどれほど胸が引き裂かれそうになろうと、しょせんは赤の他人だ。

「ぼくに何かできることがあったら言ってくれ。ふるさとにいる誰かに連絡をとるとか」

「連絡をとるような人は誰も……」そう言いかけて、キャサリンは言葉を切った。「ちょっと待って。あなたにもできることがあるわ」

窃盗事件の捜査がまだ終わっていないが、ルークはその問題を頭の片隅にしまいこんだ。例の泥棒はもう何年もこのあたりを荒らしまわっている。二時間ほど捜査が遅れても影響はないはずだ。

「どんなこと？」

「わたしをカマルーンに連れていって。急に買い物がしたくなったの」

ルークは度肝を抜かれたが、口もとがきゅっと引きしまり、青い目が輝いているところを見ると、冗談ではないらしい。

「本気かい？」

「わたしは逃げも隠れもしない」キャサリンはきっぱりと言いきった。「迷信家の愚かな人たちのせいで、自分の信念を変えたりしないわ」

まじめくさった顔にかすかに笑みを浮かべながら、ルークはポケットからハンカチをとりだして差しだした。

「それなら涙は拭《ふ》いたほうがいい」やさしい口調で言った。「決して敵に恐れを見せるなというのが父の口癖だった」

思いやりのある彼の言葉としぐさは、信じられないほど深いところでキャサリンの心に触れた。涙を拭き、ついでにはなもかみたいという衝動をこらえて、ハンカチを彼に返した。

「また借りができたわね」

ルークは肩をすくめた。「そのうちたっぷり返してもらうさ」そう言うと、ハンカチをポケットにつっこんで、カウボーイハットをいつもより深めにかぶった。「持ち物をとってくるといい。車で待ってる」

山小屋へもどるあいだ、キャサリンはルークの言葉を反芻《はんすう》していた。そのうちたっぷり返してもらうとはなんのことだろう。胸の鼓動が妙に速くなる。いったい何を返せばいいのだろうか。

山を下っていく保安官の車をこっそり見張っていたハンターの鼻に、数匹のぶよがまとわりついた。しかし、手で払うことはしない。姿を隠す秘訣《ひけつ》は決して動かないことだと大昔に学んだ。目の前を車が通りすぎるとき、さらに目を凝らした。山小屋に泊まった女が助手席に乗っている。エンジン音が完全に聞こえなくなってから、ハンターはようやくその場を離れた。岩から岩へ、足跡を残さないように注意しながらさらにのぼっていく。好奇心と自己保存の本能につき動かされて、自分の世界へ侵略してきた者のすべてを調べずにはいられなかった。

それからまもなくハンターは、勝手知った様子でアニー・フェインの山小屋に足を踏み入れ、野生動物のように空気のにおいを嗅《か》いだ。誰もいないことを確信してから、部屋のなかを歩きはじめる。

一方の壁の棚には、さまざまな色や形の瓶と書籍が並んでいる。適当に手にとり、古びて破れそうなページをぱらぱらとめくった。書かれている言葉にも、それを読む人間にも用はない。しかし、食料はべつだ。並べられた缶詰にさっと目を走らせて肉と果物の缶詰をひとつずつ選び、肩にかけた袋に投げこむ。そして、小さな木彫りの馬を流し台の上の窓台に置いた。

ロフトへ通じる階段に気持ちが吸い寄せられるが、いったん階上へ上がったら逃げ道が遮断される。危険を冒す気にはなれず、そのまま進んだ。

裏庭に面した窓の前を通ったとき、新しい盛り土が目に入って足をとめた。長いあいだ、黙って見つめていた。死だ。死についてならよく知っている。それが自分のもとを訪れるのを長いあいだ待っていた。やがて、肩をすくめて顔をそむけた。自分には関係のないことだ。もう行かなければならない。

出口に向かって歩きはじめたとき、視野の隅に人影をとらえてはっと立ちどまった。しばらくたって、鏡に映った自分の姿だと気づいた。こわばった表情で鏡に向かい、かっと目を見開いて、ぼうぼうにのびた黒い髪を凝視する。それから視線を下げていき、混乱した黒い瞳から、密生したひげにおおわれている顔の下半分に移動させる。まるで見知らぬ男だ。一歩近づいて、こちらをにらみつけてくる荒々しいまなざしと対峙《たいじ》した。それまで見えなかったものが、心の内側にぼんやりと浮かびあがってくる。鼻孔が広がり、あごを殴られたように頭をのけぞらせた。数秒もしないうちにハンターは山小屋を飛びだしていた。そして、たったいま目にしたばかりの幽霊からできるだけ遠ざかろうとするかのように、森のなかへ駆けこんだ。

カマルーンの町はずれへ向かって車を走らせながら、ルークは不吉な予感と戦っていた。よくよくしてもはじまらない。キャサリンの言うとおりだ。この町の人々は、意識を変革させてくれるカンフル剤を必要としている。ルークの思い違いでなければ、キャサリンこそまさにうってつけの人材だ。

「まずどこへ行きたい？」キャサリンの希望を尋ねた。

「いま何時かしら？」

「もうすぐ正午だ」

「目抜き通りに小さな食堂があったと思うけど」

「大した店じゃないが、あそこのハンバーガーは最高だ。空腹かい？」

キャサリンは首を振った。「さっきの話を聞いて食欲が失《う》せたわ。でも、食欲をそこなうようなことを自分でもしでかしてみようと思うの。仲間に加わる気はある？」

ルークは神経質なまなざしを投げかけた。「本気か？」

「わたしに選択肢があると思う？」

ルーシー食堂の正面に車をとめた。「わかったよ、キャサリン。好きなようにするといい。ただし、不用意な発言は控えるように」

キャサリンは眉をつりあげた。「あーら、ダーリン、ご心配なく」南部なまりをきかせた口調で応じる。「猫をかぶるのは得意なのよ」

6

ルーシー食堂は古くなった油と煮つまったコーヒーのにおいがした。二方の壁に沿って緑と赤のビニール張りのボックス席が並び、その手前には色や形が不ぞろいのテーブルと椅子がところ狭しと置かれている。駐車場はがらがらだが、店内は注文を終えたばかりの夫婦客から、奥のボックス席で食後の煙草《たばこ》をくゆらせている男たちにいたるまで、さまざまな食事の段階にある客たちで半分以上のテーブルが埋まっていた。あらゆるにおいが入りまじった店内の空気に嫌悪を示すように、キャサリンは鼻にしわを寄せた。けれどすぐに、ここには食事をしに来たのではないのだと思い直した。そのまま店の奥に進んでいくと、カウンターの向こうでウェイトレスが顔を上げた。関心のなさそうな目でキャサリンを一瞥《いちべつ》し、ルークの姿を認めるとにっこりとほほえんだ。

「こんにちは、ハンサムさん。泥棒はつかまったの？」

ルークは口もとをゆるめて、キャサリンの肘の下に手を添えた。

「いや。代わりにかわいい女性をつかまえたよ」

ウェイトレスは営業用の笑みを返したものの、内心おもしろくなく思っているのがはたからも見てとれた。ルークの軽口を耳にしたふたりの年寄りが腿をたたいて哄笑《こうしょう》し、キャサリンをうっとりと見つめた。

「お好きな席にどうぞ」ウェイトレスが言った。「すぐに注文をききに行くわ」

奥のボックス席に導こうとするルークの動きに対して、キャサリンは中央のテーブルの脇《わき》で立ちどまり、わざとらしくほほえんだ。

「ここはどう?」

効果的な舞台設定として、故意に中央の席を選んだのは明らかだ。

「かまわないよ」ルークはそう応じて、椅子を引いて彼女をすわらせてから、その右側に腰を下ろした。

しばらくすると、ウェイトレスが水のグラスとメニューをふたりの前に置いた。

「少し考える?」

「ぼくは本日のお薦め料理をもらおう」

キャサリンはわざとらしい笑みをさらに広げてウェイトレスに向き直った。「この町ははじめてなの。今日のお薦めはどんなお料理かしら?」

「ミートローフと、グレービーソースつきのマッシュポテト、それからつけあわせの野菜はさやいんげんかとうもろこしか、どちらか好きなほう」

キャサリンはうなずいた。「じゃあわたしも同じものを。野菜はさやいんげんにして」

自分もそれでいいというふうにルークがうなずくと、ウェイトレスは彼に向かって片目をつぶり、噛《か》んでいたガムを二度ほど破裂させて、カウンターの奥へもどった。

「やれやれ。ここまではなんとか順調だ」ルークは口のなかでつぶやいた。

キャサリンの笑みは健在だ。

ふたりの背後でドアが開いた。ルークが押し殺したうめき声をあげるのを耳にして、キャサリンは振り向いた。どこかで見覚えのある顔だ。しばらく考えた末、前日に食料品店で言葉を交わした女性だと思いだした。そっとうかがうと、ルークは歯を食いしばって、怖いくらいに厳しい表情を浮かべていた。この女性が騒ぎを広めた張本人かどうかはわからないが、そんなことはどうでもいい。一部の心ない人たちによってフェインの名前がけがされたのだ。遠慮という言葉は、このときのキャサリンの辞書にはなかった。

キャサリンがもう一度振り向いて、レジのところにいる女性をまっすぐにらみつけたとき、ウェイトレスが女性に声をかけた。

「いらっしゃい、ネリー。お久しぶりね。メニューを見る?」

ネリー・コーソーンは髪の生え際に浮かんだ汗を拭《ふ》いて、首を横に振った。

「いいえ、いらないわ。今日のお薦め料理をふたりぶん持ち帰りたいの」ふたたびひたいをハンカチでぬぐい、こんどはそれを扇子代わりにして首に風を送りはじめた。「いえね、いつもなら手抜きなんかしないのよ。牧師には愛情のこもった手料理を食べさせるわ。でも、今日はそんな気持ちになれなくて。怖くて台所に入れないのよ。だって、今朝、あんなことがあったばかりでしょ。次に何が起こるかと思うと恐ろしくて」

ウェイトレスが不審そうな顔をした。「何があったの？　料理中に火事でも起こしかけたの？」

ネリーの淡い色の瞳が期待に輝いた。もう一度あの話を語って聞かせる機会が与えられたのだ。声を低めて、芝居じみたささやき声をこしらえた。

「聞いてないの？」

ウェイトレスが首を横に振った。

聞き耳を立てている者がいないか探るように、ネリーは肩ごしに振り返った。中央のテーブルの男女に愛想笑いをしかけ、その瞬間、顔色を変えた。勢いこんで何かを言おうとしたが、小さな悲鳴にしかならなかった。よろめきながらあとずさり、店の中央を指さす。

「あの女だわ！　お助けください、神様。あの女は魔女の身内です！」

キャサリンは一瞬たじろいだが、決意は揺らがなかった。椅子を引いて立ちあがったとき、背後でルークが息をのむのがわかったが、気にしている余裕はなかった。全身の神経が、ドアの前に立っている愚かな女に注がれていた。

「失礼だけど」キャサリンは言った。「それはわたしのことかしら？」

ネリーは後ろに手をのばしてドアノブを探ったが、不首尾に終わった。目を血走らせ、口の端からよだれを垂らしながら、神への祈りの言葉を小声でくり返す。

キャサリンは女のほうへ向かって歩みだした。

「近づかないで！」ネリーが悲鳴をあげて、がっくりと膝をついた。

できるなら喉を絞めてやりたいと思いながら、キャサリンは氷のような声で笑った。

人々の視線がネリーから見知らぬ女に移動する。

「ずいぶん具合が悪そうね。生理の前で神経がいらついてるの？　それとも、介護を受けないと生活できないほど頭のねじがゆるんでいるのかしら」

ネリーは息をのんだ。「まあ、なんて失礼な！」

キャサリンの笑みが冷たく凍りついた。「いいえ、失礼なのはそちらのほうよ。あなたはわたしのことを何も知らないくせに、亡くなった祖母とわたしの名前をけがしたのよ。名誉毀損《きそん》で訴えられても文句は言えないわね」

ネリーはうろたえて尻餅《しりもち》をつき、みっともない格好で脚を前に投げだした。

「訴えるですって？」声が裏返っている。

キャサリンは後ろを振り向いて、唖然《あぜん》としている食事客の目を見ながら、静かに手を差しだした。

「みなさんは彼女の言葉を聞いたでしょう？　わたしの証人になってください」

ふたりの男が立ちあがって、テーブルに金を置いた。

「おれたちは何も聞いちゃいない」ネリーをまたぐようにして店を出ていく。

「まったく勇敢な人たちね」キャサリンは小さくつぶやいて、牧師の妻に注意をもどした。

「きのうまで、わたしとあなたは一度も会ったことがなかった。そうね？」

首がたてに振られる。

「それなのにあなたは、祖母とわたしに関してひどい噂《うわさ》を流した」

ネリーは口ごもりながら訴えた。「あんたが呪《のろ》いをかけたからよ。卵が……牧師の朝ごはんの卵が……血まみれになったのよ」

キャサリンは天井を見あげた。「あきれた。そんなことが原因だったの？」

ふたたび首がたてに振られる。

キャサリンは身を乗りだした。「これまで一度も――これまでの人生でただの一度も――血の交じった卵を見たことがないと言うつもり？」

ネリーは赤面した。「そうは言わないけど、そういう問題じゃないわ」

「いいえ、そういう問題よ。それだけじゃなくて、あなたはなんの罪もない女性を心ない言葉で中傷したのよ」

さらに一歩前へ出て膝を折り、ネリーの顔を間近から見据える。

「あなたはアニー・フェインと知りあいだったの？」

「いいえ、でも噂は……」

キャサリンは大きく息を吸った。「ご主人は牧師だそうね？」

ネリーがうなずく。

「それなら、会ったこともない人間について根も葉もない噂をまき散らすようなまねをして恥ずかしくない？」

首筋を赤黒く染めて、ネリーはぽかんと口をあけた。「あの……それは……」

「アニー・フェインという女性のことを少しでも知っていたの？　世界でいちばんきれいな青い目の持ち主で、どんな抗生物質もかなわないほどすばやく咳《せき》や発熱を薬草で治すことができて、ペカン入りのチョコレートパイが大好きだったことを知っていたの？」

「いいえ」蚊の鳴くような声でネリーは答えた。「知らなかった」

キャサリンは体を起こし、怒りのあまり震える声で言った。「一度しか言わないからよく聞いて。アニー・フェインは魔女ではなかった。栽培した薬草を売って暮らしを支えていたまっとうな女性よ。あなたたちの安全を守るために出征した夫を戦争で失っただけでも悲劇なのに、そのうえ迷信と偏見のせいで故郷を追われたのよ。もしわたしがカマルーンの住民なら、良心がとがめて死んでも主のもとには行けないわ」

主のもとに行けないという考え自体、いまのネリーには受けとめきれなかった。

「神様、お助けください」うめくように言うと、気を失って後ろに倒れた。

頭が床を打つごつんという音が響いたが、キャサリンは気にもとめなかった。この女性がかかえる問題の大きさを考えたら、頭のこぶなどとるに足りないものだ。ふたたび振り向いて、厳しいまなざしで町民たちを見つめた。

「彼女と同じ考えを持っている方がここに何人いらっしゃるかわからないけれど、悪いことは言わないから目を覚ましてください。アニー・フェインはきのうこの町にもどってきて、これからもずっとこの土地にとどまります」涙で人々の顔がにじんだが、言いたいことは最後まで言いきった。「生きているあいだに帰ってこられなかったのが返す返すも残念だわ」

後ろを向くと、目の前にルークの胸があった。

「ここから連れて帰って」泣き顔を人々に見られたくなかった。

ルークは彼女の手をとって、出口に導いた。

新鮮な空気が顔にあたるのを感じて、キャサリンは深く息を吸いこみ、店内のにおいを鼻孔から追いやった。

「ああ、おばあちゃん」そうつぶやいて、両手で顔をおおう。

「顔を上げるんだ」ルークが低い声で命じた。「賭《か》けてもいい。みんなこっちを見てるよ」

キャサリンは背筋をのばし、まばたきして涙を払った。「思ったよりうまくいったわ」

豪快な笑い声をあげたルークは、衝動的に、神とルーシー食堂の客たちが見ている前で彼女を抱きしめた。

「きみは実に大した女性だ」そう言うと、笑いのなごりを口もとにただよわせたまま手を貸して車に乗せた。「山小屋へ送り届ける前に、ほかにもどこか攻撃したい場所はあるかい？」

「牛乳を買っていきたいわ」

食料品店を営むラヴィー・クリーズがゴシップ好きなのを思いだして、ルークは困惑顔で首を振った。食堂での騒動が再現されることになるかもしれない。

「了解」胸の不安を押し隠して車を出す。

数分後、車は食料品店の正面に到着した。

「エンジンはかけたままにしておいて」キャサリンはそう言ってバッグに手をのばした。

「長くはかからないわ」

ルークはにやりと笑った。「なんだか逃走用の車の運転手になった気がするよ」

キャサリンはひとにらみした。

「冗談だよ」ルークは軽くかわしたが、キャサリンが車のドアをあけようとすると、その腕をつかんだ。

「何か？」

「お手やわらかに頼むよ。ラヴィーはネリーよりはるかに年寄りだ」

キャサリンの瞳がかげりを帯びた。「それならもっと分別があってもいいはずだわ」

ドアをばたんと閉めて、キャサリンは車をあとにした。ルークは座席にもたれて、店のなかへ消えていく彼女の後ろ姿を興味深く見つめた。決然とした背中と荒々しい足どりに、燃えるような復讐《ふくしゅう》心があらわれている。この土地の人たちの生活に迷信が深く根を下ろしているのはルークも承知しており、キャサリンの怒りはもっともだと思った。地域社会からのけ者にされて中傷されたらどんな気持ちがするものか自分には想像もできないが、胸を引き裂かれるほどつらいに違いない。キャサリンへの賞賛の思いは出会いの最初から心のなかにあったが、食堂での場面を目撃してからは、敵にまわしたくない手ごわい女性だと思うようになっていた。

ラヴィーが豆の缶詰を棚に並べていると、店の入口の呼び鈴が鳴った。顔を上げて、誰が来たのか見定めようとしたが、戸口に浮かびあがったのは女性の輪郭だけだった。棚に缶をふたつ並べたところで、手の汚れを払って入口に向かった。

「いらっしゃいませ。何を差しあげましょうか?」そう声をかけると、女性が近づいてきた。キャサリン・フェインだった。

「牛乳」

つっけんどんなその言いかたに、ラヴィーはしばし呆気《あっけ》にとられ、店の奥にある冷蔵ケースを機械的なしぐさで指さした。キャサリンは頭を高く上げて、漆黒の髪を揺らしながら、それ以上何も言わずに彼女の横を通りすぎた。相手の意図をはかりかねたラヴィーは体の向きを変えてその動きを目で追った。まもなく、キャサリンがプラスチックの容器に入った牛乳を手にしてもどってきた。

「ほかに何か？」

両手をカウンターに置いて身を乗りだしたキャサリンは、冷たい怒りの宿る瞳で年老いた店主をにらみつけた。

「いもりの目玉もとかげの舌も見あたらないから、これだけでけっこうよ」

ラヴィーの顔が赤く染まった。どちらも魔女のスープの原料とされる品だ。「ちょっとあんた、生意気な口をきくんじゃないよ」嚙みつくように言った。

「そんなふうに言うのはまだ早いんじゃないかしら。牛乳はおいくら？」

「二ドル二十四セント」

キャサリンは財布を探って小銭までぴったりの金額をカウンターに置くと、容器の取っ手をつかんだ。出口へ向かって歩きかけ、途中で足をとめて振り向く。その瞳には、どんなに目の悪い人間でも見逃すことのできない警告の色が浮かんでいた。

「念のためにお知らせしておくけど……しばらく祖母の山小屋に滞在するつもりよ。わたしを怖がらせようと思っても、いじめようとしても無駄よ。わたしは知らない人が祖母を魔女呼ばわりするのを聞くと、猛烈に腹が立つの」

ラヴィーの顔がどす黒く染まった。「わけのわからないことを言う人だね」

「いいえ、わけがわからないのはあなたのほうよ。でも、牧師の奥さんに教えてあげたように、あなたにも教えてあげるわ。無責任な噂話をしていると、カマルーンの人たちはみんな法廷に引きずりだされることになるのよ。もちろんあなたもね」

ラヴィーの目が大きく見開かれる。「法廷だって？　いったいなんの話？」

キャサリンは相手の顔に指をつきつけた。「人を中傷すると名誉毀損で訴えられるのよ。テキサスに越してからの祖母は、商売も成功して、町の人たちみんなに尊敬されていたし、教会では婦人会の会長もつとめていたのよ。祖母が魔女だという噂を広めたのはばかげているだけでなくて、道義的に許されないことだわ。わたしは絶対に認めない。いい、よく聞いて。カマルーンの人たちには選択肢がふたつある。よけいなことを言わずに口をつぐむか、あるいは裁判沙汰《ざた》を覚悟するかのどちらかよ」

言いたいことを言い終えたキャサリンは、牛乳を手にすると、昂然《こうぜん》と顔を上げて店をあとにした。店のドアを後ろ手に乱暴に閉め、ルークの車に乗りこむと、やはりドアを乱暴に閉めた。

「失礼」つぶやいて、足もとに牛乳を置く。

ルークはため息をついて車をバックさせた。「家へ向かってよろしいでしょうか？」

「ええ、いいわ」

「血を流している怪我《けが》人をそのままにして？」わざとらしい南部なまりで尋ねる。

キャサリンは鼻で笑ってルークに目をやり、にこやかに答えた。「血は出ていないわ。彼女は何も感じていないもの」

ルークは含み笑いをした。それにしても見あげた女性だ。ルーク自身、これほどまでにひとりの女性に強く惹《ひ》かれたことはないが、それと同時に、慎重にふるまわなくてはいけないと自分に言い聞かせた。なぜかわからないが、この女性は秘密をかかえているような気がする。彼の経験によれば、秘密には危険がつきものだ。

車が山道を進むあいだに、キャサリンは、自分はなすべきことをしたのだと確信できるようになった。実際にしたことといえば、ふたりの噂好きの女性と激しい言葉でやりあっただけだが、祖母はきっと誇りに思ってくれていると信じることができた。

しかし、キャサリンがラヴィー・クリーズに負わせた目に見えない傷は、ラヴィーの側からすれば、まったくの無痛ではなかった。キャサリンが店を去ってはじめて、彼女は自分が息をとめていたことに気づいた。〝訴える〟という言葉に動揺してしまったのだ。裁判沙汰は困る。裁判になったら、隠していた秘密が明るみに出てしまう。ラヴィーは自分の秘密をすべて闇《やみ》に葬ったままにしておきたかった。ぎこちなく息を吐きだすと、受話器に手をのばした。レキシントンに知りあいの弁護士がいる。彼に相談すれば、自分たちの法律的な立場が明らかになるはずだ。電話がつながるのを待つあいだ、こんなことはべつに大した問題ではないと自分に言い聞かせていた。念のために質問してみるだけだ。

十分後、受話器を置いたときには、すっかりうなだれて身を震わせていた。町の全住民が訴えられる可能性があるだけでなく、裁判で勝つためには、アニー・フェインが悪魔の手先だったことを書面で証明する必要がある。今朝、十五歳の雌牛にひとつ目の子牛が生まれたという珍事はなんの証拠にもならないと言われた。

亜麻色の髪をしたふたりの少年が裸足《はだし》で小川に入り、腰あたりまである水をはね散らしながら遊んでいる。おたまじゃくしをつかまえるという当初の目的は忘れて、どちらが早く頭から足の先までびしょ濡《ぬ》れになるかを夢中で競いあっていた。

崖《がけ》の上から見ているハンターの顔を、かすかなほほえみがよぎった。彼らの明るい笑い声と、少年らしく陽気にふざけあう様子は、見ている者をも引きずりこまずにはおかない。腹這《はらば》いになってふたりのおしゃべりに耳を澄ましているうちに、あの悲しいできごとが起こるはるか以前の記憶が意識の縁に浮かびあがってきた。目を閉じて、記憶を遠くへ押しやろうとするが、風に乗って女性の声が静かに運ばれてくる。まぶたに浮かぶのは、満開のライラックの木のそばに立つ茶色い髪の女性の姿だ。甘く澄んだ声で、女性が名前を呼ぶ。幻だとわかっているのに、返事をしたいという衝動を抑えきれなくなる。

「ごはんよ」声が遠くまで届くように、一語一語はっきり区切って女性が呼びかける。

「ハンク、ジョニー、チャールズ……」

最後の名前が呼ばれる直前にハンターはびくりと体を動かし、記憶を断ち切った。崖の下に目をやると、少年たちの姿は消えていた。それとともに楽しい気分も消え去っていた。あたりにさっと目をやって体を起こしたときには、誰にも見られない場所に姿を隠したいという思いがふだんよりなおいっそう強まっていた。少年たちのことは頭から追いやって、ハンターは歩きはじめた。

十五分後には、崖の下のうっそうとした木立の前に立っていた。しばらくそのままの姿勢で耳を澄ましてから、また歩を進める。一本の大木にぶつかりそうになったところで、右に顔を向けた。茂みと崖のあいだの細い隙間《すきま》は、その気になれば大人がくぐり抜けられるだけの幅があった。ハンターは身をかがめて隙間を抜け、数秒後には、その先にある秘密の洞窟《どうくつ》に足を踏み入れていた。穴の入口にあわせて形づくられた分厚い木の扉はあいていた。なかに入ると同時に扉を押して閉め、内側から閂《かんぬき》をかける。一瞬のうちに、洞窟は暗闇でおおわれた。唯一の明かりは、高い天井にある小さな開口部から差しこむかすかな光だけだが、ものを見分けるにはじゅうぶんだった。ハンターは暗がりに目が慣れるまでしばらく待ち、それからゆっくりと息を吐きだした。ねぐらへ帰った動物のように、彼もこの洞窟へ帰ると気分が落ち着き、心がなごんだ。

　しかし、この場所での暮らしに不満はないものの、ここを自分の家とはみなしていなかった。家とは心のふるさとであり、この場所には心のあこがれを満たすものが何もない。なかほどにあるテーブルに袋を置いて、壁際の寝台へ歩み寄った。いつもなら出歩くのは夜だけで、今日のように昼日中に外へ出ることはめったにない。マットレスに体を投げだしたとき、腹がぐうと鳴った。魔女の山小屋で失敬してきた肉の缶詰をあけようかという考えが頭をかすめたが、すぐに思い直した。この生活で大事なのは日課を守ることだ。いまは眠ったほうがいい。

　両手を組んで頭の下にあて、首をほんの少し持ちあげて、寝台の反対側の棚に置かれた二枚の写真のぼんやりした輪郭を見つめた。一枚はライラックの茂みのそばに立っている母親で、もう一枚はカメラに向かって手を振っているブロンドの若い女性だ。写真の女性が誰か思いだせないときもあれば、思い出が痛いほどに鮮烈によみがえる日もあって、そんなときはあまりにつらくて立っていられなくなる。今日はありがたいことに、記憶はもどってこなかった。

　目を閉じて、彼の領分に無断で入りこんできた見知らぬ女のことを考えた。ひたいにかすかなしわが刻まれたが、やがて眠りの世界に入っていくにつれて、穏やかな表情になった。どうせすぐに出ていくに決まっている。永遠につづくものなどこの世には存在しない。

そのうちあの女も出ていって、山はまた彼のものになる。

ブレイザーのギアを二速に入れて、ルークは山道を注意深くのぼったが、それでも車はがりがりと道をこすった。

キャサリンは申し訳なさそうに身を縮めた。「ごめんなさい。車が傷んでしまうわね」

ルークは肩をすくめた。「もっとひどい道を通ったこともあるさ」そのとき急にブレーキを踏んで、右手を指さした。「ほら、鹿《しか》だよ！　見えた？」

さっと振り向いたキャサリンの目に、木立に飛びこむ寸前の若い雌鹿の姿がちらりと映った。無意識にルークの腕をつかむ。「わあ、すごい！　なんてきれいなの」

ルークが向き直って、熱いまなざしを向けた。「ああ、ほんとにきれいだ」

キャサリンは喜びに顔を輝かせてルークの顔に目をやった。その瞬間、彼の言葉が鹿ではなく自分のことを意味しているのだと悟った。あわてて手を引っこめて視線を膝に落とし、足もとに置いた牛乳の容器が倒れていないか確認するふりをする。

しばらく沈黙がつづいたあと、ルークは車のエンジンをかけた。キャサリンの心は、浮き立つような思いと不安とに揺れていた。だがそのとき、衝撃的な事実に思いあたった。どんなに親切にしてくれても、どれほど感じがよくても、この人はしょせん、赤の他人なのだ。おまけに、キャサリン自身この土地に長居するつもりはない。これ以上かかわらないほうが身のためだ。

「あのね、わたし――」意を決して正直に伝えようとした瞬間、車の無線装置が雑音をたて、現実から遊離したような人の声が聞こえてきた。

「もしもし、ルーク。こちらは通信指令係のフランクです。聞こえたら返事をしてください。どうぞ」

ルークは無線機のマイクをとりあげた。「ルークだ。どうした？」

「ベンスンリッジで夫婦喧嘩《げんか》の報告が入ってます。またエイモリー・ベンスンの家ですよ。どうぞ」

「一時間以内に現地へ向かう。以上」

ルークは小さく笑って車を走らせた。小さな町の保安官事務所にはコールサインを完璧《かんぺき》に暗記している通信司令係がいない。事件のすみやかな解決をはかるためには、略式のやりとりで間に合わせるほかなかった。

しかしその笑顔をキャサリンは見ていなかった。ルークがどこかべつの場所に急行しなければならないことを知って、気が動転していた。

「ここで降ろして」ルークに言った。「あとは山小屋まで歩くわ」

ルークはキャサリンにちらりと目をやって、ふたたび道路に視線をもどした。「山をひとりで歩いてはいけない。前にも話したと思うが」

「カマルーンの人たちがわたしにちょっかいを出す心配はないわ。近づいたら蛙《かえる》に変えられると思っているんだから」

「窃盗グループはどうだ？　あいつらも蛙に変えられるのか？」

キャサリンは小さくなって座席に沈みこんだ。「忘れてたわ」

「忘れないほうがいい。それに、もう着いたよ」

顔を上げると、驚いたことに目の前に山小屋があった。キャサリンは牛乳を床からとりあげた。

「応援してくれたことにも、車に乗せてくれたことにも、感謝してるわ」そう言って、車が停止すると同時にドアをあけて外へ出た。

ルークは不満そうな顔をした。こんなあっさりした別れかたを予期してはいなかった。しかし、仕事が待っているのでぐずぐずはしていられない。

「キャサリン。暗くなる前にたぶんもどってこられると思う。きみさえよければ、また様子を見に来るよ……念のためにね」

「お好きなように」キャサリンはそう言って、車が方向転換できるように道をあけた。

冷静な表情で車を見送りながら、あとでまた寄ってくれるという言葉に安堵《あんど》を覚えているのも事実だった。

7

山小屋へ一歩足を踏み入れた瞬間、キャサリンは異変を感じた。留守中に何者かが入りこんだのだ。一見したところ何も変わりはないが、侵入者の気配が濃厚にただよっている。森ねずみかもしれないという考えが頭をよぎったが、すぐにそうではないと思い直した。動物ならこんなふうには感じないはずだ。

ぎこちない動きで、買ってきた牛乳を古い冷蔵庫にしまう。遠ざかっていくパトカーのエンジン音を聞くと孤独感がつのった。とそのとき、心臓がどきんと大きく打った。侵入者はまだここにいるかもしれない。

とっさにバスルームをのぞいたが、蛇口から水が垂れているだけで異状はなかった。階下には、ほかに大人の男が身を隠せるような場所はない。ロフトを見あげ、ためらいながら階段をのぼった。頭が踊り場に出たところで足をとめ、四隅へさっと目を走らせる。ベッドの下には誰もいないし、作りつけの衣装棚は狭くて大人が隠れることはできない。

ほっと息を吐きだして階段を駆けおりると、入口のドアへ走っていって錠をかけた。かちりという音を聞いたとき、ようやく理性をとりもどすことができた。気のせいに決まっている。カマルーンの町でふたりの女性とやりあったせいで、まだ感情が高ぶっているのだろう。もう一度部屋を見まわして誰もいないことを再確認し、心配することは何もないと自分に言い聞かせる。できるならベッドへもぐりこんで頭から毛布をすっぽりかぶってしまいたいところだが、恐怖から目をそむけずにまっすぐ立ち向かいなさいと祖母には教えられた。それでも、気分は少しもよくならなかった。

　うなだれてがっくりと肩を落とした。がらんとした山小屋は、まるでいまの自分の心を反映しているようだ。いっそ祖母の持ち物を手あたりしだいに車に積んで、すぐにでもウイチタフォールズに逃げ帰ってしまいたい。だがそうすれば町の人たちに負けたことになる。彼らのせいで、祖母のアニーは心ならずも孤独な暮らしを強いられたのだ。自分の意思でこの土地を出ていくそのときまで、追いだされてなるものかとキャサリンは決意した。

　心が決まると気分がよくなり、力が湧《わ》いてきた。そうなってはじめて、祖母が実践していた素朴なライフスタイルをじっくりと観察する気持ちの余裕が出てきた。前日、山小屋をはじめて目にしたときは、あまりに孤立した暮らしぶりばかりが目についたが、やがて時間がたつにつれて、この暮らしの長所や魅力に目が行くようになった。そういう点を祖母は見せたかったのだろうか。

　あごが小さく震えた。「教えて、おばあちゃん。わたしに何を学ばせたかったの？」

悲しいことに、アニーのいる場所はあまりに遠くて返事は返ってこない。答えがなんであれ、キャサリンが自分で見つけるほかなかった。

祖母の持ち物を選んで荷造りするという困難な作業が、急に現実みを帯びてきた。部屋のなかに目をやって、持っていくべき品を目でより分ける。暖炉の上に、長い木の柄のついたふたつきの平鍋《ひらなべ》がかかっていた。前に雑誌で見たことのある旧式のポップコーン製造機だ。そういえば、祖母はたき火でポップコーンをあぶったときの思い出話をしていた。ふたの下で固くて白い粒がはじける音、温かいココアとよく合うポップコーンの塩味……。祖母の話をもっとよく聞いておけばよかったと悔やまれた。

鍋から書棚へ視線を移動させたとき、驚きで目を見開いた。キャサリン自身が親しんできた作家の本がずらりと並んでいる！　ジーン・ポーター、エミリー・ローリング、グレイス・リヴィングストン・ヒル。さらにはエドガー・ライス・バロウズにゼイン・グレイの著作まである。アニーがみずから尊敬する作家の本を、孫娘が無理のない形で好きになるように仕向けてくれたことを知ってキャサリンは胸が熱くなった。思わず本棚に手をのばす。古びてくたっとなった背表紙に指を走らせていると、祖母の体に触れているような気がした。書棚には薬草に関する書物も無数に並んでいた。栽培、分類、収穫についての専門書に交じって、販売の手引き書まであった。

一歩後ろに下がると、いちばん上の棚の奥に木箱がひとつだけぽつんと置かれているのが目に入った。靴箱より少し大きいその箱は、一面ほこりでおおわれている。ホリス家の女たちも、キャサリンが滞在するのは数日だと考えて、そこまで徹底的には掃除をしなかったのだろう。そんな場所に祖母が何を隠したのか興味が湧いて、椅子の上に乗って箱を下ろした。手に持ったとき、なかで何かがこつんといった。壊れやすいものでないことをキャサリンは願った。

濡《ぬ》れ雑巾《ぞうきん》で、箱の上に厚く積もったほこりを拭《ふ》きとる。すると、黒っぽい桜材のふたに装飾体の文字で記された三文字の頭文字があらわれた。ＡＨＦ。アニー・ホリス・フェインのことだろうか。ふたをあけて、箱を明かりへ向ける。

内側の隙間《すきま》に、勲章がはさまっていた。音がしたのはこのせいだ。手にとってみると、名誉負傷章だった。手にとったときはひんやりとしていた勲章が、しばらく握っていると温かみを持ち、命を持っているように感じられた。箱の内部に注意をもどすと、軍服姿の若者の写真が目にとまった。厳粛な表情をしているにもかかわらず、目がきらきらと輝き、こんな格好でポーズをとっている自分がおかしくてたまらないと言っているかのようだ。髪は黒く、どちらかというといかつい顔立ちだが、どこか愛敬《あいきょう》を感じさせるところがある。裏返すと、祖母の手書きの文字があった。

ビリー――一九四二年二月。

祖母の最愛の人、ビリーだ。写真を脇《わき》に置いたキャサリンは、これほど大切な品を放置して一刻も早くこの場所を立ち去らなければならなかった当時の祖母の心境に思いをめぐらせた。ふたたび箱に注意をもどして、次の品をとりだす。それは国防総省からの電報で、黄ばんだ紙はいまにも破れてしまいそうだ。読む前からそれがなんであるかを悟って、キャサリンは胸がつぶれる思いだった。電報を開く。

〝フェイン夫人。大変残念なお知らせがあります。ご主人の……〟

キャサリンは椅子に腰を下ろして、悲報を受けとった年若いアニーの深い悲しみに思いをはせた。「おばあちゃん」視界が涙でぼやけた。「ああ、おばあちゃん」

ビリーの写真をじっと見つめる。彼の死によって、アニー・フェインの世界にはぽっかりと大きな穴があいたのだ。しばらくして写真と電報を置き、箱のなかへふたたび手をのばした。あと残っているのは数冊の本だけだ。これらの本にかぎって、なぜ書棚でなく箱におさめられているのか不思議に思った。最初の本を開いたときはじめて、これらがただの本ではなく祖母の日記帳だとわかった。全部で五冊ある。

ほとんど息をつめるようにして、最も古いものを手にとった。祖母の日常を記した記録を読めるとは、なんという幸運だろう。もし自分がここへ来なかったら、日記帳は誰にも気づかれないまま失われていたのだ。

細かい字で記された文章は、急いで書いたらしく、ところどころ行が右上がりに曲がっている。ペンを使用している部分もあるが、大部分は鉛筆書きだ。消えかかっている文字が無性にいとおしくて、キャサリンはてのひらを押しあてた。この同じページにかつて祖母が手を置いたと思うと、大きな安堵《あんど》感が体の隅々に広がっていく。気持ちがいくぶん落ち着いたところで、貪欲《どんよく》に文字を追いはじめた。

一九四〇年一月四日

ビリーと結婚して二カ月。彼は朝から晩まで森で仕事をしている。わたしはエイブラムにもらった鹿《しか》の腰肉を燻製《くんせい》にしてみた。今日はエモリー・クリーズがひめむらさきの薬草を求めてやってきた。ラヴィーの肺の病気がぶり返したのだ。薬草を煎《せん》じるやりかたを彼に教えた。あたりはもう暗く、雪が降りはじめている。

キャサリンは驚きのあまり息をのんだ。ラヴィー・クリーズ――食料品屋の偏屈な年寄り――が、その昔は、祖母の薬草を買い求めたのだ。どうも奇妙だ。それが事実なら、このあとアニーと町の人たちのあいだにいったい何が起こったのだろう。

さらに日を追って、月を追って、日記を読み進める。とつぜんお腹《なか》が鳴った。手首に目をやったが、いつもならそこにあるはずの時計はなかった。手癖の悪い森ねずみのせいだ。しかし自分の置かれた状況を思いだして、べつに困ることはないと考え直した。文明から遠く離れた山中では、時計などあまり意味を持たない。空腹を感じたときが食事時間だ。

日記帳を脇に置いて、戸棚のところへ行った。まぐろの缶詰は好物ではないが、料理をするよりはましだ。ところが昨夜置いたはずの目の前の棚に、まぐろの缶詰はなかった。首をかしげて、缶詰のラベルをひとつひとつ確認していく。

やはりどこにもない。

捜せば捜すほど、不審の思いがつのった。目を閉じて、前日の行動を振り返る。しかし、何度くり返しても結果は同じだった。たしかに置いたはずのまぐろの缶詰が消えている。さらに調べるうちに、豚肉の缶詰と桃の缶詰もなくなっていることに気づいた。

胃袋を引き絞られるような不快感に襲われて、食欲は消えた。後ろを振り向いて、部屋のなかをもう一度緊張したまなざしで見ていく。ふと気がつくと、流しの上の窓台に置かれた小さな木彫りの馬を凝視していた。心臓が早鐘を打つ。前に見たときはなかった。もしあったら気がついているはずだ。そういえば、ものを盗む代わりに何かを置いていく泥棒がいるとルークは言っていなかったか?

手をのばしながら、きっと森ねずみの置き土産に違いないと自分に言い聞かせた。しかし手にとった瞬間、そんなはずはないと悟った。高さ十五センチほどの小さな品だが、細部までていねいに形づくられ、まるで生きているようだ。とつぜんの恐怖にとらえられたキャサリンは、木彫りの馬を置いて窓の外をのぞいた。何者かが山小屋へ入りこんだのだ。食料を盗まれたことより、自分だけの空間を侵されたことが大きな衝撃だった。考えれば考えるほど怖くなる。誰にも干渉されずにひとりきりで数日を過ごすのはいいが、命を粗末にするのは愚かなことだ。

恐怖の発作にとらわれて、昨夜と同じように椅子をつかんでドアノブの下にあてがった。そして、読みかけの日記帳を持ってロフトに駆けのぼる。ベッドにもぐりこんでようやくほっと息を吐きだすことができた。日暮れまでには何時間もあるが、荷造りは翌日にしようと心に決めた。いまのこの瞬間、自分に必要なのは祖母と心を通わせることだけだ。そうするには日記帳を読む以外になかった。

しばらくして、雨が降りだした。屋根をたたく雨音を聞いているうちにいつのまにか少し眠りこんだ。目を覚ますと、外は暗闇《くらやみ》がせまっていた。ふたたび空腹を感じて階下へ下りていく。戸棚をかきまわしたあげく、冷たい牛乳をかけたコーンフレークと缶入りのフルーツカクテルで食事をすませることにした。

日記帳に目をやり、それから書棚に視線を移したが、いまは文字を追う気持ちにはなれなかった。恐怖にとらわれて頭が麻痺《まひ》したようになっている自分が、そしてこの状況すべてが腹立たしい。こんな姿を祖母が見たら、きっと嘆くに違いない。自分でも情けなくてしかたがなかった。広がりつつある窓の外の闇に目をやって、夫を亡くした祖母の暮らしを頭に思い描く。その苦労は並たいていではなかったはずだ。缶詰を盗まれたくらいでうろたえている自分が恥ずかしい。それに、この泥棒は住人に危害を加えるつもりはないようだ。その証拠に、盗んだ品より高価そうな品が代わりに置かれている。それはある意味、敬意のしるしと言えるのかもしれない。

風が出てきた。木の枝が屋根をこする。夜鷹《よたか》が仲間を呼ぶ物悲しい声を聞くと、ぞっとして腕の毛が逆立った。恐怖からというより孤独感が胸にせまって、キャサリンは小さく身を震わせた。もうすぐ二十七歳になるというのに、たよれる人はひとりもいない。ビリーとアニーのように、自分も心の底から愛しあえる誰かにめぐりあえるのだろうか。

その瞬間、ルークの顔が目の前に浮かんだ。体にまわされた力強い腕の感触。思いやりのこもった指先、笑いをこらえてもなお目の隅できらめくおかしそうな表情……。

おばあちゃん、ひとめぼれってほんとうにあると思う？

とつぜん、この狭い空間を出て、新鮮な空気を吸いたいという衝動が湧き起こった。だがそのためには闇のなかへ出ていかなければならない。キャサリンはためらいがちな足どりでドアへ歩み寄り、ドアノブに手をかけたまま、無謀な行動ではないかと考えこんだ。

「もうたくさん」小声でつぶやく。「逃げ隠れするのはまっぴらよ」

椅子をどけてドアをあけた。明かりを背にして立たないように注意し、すばやく外へ出てドアを閉める。

最初はただ暗いばかりで何も見えなかったが、しばらく時間を置くと目が慣れてきた。そのうちに、暗さに段階があるのが見てとれた。窓の明かりを受けて、家の近くの地面が四角く切りとられ、淡い灰色に染まっている。ジープの車体に雨粒があたって跳ね、近くの木で梟《ふくろう》がほうと鳴いた。

さらに何歩か前へ出て、泥だらけの暗い地面を緊張した面持ちで観察する。何ひとつ動かない。さらに二歩ほど進み、森の音に耳を澄まして、雨に洗われたひんやりとした空気に肌を浸す。自分のほかに誰もいないことをようやく確信すると、ステップの最上段に腰を下ろして頬杖《ほおづえ》をついた。

ややあって、ここしばらく経験したことのなかった安らかな気持ちが胸に広がった。ため息をつき、頭の後ろで両手を組んで空を見あげる。星の多くは雲に隠れているが、現在のキャサリンに天の啓示は必要なかった。この場所こそが、現在の自分がいるべき場所だと心から思えた。孤独のなかに安らぎを感じながら、じっとすわっていた。

やがて風向きが変わり、薪を燃やす強烈なにおいがただよってきた。くつろいでいたキャサリンの体に緊張が走った。煙は火を意味し、火は人間を意味する。おまけに、付近に民家は一軒もないと聞いている。近くの木立で小枝が折れるぽきっという音がした。さらにもう一度、ぽきっ。墨を流したような漆黒の闇に目を凝らしたが、何も見えなかった。

これまで安全な避難所と思えた暗闇が、またも恐怖の対象になった。唐突に立ちあがって、狩猟者に追われる動物さながらに家のなかへ飛びこむ。ドアを乱暴に閉めて錠をかけ、ようやく恐怖がやわらいだ。デッドボルト錠と拳銃《けんじゅう》があれば心強いが、ドアノブの下に椅子をあてがうだけで我慢するしかない。念のために、テーブルともう一脚の椅子をドアの前に移動させる。

全身を震わせながらいったんはベッドにもぐりこんだが、やがて上体を起こしてマットレスの中央で脚を組み、階下のドアを見張りはじめた。

雨が降る前から、ハンターは森のはずれに立っていた。山小屋の女性に対する好奇心は、発見される恐怖をしのぐまでにふくらんでいた。いったい何者だろう。そして、幽霊が出るという噂《うわさ》の山小屋でいったい何をしているのだろう。女性がポーチに出てきたときは、思わず逃げだしそうになったが、やがて相手からこちらが見えるはずがないと思い直した。そのあとは木の葉のあいだから落ちる雨粒で顔も服もびしょ濡れになりながら、夢中で観察をつづけた。

食料を求めて夜の森を這《は》いずりまわる一匹の黒い蛇が、彼のブーツを乗り越えて下生えの灌木《かんぼく》のなかへ消えた。ハンターはその動きを視界の隅におさめつつ、表情ひとつ変えなかった。女性がポーチへ出てきたときは体を硬くしたが、ステップに腰を下ろすのを見て緊張を解いた。雲の動きが速く、淡い月明かりが時折さえぎられて、女性の顔は暗い影におおわれたり、一瞬だけ明るく浮かびあがったりする。女性の顔には、彼の心を揺さぶる何かがあった。どこかで見たことがあるような気がする。しかし、記憶をたどろうとすると、形をとりかけていたものは消えた。じっと動かない彼女の姿に魅入られたようになり、しだいにその存在に慣れてきて、やがてはため息をついたことさえ空気の動きひとつでわかるようになった。

いつのまにか、女性の悲しみが肌で感じられるようになった。そして、見過ごしにできないほど魂を揺さぶられた。あんなに華奢《きゃしゃ》な女性が、ひとりぼっちでポーチの暗闇にすわっている。おそらく山小屋の裏にできたばかりの真新しい墓のせいだろう。悲しみも孤独も、ハンターはよく知っている。しかし、彼の人生のこの時点で、誰かほかの人間に手を差しのべることはかなわぬ願いだった。社会的な能力は、完全な休止状態にあった。いまは、生きのびるだけがすべてだった。

とつぜん、右手の小枝がぽきっと折れた。びっくりして顔を振り向けると、一頭の雌鹿が木立を駆け抜けて森へ消えた。山小屋へ視線をもどす。案の定、女性は立ちあがって小屋のなかへ駆けこもうとしていた。何も危険はない、鹿が通っただけだと大声で呼びかけたかったが、そのためには正体を明かさなければいけない。ドアをばたんと閉める音が銃声さながらに闇にこだました。

数秒後、ハンターは姿を消していた。

日暮れ近くになって、ルークは帰途についた。右手の下りの道はカマルーンに通じ、左手の道は説教壇の崖《がけ》を経由してキャサリンのもとに通じている。腕時計にちらりと目をやって、机の上にたまっているはずの書類の山を思い浮かべた。だが、明日になっても書類は消えないが、キャサリン・フェインは姿を消していないと言いきれない。仕事と私情のどちらを優先させるかしばらく迷った末、左の道にハンドルを切った。闇に閉ざされた山道を走った経験は以前にもあるが、これほど胸が高鳴ったことはかつてなかった。

車を進めるにつれて勾配《こうばい》が急になっていく。速度を落としかけたとき、木立のあいだから一頭の雄鹿がいきなり道路に出てきた。ヘッドライトに目を射られて立ちすくむ鹿の美しさに息をのみ、ルークは急ブレーキを踏んだ。ほんの一瞬、双方は見つめあい、ルークは鹿を、鹿はヘッドライトを凝視した。十六本か、あるいはもっと多くの枝角を持つ立派な雄だ。ライトを弱めると、鹿はわれに返って駆けだした。車にぶつからなくてよかったとルークは胸をなでおろした。鹿とトラックの衝突事故はこのあたりではめずらしくない。

これ以上何にも邪魔されずに早くキャサリンに会えるように、慎重に車を進めた。そういえば、はじめて会ったときのキャサリンにはさっきの鹿を思わせるところがあった。姿かたちではなく、状況がのみこめずにとまどっている様子がどこか野生の生き物を思わせた。おそらくあの弱々しさゆえに、自分は彼女に惹《ひ》かれたのだろう。だがそれも最初のうちだけだ。今朝、町の女性ふたりを激しく攻撃したときの彼女に、弱々しいところはなかった。キャサリンは敵にまわしたら手ごわい存在だ。ベッドでもあんな激しさを見せるのだろうかという考えがちらりと浮かび、腹の奥が熱くなった。

しばらくしてカーブを曲がると、遠くに明かりが見えてきた。山小屋だ。心臓が跳ねるように脈を打つ。あと数分でキャサリンの顔を見て、声を聞くことができる。おそらく笑顔さえ引きだすことができるだろう。そう思ったところで、自分の愚かさを叱《しか》った。安易な夢は禁物だ。彼女にとって、自分はただの親切な保安官でしかないのだ。

山小屋の前に車をとめるころには、望みはないと思えてきた。到着を知らせるためにクラクションを鳴らして車を降りる。夜中の訪問者に彼女が怯《おび》えないように、ドアをノックして大声で名前を呼んだ。

「キャサリン、ぼくだ、ルークだ。入れてくれないか」

しばらく待った。階段を駆けおりる足音につづいて、家具を動かす音がかすかに聞こえ、そして何かがどしんと響いた。同じような音がもう一度して、それから急ぎ足でドアに近づく足音。ドアの向こうで何かがさっと動く気配に、ルークは顔を曇らせた。さらに大きな声で心配そうに呼びかける。

「キャサリン！　無事なのか？」

ドアが内側に大きく開かれた。キャサリンは部屋の奥に立っている。家具はでたらめな位置に置かれていた。どうやら家具をバリケード代わりにして、立てこもっていたようだ。

あらためてキャサリンの顔を見たとき、ルークは喉が締めつけられそうになった。キャサリンはとまどいと怯えがあいなかばした表情を浮かべている。ルークは無意識に、彼女の肩に手を置いていた。

「どうした?」

キャサリンは内心、小躍りしたかった。男の姿を目にして、これほどうれしく感じたことはかつてない。まして、相手は信頼の置ける人物だ。彼が来てくれただけでなく、心から案じてくれている様子を見ると、ぴんと張っていた気持ちがゆるんだ。自分でも意外なことに、大きな声で泣きだしていた。

ルークはドアを足で蹴《け》って閉めた。

肩を震わせて泣きながらしがみついてくるキャサリンをやさしく抱きとめる。一方の手で背中をさすり、もう一方の手を顔にあてて、自分の胸にぴったりと押しあてた。

「もう心配ないよ、キャサリン。だいじょうぶだ。ぼくがついてる」

しかし一分が過ぎ、さらに次の一分が過ぎて、ルークの不安は耐えがたいまでにふくれあがった。事情がわからないために、よけいに不安が増していく。ゆっくりした動きでキャサリンの肩に手を置いて、顔を上げさせた。

「何があったのか話してくれないか」

深みのあるルークの声は、心がとろけそうなほど魅惑的だった。キャサリンは小さく身を震わせ、深く息を吸うと、ルークの後方の戸棚に置かれた木彫りの馬を指さした。

ルークは振り向いて眉を上げた。「なんだ?」

「馬よ」

木彫りの馬を手にとったルークは、やすりをかけていないごつごつした表面に親指を走らせた。「これがどうかしたのか?」

「あなたが追っている泥棒がここへ来たみたい。それにおそらく、まだそのへんにいるわ。さっき木立のあたりで何か物音がしたから」

胃袋がよじれるような不安を感じながら、ルークは木彫りの馬を持ちあげた。「きみのおばあさんの持ち物ではないのか?」

「違うわ。山小屋にもどったら窓台に置いてあったの。それに、缶詰がいくつかなくなっていたわ」

木彫りの馬を投げ捨てて、ルークは彼女の肩をつかんだ。「やはり心配したとおりだった。きみはここにいてはいけない。ぼくといっしょに山を下りるんだ。山小屋にひとりで泊まるのは危険すぎる」

キャサリンは途方に暮れた。彼の言うとおりにしたいのはやまやまだが、そうするわけにはいかない。目的を果たすまで、この場所を去るわけにはいかないのだ。

「いまは無理よ」そう言って、彼の手から逃れた。

「なぜだ?」

キャサリンは唇をきゅっと結び、瞳に怒りをたぎらせた。その様子は、牧師の妻を糾弾したときの激しい剣幕をルークに思い起こさせた。

「なぜなら、ここへ来た目的をまだ果たしていないから。それからもうひとつ。いまここを去ればカマルーンの人たちに負けたことになるからよ」

その頬を、ルークは両手ではさんだ。「キャサリン……聞いてくれ。この手の窃盗事件にカマルーンの人たちが関係しているとは思えない。とにかくここにいるかぎり、きみの身の安全は保障できないよ」

温かい手で触れられると、キャサリンは自分でも意外なことに、彼のてのひらに唇を押しあてたくなった。心のどこかではふたりの関係が進展することを望んでいる。しかしルークのふるまいはあまりに唐突で、本気だとは思えなかった。だが考えてみれば、そのほうが好都合かもしれない。キャサリンとしても、いまは本気で恋愛をするような気分ではなかった。

一歩あとずさりして、ふたりのあいだに距離を置く。「身の安全のために山を離れようと、誰かの仕返しが怖くて山を離れようと、結局は同じことよ。わたしが姿を消したことを知ったら、町の人たちは時代錯誤の思いこみと偏見の世界からいつまでも抜けだせないままで終わるわ」あごをつんと上げる。「怖くないと言ったら嘘《うそ》になるけど、ここを動くつもりはないわ。強制的に連れだそうとしても無理よ。わたしは欠点の多い人間かもしれないけれど、臆病《おくびょう》ではないから」

ルークはため息をついて首を振った。「間違っても、きみを臆病者呼ばわりはしないよ。大活躍しているところを見せてもらったからね」

キャサリンの頬が赤く染まった。

「じゃあこうしよう」ルークは提案した。「きみが山を下りないのなら、ぼくもいっしょに残る」

キャサリンは口をあんぐりとあけた。「でも、それはちょっとまずいんじゃ……」

「いや、べつにまずくはない。どちらにしても、今夜はここで張りこみをするつもりだった。寝袋とテントは車に積んである」

とまどいと狼狽《ろうばい》の表情がキャサリンの顔をよぎった。だがやがてこう思えるようになった。ルーク・デプリーストは自分にとって友人でも恋人でもないが、そばにいて安心のできる人だ。保安官としての義務を果たしたいと本人が主張するなら、あえてとめる必要はないのではないか。

「自分がすべきだと思うことをすればいいわ」言葉少なに告げた。「でも、わたしを口実に使うのはやめて」

出口へ向かって歩きはじめたルークの背中に向かって言い添える。

「あくまでここに残るというのなら、家のなかで寝て。夜中に何度も目を覚まして、足音が聞こえるたびに不安になるのはいやだから」

　強がっているのは明らかだが、ルークは賢明にも気づかないふりをした。

「きみの言いたいことはわかった。保安官事務所に居場所を知らせて、それから荷物をとってくる」

　山中では通信機器は使えないと聞いたことを思いだして、キャサリンは眉根を寄せた。

「ルーク」

「なんだい？」

「携帯電話は使えないのに、なぜ無線は使えるの？」

　ルークは肩をすくめた。「たぶん無線基地が近くにあるからだろう。携帯電話の中継地は数が少なくて、このあたりにはないのかもしれない」

　あいまいな答えを聞くと、キャサリンの不安はさらに増した。ほんの一瞬、八つあたりに近い疑念が胸をよぎった。保安官とはいえ、彼もやはりこの土地の人間だ。どちらか一方を選ばなければならない立場に置かれたら、カマルーンの住民と自分のどちらの側に立つのだろうか。

　数分後、ポーチに彼の足音が聞こえると、キャサリンはあわててバスルームへ駆けこんだ。自分から言いだしておきながら、いまになってひとつ屋根の下で夜を過ごすことに不安を抱いているという事実をルークに知られたくなかった。

8

キャサリンがバスルームへ消えたのと同時に、ルークが外からもどってきた。ルークは最初、気にとめていなかったが、そのまま数分が経過すると彼女のことが心配になりはじめた。なかで気分が悪くなったのかもしれない。床に倒れていたらどうしよう。バスルームに向かって進みかけたが、ふと躊躇《ちゅうちょ》を覚えた。もしかしたらとりこみ中かもしれない。だがしまいには、不安がばつの悪さに打ち勝った。

「キャサリン、だいじょうぶかい？」ええという返事がかすかに聞こえたのを確認してから、苦笑いをしてつけ加えた。「それならいい。念のために言っておくが、ぼくに家のなかで寝るように命じたのはきみだからね」

ルークが言い終えないうちに、ドアが内側へ開いた。キャサリンは顔を紅潮させて、勝ち気そうなまなざしを彼に向けた。

「べつに隠れているわけじゃないわ」

「ああ、わかったよ」そう言いながらも、ルークは笑みを隠そうとしなかった。「次はこんなふうに言いだすんだろうな。雨の日はベッドにもぐりこむのが癖なんだってね」

キャサリンは彼をにらみつけた。ロフトに隠れていたことを指摘されて猛烈に腹が立った。しかし、事実は事実だ。

「あなたに説明する義理はないわ」そう応じながらも、あまりに無愛想な態度が自分でも幼稚に思えて、シャツの裾《すそ》を意味もなく引っ張った。「お腹《なか》が空《す》いてるでしょ。少し待ってくれたら何かつくるわ」

彼女が話題を変えたのを見て、ルークもからかうのをやめた。

「それはありがたいね。でも、ぼくのために手をわずらわせては申し訳ない」

「いいのよ。気にしないで」キャサリンはそう言って、ルークの横をさっと通りすぎた。彼がこれほど背が高かったことに、このときはじめて気づいた。

震える両手で、冷蔵庫のなかを探る。食事を勧めるなんて、わたしはいったいどうしてしまったのだろう。自分自身、まともな食事をしていないのに。振り向いて、礼儀正しい笑みを顔に張りつけた。

「オムレツでもいかが？」

「きみはもう食事をすませたのか？」

「ええ、もちろん。何時間も前に」

「何を食べた？」

キャサリンは赤くなった。「ええと……コーンフレークをボウルに一杯と、缶入りのフルーツカクテルを半分」

「ぼくもそれでいい」

「あら、何もあなたまで――」

「キャサリン」

「なあに？」

「コーンフレークでいいよ」

キャサリンは口もとをほころばせた。「ええ……その……わかったわ。コーンフレークね」

ルークは彼女の肩ごしに腕をのばして、牛乳とフルーツの缶詰の残りを冷蔵庫からとりだした。

「ボウルは？」

彼の腕の下をくぐるようにして、キャサリンは戸棚に向かい、コーンフレークとボウルをとりだした。そのあいだずっと小さな声で何かをつぶやいていた。

「何か言ったかい？」

キャサリンはくるりと振り向いた。「誰？　わたしのこと？　いいえ、何も言わないわ」

「いや、言ったよ」彼女が背中を向けると、ルークはにやりと笑った。

キャサリンは何やらそわそわしていた。よく知らない人間とひとつ屋根の下で夜を過ごすのが不安なのか、あるいは心ならずも彼に惹《ひ》かれているのか、自分でもよくわからなかった。一方ルークは、彼女の態度がどこか妙なのは自分に惹かれているせいであることを願っていた。なぜなら、彼自身がキャサリンに強く惹かれていたからだ。

キャサリンはコーンフレークの箱とボウルをテーブルに並べた。「あとはセルフサービスよ。お好きなだけどうぞ」

「好きなだけ手に入れることなど、人間には不可能だ」ルークは静かな声で言った。

キャサリンは緊張した目つきで彼を見た。「わたしが言ったのは、コーンフレークのことよ」

ルークは聞こえなかったふりをして、愛想よく応じた。「きみもいっしょにどう?」

「いいえ。一日に必要な栄養はもうとったわ」

少し前までドアノブの下にあてがわれていた椅子をつかんでテーブルに向け、ルークは腰を下ろした。ねずみが猫を見つめるようなおどおどした目つきで、キャサリンはその様子を見つめていた。彼がコーンフレークの箱に手をのばすと、体をびくりとさせる。

ルークが手をとめて、顔を上げた。「キャサリン?」

「なあに?」

「ひとつ頼みを聞いてもらえるだろうか?」

「わたしにできることなら」この場から逃げだしたい衝動をこらえて、キャサリンは答えた。

「人と食事をするのは久しぶりなんだ。食べ終わるまでそばについていてくれる？」

妙にほろりとさせる頼みに、キャサリンは緊張を解いてテーブルについた。ルークはボウルをコーンフレークで満たすと、牛乳をほんの少しだけかけた。それを見たキャサリンはあわてて言った。

「そんな……遠慮しないでもっとかけていいのよ。なくなったらいつでも買いに行けばいいんだから」

「これでけっこう。あまり汁けの多いのは好きじゃないんだ」

彼のまじめくさった表情がおかしくて、キャサリンは声をあげて笑った。

コーンフレークをスプーンですくっていたルークが、はっとしたように顔を上げた。

「ふだんは出し惜しみしてるんだね」

「出し惜しみって、何を？」笑みのなごりを口もとにただよわせながら、キャサリンは尋ねた。

ルークはスプーンで彼女の顔を示した。「笑い声だよ。実にすてきな笑い声だ」

キャサリンは首筋まで赤くなった。「あら……どうもありがとう」

「どういたしまして」ルークは応じて、コーンフレークをさらに口に運んだ。

唇の端に牛乳のしずくがついている。いまにもテーブルに垂れそうで、キャサリンは目が離せなくなった。するとそのとき、舌の先がのびてきてしずくをすばやくなめとった。キャサリンは息をとめて見つめていたことに気づいた。

しっかりしなさい、キャサリン。何かほかのことを考えるのよ、と自分に言い聞かせる。

「昔から法の番人になりたかったの？」

ルークは首を横に振って口のなかのものをのみこんでから、コーンフレークに牛乳を少し注《つ》ぎ足した。

「いや、フットボール選手になるのが夢だった」さらにひと口ほおばり、健康な食欲を見せつける。

テーブルをはさんで正面から見ると、彼は信じられないほど肩幅が広かった。

「でも……？」キャサリンは話のつづきを催促した。

コーンフレークをきれいに食べ終えたルークは、次にフルーツカクテル用のスプーンを手にした。

「一年だけ、控えのクォーターバックとしてNFLに出場した。だが二年めのオープン戦で腕を痛めてメンバーからはずされた。怪我《けが》が回復しなかったので、故郷へ帰ってきた」

「お気の毒に」

「いや、実際にはそこまで行けないやつのほうが多い。短期間にせよ、ぼくは第一線でプレイできた。それに、現在の仕事は気に入っている」

「幸せになるには欠かせない条件ね？」

奇妙な問いかけだと思ったが、ルークは聞き流した。「きみは？」スプーンをキャサリンのほうへ向ける。「きみは何をしてるの？」

「少年院で数学を教えてるわ」

ルークは小さく口笛を吹いて、口もとをほころばせた。「どうりでものに動じないわけだ。ネリー・コーソーンにははじめから勝ち目がなかったんだ」

キャサリンはきまりの悪そうな顔をして、それから肩をすくめた。「これまでの人生で恐怖を感じたことが二、三度はあるわ。でも、卑劣な人たちには決して負けない。カマルーンの人たちはあまりに卑劣よ」

胸の前で腕組みして椅子の背に寄りかかる。自分が挑戦的な姿勢をとっていることに、本人は気づいていなかった。

「ご家族はこの近くにいらっしゃるの？」ルークに尋ねる。

「カマルーンに？　いや……そういうわけじゃない」

キャサリンのなかの自衛本能が目覚めた。敵を家に泊めるのは得策ではない。

「ずいぶんあいまいな答えかたね」

「どうでもいいことだが、うちの母はルーシーの遠い親戚《しんせき》だ。食堂を経営しているルーシ

り？」

「血は水より濃いと言うわ。もし選択をせまられたら、家族と職務のどちらを選ぶつもりーの」

ルークの笑みが消えた。「つまり、そういうことだったのか？」

キャサリンは目をそらしたくなるのをこらえた。「簡単な質問でしょ」

「いや、簡単な質問じゃない。まわりくどいやりかたできみがつきつけているのは、要するに、いざとなったらぼくがきみの側に立つか、あるいは町の連中の側に立つかという問題だ」

キャサリンは頰を紅潮させたが、引きさがらなかった。「ええ、たしかにそのとおりよ。でも、だからってわたしを責めることはできないはずよ。何がなんだかわけがわからない状況にひとりきりで投げこまれたのよ。あなたは生まれたときからこの土地のことをよく知ってるでしょうけど、こっちはよそ者で、何しろ魔女の身内なんですからね！」

ルークは目の前の食べ物をどけて、テーブルに身を乗りだした。

「こっちだってそんなに単純な人生を歩んできたわけじゃない。ＮＦＬを引退してもどってきたとき、兄が自分の経営するガソリンスタンドで働かせてくれた。言うまでもなく、給油の仕事はそれまでの華やかな世界とは大違いだったが、ぼくは満足だった。誰の世話にもならずに自分の食いぶちを稼げるんだからね。ある日、デートの約束があったぼくは、いつもより早く仕事を切りあげて兄に交替してもらった。四十五分後、ガソリンスタンドを襲った強盗に兄は射殺された。妻と三人の子どもを残して」大きく息を吸いこむ。「ぼくの身代わりになったんだ」

「悲しい話ね。でも、あなたのせいじゃないわ」

「わかっているが、それでも気持ちは少しも楽にならなかった。それから一カ月もしないうちに、警察学校に願書を出していた。単純なやつだと思うだろうが、べつに兄を殺した犯人に復讐《ふくしゅう》したかったわけじゃない。兄に恩返しをしたかったんだ」

「ねえ、わたしはべつに――」

「保安官になったとき、何があろうと法を守ると誓った。たとえこの町とレキシントンのあいだに住む親戚をひとり残らず逮捕するはめに陥っても、ぼくはあくまで法に従う」

彼の決意の深さに、キャサリンは圧倒された。しばらくして体の力を抜いた。

ルークが唐突に立ちあがって、汚れた食器を流し台に運んだ。向き直ったとき、少し前までそこにあった笑みは消えていた。

「これで誤解は消えたかい？」

キャサリンは小さくうなずいて、同じように立ちあがった。非難するような彼のまなざしは、椅子にすわったまま受けとめるには重すぎた。

「寝る前にシャワーを浴びたければ、バスルームの棚に乾いたタオルがあるわ」

相手を重苦しい気分にさせたことを察して、ルークはため息をついた。

「ありがとう、使わせてもらうよ」

「それから、わたしがねぐらへ引きあげる前に、何かほしいものはあるかしら?」

「笑顔かな?」

その口調に静かな嘆願の響きを聞きとって、キャサリンは狼狽《ろうばい》した。深く息を吸って、求められたものを与える。

「おやすみなさい、ルーク」

「おやすみ、キャサリン」

キャサリンは彼の熱い視線が自分の背中に注がれていることを信じて階段へ向かった。ところが振り向くと、ルークはすでにバスルームへ向かって歩いていた。

それからしばらくして、ルークはシャツを脱いでバスルームから出てきた。ふとロフトに視線を走らせた瞬間、思わず足をとめた。怪しい人影を見るような目で、キャサリンがこちらを見つめている。彼女が本気で怯《おび》えていることが伝わってきて、腹立たしい思いが胸に渦巻いた。

「きみに襲いかかったりしないよ。安心して寝たまえ」そして荷物からかみそりをとりだしてバスルームへもどると、静かにドアを閉めた。

キャサリンはベッドへ入って上掛けを引きあげた。

「もう、わたしったら！」またもルークを失望させてしまったという思いを、どうしても消し去ることができなかった。

ほどなく、バスルームを出る足音が聞こえた。部屋を歩きまわって窓とドアの戸締まりを確認しているらしい。ようやく明かりが消えた。しばらくしてどさっという音がした。小さな声で悪態をついている。

「どうかしたの？」キャサリンは声をかけた。

短い沈黙の末に、疲れのにじんだため息まじりの答えが返ってきた。「いや、べつに。何かにつまずいただけだ」

「そう。おやすみなさい」

「おやすみ」

ベッドに横たわったキャサリンは天井を見あげた。少しすると暗がりに目が慣れてきて、あたりの様子が見てとれるようになった。何もかも前の晩と同じはずなのに、今夜は家全体が小さくなったように思える。目を閉じて、何かほかのことを考えようとしたが、まぶたに浮かぶのは居間の床で眠っているとびきりハンサムな男性のことだけだ。しばらくのあいだ、彼が寝返りを打つ気配に耳を澄ましていた。

やがて、長い静寂が訪れた。キャサリンは心身ともにすべての緊張が解けるのを感じてほっと息を吐きだした。悪意の蔓延《まんえん》するこの土地に足を踏み入れて以来、はじめて恐怖や不安から自由になれた。それもすべてルークのおかげだ。

肘をついて上体を起こし、階下をのぞきこんだ。

「ルーク……眠ってる?」

ため息につづいて、小さく笑う声が聞こえたような気がした。

「いや」

「あなたが泊まってくれてよかった」

長い沈黙の末に、ルークが答えた。

「ぼくも泊まってよかったよ」


日が暮れる直前にカマルーンの町を通りすぎた雷雨に洗われて、通りは濡《ぬ》れて光っていた。近所のあちこちの家のカーテンごしに明かりがもれてくるが、ラヴィー・クリーズの家は暗いままだった。何時間も前に寝室に引きあげて眠ろうとしたが、眠りはいっこうに訪れなかった。棺《ひつぎ》が町に運びこまれたときから、一刻も魂の休まるときがない。元来が迷信家のラヴィーは、霊柩車《れいきゅう》が町へ到着してまもなく犬が死んだのを見て恐怖におののいた。棺のなかの遺体がアニー・フェインのものだと知ったとき、なおいっそう恐怖がつのった。長年の平穏な暮らしはこれで終わりだと第六感が告げていた。

紫陽花《あじさい》の枝が窓をこすり、まるで誰かが押し入ろうとしているかのような不穏な物音をたてている。ラヴィーは身震いして上掛けを頭の上まで引きあげ、あらゆる物音を、そして記憶を遮断しようとした。それでも静寂は訪れなかった。

しまいにはベッドを出て、床に膝をついた。何時間も前に編んだ白髪の細いおさげを体の前に垂らして、うつむいて目を閉じる。しかし、祈りの言葉は出てこなかった。はるか昔に犯した罪の意識をやわらげる言葉を長年探し求めてきた。今夜も例外ではない。しかし苦悶《くもん》の声をあげても、赦《ゆる》しは得られなかった。やがて、体を起こして窓辺へ歩み寄った。いまもときおり遠くの山の上空で稲妻がかすかに光っているが、嵐《あらし》はとうに去っていた。

窓に頭をもたせかけて目を閉じた。もう七十五歳――もうすぐ七十六歳――の高齢で、こんな苦しみを乗りきれるほどの体力は残されていない。アニー・フェインが町を去ったとき、すべては終わったと思えた。だがそれは間違いだった。アニー・フェインは死んでも、ラヴィーの地獄はまだ終わっていない。むしろ、これはまだはじまりにすぎなかった。

納屋は暗くて何も見えないが、右手の棚に干し草が積まれているのがにおいでわかる。ハンターはまっすぐ奥へ進んだ。干し草に用はない。ほしいのは肉だ。人間には食物が必要で、ファロン・デイヴィスはありあまるほどの豚を飼っている。ごくまれに、盗みは悪だという考えがハンターの頭の片隅をよぎったが、それ以外のときは、生きのびることしか頭になかった。今日は食物を調達する日だ。しかし、ハンターは一方的に盗むのではなく、つねに取引を行う。今夜も例外ではなかった。

納屋の端にある豚舎の前で立ちどまると、運んできた手製のテーブルを下に置いて、ナイフをとりだした。長い刃はかみそりのように鋭利だ。柵《さく》から静かに身を乗りだして、近くにいた豚の喉を手際よくかき切る。あざやかなナイフさばきに、豚は声をあげる暇もなかった。数分後には、ハンターはその場を離れていた。

朝になって、ファロン・デイヴィスは被害に気づいた。代わりに置かれていた手作りの美しいテーブルを見ても、怒りはおさまらなかった。荒々しい足どりで母屋へもどり、テーブルを乱暴に置いて、トラックのキーをとりだす。朝食を用意していた妻のジュニーが何事かと顔を上げた。

「ファロン、どうかしたの？」

「泥棒にやられた」

「まあ、なんてこと」ジュニーはおろおろしてテーブルに目をやった。「例の泥棒がうちへ？」

ファロンはうなずいた。

「何を盗《と》られたの？」

「子豚を一頭やられた。カマルーンまで行って被害届を出してくる。帰るまでしっかり戸締まりをしておけよ」

夫が出かけたあと、ジュニーは言われたとおりに戸締まりを終えて、部屋のなかに向き直った。しっかりした脚のついた四角いテーブルを興味深げに観察する。

ジュニーにしてみれば、それほどまずい取引とは思えなかった。たしかに豚は盗まれたが、すてきなテーブルが手に入ったのだ。少し時間がたつと、大きな声では言えないものの、このテーブルが好きになっていた。ファロンが町から帰ったときには、テーブルの中央にレース編みのドイリーが敷かれ、その上にキリストの肖像がのっていた。たとえけがれた品であっても、神の力できっと清められると思ってのことだった。

ファロンは憤懣《ふんまん》やるかたなかったが、彼にできたのは妻がテーブルを使うのをあきらめさせることだけだった。血の跡が森のなかにつづいているところを見ると、豚はすでにバーベキューになっているに違いない。

被害届は関係当局に提出されたが、通信司令係から保安官のところへ連絡が行くにはさらに多くの時間が必要だ。そのときが来るまで、豚の失踪《しっそう》事件はトーニ郡の未決事件のなかでも優先順位の下のほうに置かれた。

夜が明ける前に、ルークは背中の痛みと空腹とで目を覚ました。あのときは理想的な食事に思えたが、寝る前に食べたボウル一杯のコーンフレークは、彼のような大柄な男の胃袋を満たすにはあまりに物足りなかった。ロフトを見あげてキャサリンがまだ眠っているのを確認したうえで、寝袋を出てすばやく着替えをした。できるならコーヒーがほしいところだが、ぐっすり眠っているキャサリンを起こしたくない。代わりに冷蔵庫から缶入りの冷えたペプシをとりだした。コーヒーのような刺激はないが、カフェイン入りの飲料だ。もう一度念のためにロフトに目をやって、ドアの錠をはずし、ポーチへ出た。

そよ風が空気を揺らし、昨夜の雨で草木はまだ濡れている。缶をあけて、冷たい液体が空っぽの胃に流れ落ちていく感触にかすかに身をすくめながら、ゆっくりと喉へ流しこんだ。一匹のあらいぐまが山小屋の裏からよたよたと歩いてきて、ルークのことなど眼中にないかのように、平然と庭を横切った。ルークは空き缶を脇《わき》に置いて、周囲に広がる静寂を心ゆくまで味わった。

数分が過ぎ、しばらくすると東の尾根が明るくなってきた。暗かった空が灰色から淡いブルーに変化していく。それからとつぜん、水彩絵の具を画用紙にまき散らしたようにさまざまな色が空いっぱいに広がった。あまりの美しさに圧倒されて、ルークはものも言えずに立ち尽くしていた。一羽の青かけすが目の前を横切るのを見て、ようやくわれに返った。

また腹が鳴った。キャサリンを起こす危険を冒してもう一度なかへもどろうと歩きかけたとき、車の後部座席に食べかけのポテトチップスがあったことを思いだした。つかつかと歩み寄って、車のドアをあける。腰をかがめて車内をのぞきこんだとき、風が吹いて小さな紙片を車外へ吹き飛ばした。

「しまった」ルークはポテトチップスの袋をつかむと、手早くドアを閉めた。

ポテトチップスを数枚ほおばって、風に飛ばされた紙片を捜す。足もとの地面はすべりやすく、一度などはもう少しで転びそうになった。手が届きそうになるたびに、紙片は風に吹かれてさらに遠くへ飛んでいく。木立に引っかかったところで、やっと追いついた。

藪《やぶ》の下に落ちている紙片を、ルークは腰をかがめて拾おうとした。いざ手にとろうとした瞬間、はっと息をのんだ。

木立の端の湿った地面に、人の足跡が残っている。片方のかかとに刻み目のある、おなじみの足跡だ。ルークは紙片をポケットにしまって体を起こし、木立の周囲を調べた。ほどなく、山小屋の周囲を歩きまわったと見られる足跡がいくつも見つかり、もっとはっきりした足跡が森のなかへ消えていた。

キャサリンの言うとおりだった。昨夜、雨が降りだしてから、誰かが山小屋へ来たのだ。そして、その誰かとは例の泥棒だった。

「ルーク？　そこにいるの？」

ルークはくるりと向き直った。まずい。キャサリンが目を覚ました。

「こっちだ」返事をして木立を離れる。

ポーチに出てきたキャサリンが、彼の声がする方向に笑顔を向けた。ペプシの空き缶を手に持っている。

「これが朝ごはん？」

「カフェイン入りだ」ルークは笑みを返そうとしたが、うまくいかなかった。泥棒の足跡を発見した衝撃はあまりに大きかった。

「コーヒーがもうすぐ沸くわ」キャサリンは言った。「いま、ベーコンを炒《いた》めてるの。卵はどうする？」

ルークは少し迷った末、すばやい決断を下した。泥棒の話はあとですればいい。いまは彼女に食事をとらせるのが先決だ。

「いちばん簡単にできるものでいいよ」

「それなら目玉焼きね。お皿もひとつですむし」

「ぼくも手伝うよ」

「あとは卵だけよ。五分だけ待ってくれる？」

「五分だね」ルークはおうむ返しにつぶやいた。足跡が見つかったことを教えたら、この美しい笑顔は消えてしまうに違いない。「そのあいだに、ぼくは本部に連絡を入れてくるよ」

キャサリンがなかへ入るのを見届けて、ふたたび車へ向かった。さっきと同じ失敗をくり返さないようにすばやく乗りこんでドアを閉め、ポケットから紙片をとりだす。オイル交換の領収書だった。こんなものを追いかけてぬかるみを走りまわったかと思うと鼻白む思いがしたが、そのおかげでキャサリンの主張が事実だったことが裏づけられたのだ。

　無線機のマイクを手にとる。

「本部……こちらはデプリーストだ。聞こえるか？」

　雑音につづいて、応答の声が届いた。「フランクです。聞こえます。三十分ほど前から呼んでたんですよ。どうぞ」

　ルークは眉間《みけん》にしわを寄せた。「何かあったのか？　どうぞ」

「例の泥棒です。ゆうべ、ファロン・デイヴィスの農場を襲いました。豚を一頭盗まれて、デイヴィスはかんかんです。どうぞ」

「あいつに間違いないのか？　どうぞ」

「子豚の代わりにテーブルを置いていきました。どうぞ」

　ルークはため息をついた。「あとでデイヴィスの農場に寄ってみよう。いまは関連があると思われるべつの事件を調査中だ。現在地はカマルーン郊外の山中にある説教壇の崖《がけ》の近く。今日はずっとこっちにいる。緊急事態の際は、保安官補の指示をあおいでくれ。以上」

　車を降りて、山小屋へ歩いていく。ドアをあけるころには、完璧《かんぺき》にポーカーフェイスになっていた。キャサリンは足音に気づいていないらしく、下を向いて熱心に朝食の用意をしている。祖母を埋葬するためとはいえ、こんなへんぴな場所にひとりきりで恋人を旅立たせた男の気持ちが、ルークには理解できなかった。キャサリンに恋人がいることを、彼は疑ってもいなかった。こんな美人に決まった相手がいないはずがない。

「いいにおいだね」

キャサリンが向き直った。「ああ、驚いた。足音が聞こえなかったわ。朝ごはんができたわよ」

「ちょっと失礼して手を洗ってくるよ」ルークはそう言って、急ぎ足でバスルームへ向かった。

部屋へもどったとき、キャサリンはすでにテーブルについていた。椅子にすわるやいなやフォークをとろうとするルークの手を押さえて、じっと頭を垂れる。

感謝の祈りを捧《ささ》げているのだと頭では理解しながらも、ルークは自分の手を包むやわらかな指の感触から意識をそらすことができなかった。やがて「アーメン」という小さなつぶやきが聞こえた。ぶるっと身を震わせて顔を上げたルークは、相手がじっとこちらを見ていることに気づいた。

「どうかしたかい？」

「指を放してもらえる？　手を握られていると食事ができないわ」

きまりが悪くなったルークは、彼女の手を放して、ベーコンに大きくかぶりついた。食べることに集中していればおかしな言動をする恐れはない。

「おいしい。ほんとに感謝するよ」

「いいえ、お礼を言うのはこちらのほうよ。ゆうべは数カ月ぶりにぐっすり眠れたわ」

ルークはそれ以上詳しい話をするのを差し控えた。おいしい食事を台なしにしたくはなかった。

数分後、席を立って自分の皿を流しに運び、二杯めのコーヒーを注いだ。

「きみもどう？」

キャサリンは首を横に振った。「コーヒーはあまり好きじゃないの。一杯でじゅうぶんよ」

ポットを置いたルークは、ゆっくりした足どりで窓辺に歩み寄った。またしても、視線が木立の端に吸い寄せられる。例の泥棒はいつから森に身をひそめて山小屋を見張っていたのだろう。

自分が到着したとき、すでに山小屋の近くに隠れていたのだろうか。飛びついてくるキャサリンの様子を見ていたのだろうか。女が怯えるのを見てほくそえんでいるのだろうか……。

部屋のなかへ向き直ると、キャサリンはテーブルを片づけていた。物静かに目の前の作業に打ちこむその様子に、ルークは引きつけられた。ほとんどの女性は自分だけの世界に充足するということを知らない。つねに、どうでもいいことをべらべらとしゃべりつづける。安らかな魂の持ち主に出会えるのは幸運だと思えた。

「キャサリン」

彼女の顔が持ちあがる。

「ちょっとすわってくれないか？　話がある」

緊張を帯びた彼の声の調子に少し驚いた表情をして、キャサリンは腰を下ろした。

「おばあさんの埋葬をしたあと、ホリス家の男たちはここを訪ねてきたかい？」

キャサリンは首を横に振った。「いいえ。わたしがここを去る前にエイブラムが訪ねてきてくれるはずだけど。何かあったら手を貸してくれると言っていたから。なぜ？　彼に用事でもあるの？」

「いや、ちょっと知りたかっただけだ」

ルークはコーヒーをゆっくりと口に運んで、キャサリンを死ぬほど怯えさせずに足跡の話を切りだすにはどうしたらいいかと考えをめぐらせた。しかし、あまりに長い沈黙に不自然なものを感じたキャサリンは、唐突に椅子から立ちあがった。

「何かあったのね？　本部に連絡を入れたとき、何かわたしに関係のあることを知らされたの？」

ルークは首を振った。「そうじゃない。だが、きのう誰かが外にいるときみが言ったのは正しかった。山小屋の周囲で足跡が見つかったんだ。それからゆうべ、ファロン・デイヴィスの農場から子豚が一頭盗まれた。ここから三キロほど下った地点だ」

キャサリンは青ざめて、両手で顔をおおった。次の瞬間、ルークはその肩に手を置いていた。

「ぼくを見るんだ」

キャサリンは顔を上げた。

「きみのことはぼくが守る」

「できもしない約束をしないで」

怒りのにじむ声でルークは言った。「ぼくが守ると言ったら、何があっても守る。腕には自信がある」

「ごめんなさい。あなたを信用していないわけじゃないの。わたしが言いたかったのは……」ため息がもれる。「ああ、ルーク。まるで悪夢だわ。どうしたらいいのかしら。祖母を残してテキサスへ帰るだけでもつらいのに、祖母の持ち物をすべてこのまま置いていくなんてできないわ。でも、ここに残るということは、自分の命を危険にさらすことなのね」ルークの腕に強くしがみついた。「どうすればいいの？」

「ぼくにはわからない。率直に言って、あの泥棒が人に危害を加えるとは思わない。これまでそういう報告は一件もないからね。しかし、絶対に危険がないとは言いきれない」

「もういいわ」キャサリンは小声でつぶやいて、顔をそむけた。

　立ち去ろうとする彼女の体に手をのばして、ルークは自分の胸に引き寄せた。

「さっきも言ったように、どうすべきかぼくにはわからないが、きみがここに残るならぼくも残る」

　キャサリンは彼の胸にぐったりともたれかかった。「でも、それは職務の範囲を超えているんじゃない？」

「たしかに」

　独特のものうげなかすれ声を聞くと、キャサリンは胸の鼓動が速まった。顔を起こして、ルークの表情をうかがう。

「それはどういう意味？」

　ルークはキャサリンの頬に指先で軽く触れた。「いまのところ、とくに大きな意味はない。だが正直に言うと、ぼくの心には実にさまざまな思いがつまっていて、そのほとんどはきみに関することだ」

　キャサリンは驚きを隠そうとしなかった。しばらくして首を振り、ほほえみに近いものを浮かべた。

「何か言うべきなのかしら？」

　ルークは笑顔を見せた。「無理に言わないでくれたほうがありがたい」

「あなたっておもしろい人ね、ルーク・デプリースト」

「よく言われる。それで、判決は？」

キャサリンはため息をついた。「寝袋の眠り心地が悪くないことを祈るわ。あと何日か床の上で寝てもらうことになるから」

ルークの胸は、ＮＦＬとの契約を交わした日と同じくらいに高鳴った。決して到達できないと思っていた高い崖にのぼったものの、下をのぞくのが怖いような気持ちだ。寝袋のところへ行って、何かをとりだした。振り向いたときには、拳銃《けんじゅう》を身につけていた。

「何をするつもり？」

「足跡を追って、それから豚を盗まれた農場を見てくる。もし不安だったら、ぼくが帰るまで保安官補に見張りに来てもらおうか？」

キャサリンは首を振った。「いいえ、わたしにはやることがたくさんあるの。カマルーンにも出かけるつもりよ。食料がもっと必要だし、祖母の持ち物をつめる箱も用意しないと」

ルークは顔を曇らせた。「また町へ行くのはどうかと思うな」

「賢明な行動とは言えないかもしれない。でも、用事が早く片づけば、それだけ早く家へ帰れるわ」

ルークが期待していた答えではなかった。またしても、故郷で彼女の帰りを待っている男のことが気になった。

「ああ、気持ちはわかるよ。恋人がきっと心配してるだろうからね」

キャサリンはもの問いたげなまなざしを向けて、それから首を振った。

「そんな人はいないわ」

「そうか。とすると――」口もとがほころびそうになるのを押し隠して、ルークはゆっくりと言った。「テキサス人に対するぼくの見方は間違っていなかったわけだ」

「どういう見方をしていたの?」

「あの連中には人を見る目がない」

9

キャサリンは緊張した面持ちで町へ向かった。町の人たちと対決することを思うと、不安で胸が締めつけられるようだ。法に訴えると脅したところでカマルーンの人たちが素直に引きさがる保証はない。そのうえ、今回はルークという心強い味方もいないのだ。

ため息がもれる。彼のことを考えただけで肌がぞくぞくしてくる。がっしりしたたくましい体。ハンサムな顔立ち。信じられないくらいにセクシーな男だ。なんだか少し怖いような気もするが、一度はあの唇にキスしてみたい。今後のなりゆきしだいではそうなるかもしれない。彼のほうも興味を持ってくれているようだ。ふるさとで誰か特別な人が待っているのではないかとキャサリンに尋ねてきた。友人ならいるし、これまでにふたりの男性と真剣なつきあいをしたが、結局は長つづきしなかった。過去にはそんな人生を寂しいと思ったが、いまは誰もいなくてよかったと思える。祖母がルーク・デプリーストを見たら、きっと男前だと言ったに違いない。

車が町はずれに近づくと、緊張が高まってルークのことは頭から消えた。買い物リストはポケットのなかで、ジープの燃料タンクは空っぽだ。やるべきことを先に片づけようと、メイナードのガソリンスタンドに車を乗り入れて給油機の正面にとめた。

店員が出てくるのを待たずに、自分でガソリンを入れはじめる。最初に来た日と同様に、数台の小型トラックが駐車していた。運転手はおそらく同じ人たちだろう。彼らがどんなことを言っているかおおよその見当はついたが、キャサリンはあえて振り向こうとはしなかった。心ない人たちが何を言おうと、気にする必要はない。

タンクにホースを差しこんでいると、一匹の蜂《はち》が顔の前に飛んできた。髪の毛をさっと払って追い払う。はずみで体のバランスを崩し、あやうく転びそうになった。そのとき、後方のドアが音をたてて開き、誰かが外へ出てきた。キャサリンは不安な表情を見られないように顔をそむけて息をとめた。

「手を貸そうか?」

経営者のメイナードだ。「もうだいじょうぶよ。でも、心配してくれてどうもありがとう」驚きを隠してキャサリンは答えた。

「それなら窓をきれいにしようかね」メイナードがゴムのクリーナーと雑巾《ぞうきん》に手をのばした。

キャサリンは唖然《あぜん》とした。前回とは打って変わって親切な応対ぶりだ。ふたりの女性に強い姿勢で立ち向かったことが関係しているのか、あるいはルークが何か手を打ってくれたのか。どちらにしても、面倒がひとつ減ったことはありがたかった。

給油が終了した。キャサリンはジープのなかからバッグをとりだし、無言で金を数えて支払いをすませた。

「毎度ごひいきにどうも」

キャサリンは驚いたように彼の顔を見て、ゆっくりと口もとをほころばせた。「こちらこそ、親切にしていただいて」

柄にもなく、メイナードが赤くなった。「いやいや。それじゃあ、こっちにいるあいだに何か手伝ってほしいことがあったら、遠慮せんで声をかけてくれ」少し間を置いてつけ加える。「この前のことだが……」

「もういいのよ。気にしてないわ」キャサリンはそう言ってほほえんだ。

顔をさらに赤く染めたメイナードは、照れ臭そうに首をすくめた。「いやあ、ことの顚《てん》末《まつ》を話したら、かみさんにこっぴどく叱《しか》られてね。うちのはレキシントンの出だから、魔女やら魔法やらのたぐいはてんから信じてないんだ」

「聡明《そうめい》な女性を奥様に持って、あなたは幸せだわ」

「ああ、たしかに。さっきも言ったが、もし何か手伝えることがあったら……」

「実は……ひとつあるの」

「なんだね？」

キャサリンは左後輪のタイヤを指さした。「タイヤ圧がいくぶん減っている気がするの。ちょっと見てもらえるかしら？　もしかしたら釘《くぎ》を轢《ひ》いてしまったのかもしれないわ。山道でパンクすると困るから」

「おやすいご用だ。なかで休んで待っててもらえるかな」メイナードはそう言いつつも、店内にはほかの客がいることを考えて表情を曇らせた。

彼の心中を思いやって、キャサリンは平和的な解決法を申しでた。「それはどうも。でも、ちょっとこのへんを散歩してみたいの。時間はどれくらいかかるかしら？」

「三十分もあればばっちりだ」

どうやら順調にものごとが運びそうだという明るい予感を覚えながら、キャサリンはキーを差しだし、バッグを肩にかけた。相手の気が変わる前にその場を立ち去って、並木道の木陰に沿って歩きはじめる。カマルーンの町をじっくりと観察するのはこれがはじめてだ。

建物も、私道に駐車中の車も、すべてが古色蒼然《そうぜん》としている。最初のブロックのなかほどの家で、はしごにのぼった男が家のひさしにペンキを塗っていた。通りすぎるキャサリンにじっと目をやって、また作業にもどる。通りの反対側の角の家では、高齢の女性が庭に膝をついて草むしりをしていた。脇《わき》に置かれた手押し車の横で、黄色い大きな虎猫《とらねこ》が太陽を浴びて寝そべり、そのすぐ近くでつがいの駒鳥《こまどり》が地面を歩きまわっている。老齢のせいか太りすぎのせいか、小鳥を見てもなんの反応も示さない猫の様子がなんともほほえましい。引き抜いた雑草を手押し車に捨てる手をとめて、女性がキャサリンに目を向けた。キャサリンは躊躇《ちゅうちょ》しながらも手を振った。すると意外なことに、相手も手を振り返してくれた。

「案ずるより産むがやすしね。この町にも良識のある人たちがいたんだわ」とつぶやいたが、しばらくしてべつの可能性に思いあたった。「もしかしたら、わたしが何者か知らないだけかもしれない」

数分後には角を曲がって、樫《かし》の大木の木陰でひと休みした。あらためて周囲に目をやると、通りの向こう側の家のポーチで車椅子にすわっている老人の姿が目に入った。いまにも立ちあがろうとするかのように、体が前に傾斜している。やせ細った手は、本来の役目を忘れて膝の上でこわばったように丸められていた。この暑さにもかかわらず、膝から下は色あせた茶色い膝掛けでおおわれ、スリッパの爪先だけが下からのぞいている。もつれた髪が襟をこすり、もじゃもじゃのひげはこぼした食べ物がこびりついているらしく、中央の部分が黄色く変色していた。

あのなかにどんな精神が宿っているのかわからないが、自由のきかない肉体に押しこめられていることが、見ていて哀れだった。

その場を立ち去ろうとしたとき、家のなかからとつぜん女性が出てきて、老人の口に何かを押しこんだ。有無を言わさず頭を上げさせ、グラスを傾けて唇に押しあてる。老人がむせる様子を、キャサリンは眉をひそめて見つめた。しばらくすると、女性はあごにこぼれたしずくをおざなりに拭《ふ》きとって、まったく何度同じことをさせるのよと文句を言いながら膝掛けをかけ直した。その声の調子はきつく、態度はお世辞にもやさしいとは言えなかった。

キャサリンは祖母の最期の日々を思い起こし、他人の善意や親切を受けながら苦しい日々を生きのびたその人生に思いをはせた。さっきの女性が身内かどうかわからないが、あんな扱いを受けている老人が気の毒でならなかった。そのとき、老人が顔を上げた。じっと見ていたことを知られて間が悪くなり、キャサリンは来た道をとって返した。タイヤの修理ももうすんでいるころだろう。

そこへ、十歳か十一歳くらいの少年が通りを自転車でやってきて、家々の庭に新聞を投げこみはじめた。自転車をやりすごしてキャサリンが通りをわたり終えたその瞬間、少年がポーチにいる老人に向かって大声ではやし立てた。

「ジュバル、ジュバル、ジュバル・ブレア。ぼうぼう髪の老いぼれじじい、その名はジュバル、ジュバル・ブレア」

「あっちへお行き。父さんに言いつけるよ」介護の女性がこぶしを振りまわして新聞配達の少年を追い払った。少年の姿が消えたのをたしかめてから、新聞を拾って家のなかへもどる。あとには老人がひとりきりで残された。

キャサリンの顔から血の気が引いた。ジュバル・ブレア？　恐怖が波のようにくり返し襲ってくる。そんなはずはない。ジュバル・ブレアは死んだと祖母は話していた。しかし、ポーチの老人は現実に存在している。きっと少年の言葉を聞き間違えたのだろう。

頭をよぎるのは、この世に送りだしてくれた母のことだ。ジュバル・ブレアという男に追われて、母は夜の闇《やみ》のなかを命がけで逃げまわった。そして、父のターナーも同じ男のせいで命を落とした。実の父親であるジュバルの手にかかって……。真相を知るまでこの場所から立ち去ることはできないとキャサリンは思い直した。

鼓動が速まるのを感じながら、歩道を下りて通りへ足を踏みだす。人の命を平然と奪ってきた男と対決すると思うと、緊張で胸が締めつけられるようだ。自分の歩きかたが父親とよく似ていることも、強い日差しを浴びた漆黒の髪が青みを帯びて輝いていることも、キャサリンは知らなかった。濡《ぬ》れたように光る黒髪は、ブレア一族に共通するただひとつの特徴だった。

女が通りのなかほどまで近づいてくるとジュバルの目が焦点を結びはじめ、それと同時に、消えかけていた記憶が断片的によみがえりはじめた。さまざまな思考の隙間《すきま》を何かがさっと通りすぎていくが、あまりにも長いこと脳が休止状態にあったために、きちんとした形をとる前に消えてしまう。女は靴についた汚れものを見るような目でこちらを見ながら、まっすぐ向かってくる。

ちくしょうめ。どいつもこいつもおれが何も感じていないと思ってやがる。何もわからないと思いこんでやがる。一日でもいいから、いまにも朽ち果てそうな肉体のなかで暮らしてみるがいい。

気がつくと女がポーチの下に立って、彼を見あげていた。ジュバルはどなりつけてやりたいと思ったが、口から出てきたのはひと筋のよだれだけだった。女がポーチへ上がってきて、顔を近づける。その瞳のなかで燃えさかる憎しみの炎を目にしたとき、ジュバルは思わず息をのんだ。とつぜんの恐怖にとらえられて身をよじり、膝の上に置かれた両手を痙攣《けいれん》するように震わせる。女がここへやってきた目的を知りたいが、伝わってきたのはすさまじいまでの憎しみだった。女が口を開いた。

「ジュバル・ブレアなの？」

老人はうめくような声をあげた。女の声と顔には見覚えがある。目を閉じたら、妻が帰ってきたのかと思ってしまいそうだ。しかし、そんなことはありえない。妻はもう何十年も前に世を去った。喉がごろごろ鳴り、息がつまりそうになった。なんとか空気をとりこんだときには、酸素不足で顔が青くなっていた。いよいよそのときが来たのか？　これで終わりなのか？　妻の亡霊が迎えに来たのか？　そう考えていると、女がまた口を開いた。

「あなたはジュバル・ブレアなの？」

ジュバルはまばたきをして、一度だけうなずいた。

腹を殴られた人のように、女が激しく息をついた。

「死んでなかったのね」相手にというより、自分自身につぶやく。

恐怖の表情が女の顔に広がっていくのを見ながら、ジュバルは不思議な思いにとらわれていた。自分が生きていようが死んでいようが、なんの関係があるというのだ。おまけに、こんな状態では死んでいるのと同じだということがこの女にはわからないのだろうか。

苦労して腕を持ちあげ、怒りのこもったうめき声をあげながら、弱々しいげんこつを女の前につきだす。

思いがけない反応にキャサリンは当惑し、その場に立ち尽くした。そこへ老人の世話をしていた女性が家から飛びだしてきた。

「あんた、誰？」

キャサリンは女性にちらりと目をやってすぐにもどした。すべての神経が車椅子の老人に向けられていた。

ジュバルはさらに大きなうめき声をあげながら、こぶしを膝に打ちつけている。

「あんた、この人に何をしたの？」女性が大声をあげる。

「わたしが何をしたかより、問題はこの人がわたしに何をしたかよ」キャサリンはつぶやいて、あとずさりをした。これ以上見つめていると、老人の目のなかに自分自身と共通する何かを見つけてしまいそうで怖かった。

「あっちへ行って」女性がまくし立てる。「よそ者に用はないよ」よそ者という言葉を発した瞬間、その顔になるほどという表情が広がった。「あんたが誰かわかったよ」あえぐように言って、ジュバルの車椅子に手を置く。「アニー・フェインの孫だと触れ歩いてる女だね。カマルーンに魔女を連れて帰ってきた張本人だ。あんたのせいで、この町では不吉なことばかり起こってるんだよ」

「この町に存在する悪は、すべてあなたのような人たちが引き起こしているのよ」

女性がせせら笑うような声で反論する。「あの魔女には子どもはいなかった。間違いないよ。この五十年のあいだにここで生まれた赤ん坊は、全部あたしがとりあげてるんだからね」

ジュバルの様子を横目でうかがったキャサリンは、その目に鋭い光が宿っているのを見てとった。肉体はともかく、精神力は衰えていないようだ。こうしているあいだも頭脳がめまぐるしく回転しているのが見える気がした。

「祖母と血がつながっていると言った覚えはないわ」キャサリンはジュバル・ブレアの瞳をまっすぐに見つめた。「祖母は、山のなかで見捨てられていた赤ん坊を引きとって育てたのよ」

あごを殴られたかのように、ジュバルがのけぞった。黒い目をらんらんと光らせてキャサリンの顔を凝視する。あの髪……あの歩きかた……あの声……。目を閉じると、ターナーが赤ん坊を捜し求めて泣き叫ぶ声が聞こえる。ターナーとファンシーの赤ん坊だ。もう一度彼女に目をやったとき、そこに息子のおもかげを見てとった。驚きが恐怖にとって代わり、さらに怒りにとって代わる。

キャサリンは息がとまりそうになった。老人が真相を理解したのは間違いない。説教壇の崖《がけ》の暗がりで死んでいった母親のことを思いながら、体を前に傾けて、相手の瞳に映った自分自身の姿が見てとれるほど顔を寄せた。「すべて片づいたと思っていたんでしょう？」

老人の右の頬がひくひくと動いた。キャサリンはお願いだから何か答えてと念じながらじっと見つめた。だが、その口から出てきたのはうめき声だけだった。

老人と同じ空気を吸っていることに耐えられなくなって、顔をそむけた。背後で、ジュバルが鋭い叫び声をあげた。胸を引き裂くほどの苦悩とすさまじいまでの憎しみとのどちらともつかない声だった。

「あんた、この人に何を言ったの？」女性が金切り声で問いつめる。

キャサリンは黙って歩み去った。

ジュバルの顔がどす黒くなり、首筋の血管が膨張して、人体模型に描《か》かれた青い線と化した。女性は恐怖で息をあえがせた。弱々しく繰り言を吐きだす。

「あの女に呪《のろ》いをかけられたんだ。神様、どうぞお助けを。魔女の呪いが町全体に広がったらどんなことになるやら……」

女性は両手をばたばた振って、家のなかから薬を持ってきた。苦労しながら老人の喉に薬を押しこむあいだも、魔女の呪いに打ち勝てますようにという祈りの言葉をつぶやきつづけていた。


泥棒を追跡していたルークは、山小屋から八百メートルほど下った小川のほとりで足跡を見失った。川に足を踏み入れ、両岸に鋭い視線を注ぎながら急流のなかを進んでいく。歩いているうちにブーツがずぶ濡れになり、足の感覚がなくなったが、足跡はいっこうに見つからなかった。

しばらくして追跡を断念し、乾いた地面にもどった。いったん山小屋に引きあげて、あとはパトカーで捜索をつづけるしかない。

やり場のない気持ちを持て余し、地元に住む人々の顔をひとりひとり思い浮かべては例の泥棒との共通点を探っていく。いつものことだが、疑わしい人間はひとりもいなかった。ルークが知るかぎり、山に住む人々のなかに、あれほど高度な木工の才能に恵まれている人間はいない。おまけに、彼が盗んでいくのは贅沢《ぜいたく》品でなく、金額にすればいくらでもないものばかりだ。言い換えるなら、人間の生存に不可欠な品ばかりだ。そう考えると、ルークはいつも同じ疑問にぶつかった。その程度の品なら、なぜ金を出して買わないのだろう。所得の低い家庭があるのは承知しているが、どんなに貧しくても煙草《たばこ》栽培や近くの町の炭坑への出稼ぎで生活費くらいは稼げるはずだ。まぐろや果物の缶詰まで盗まなければならないというのがどうも腑《ふ》に落ちなかった。

おまけに山には野生動物がいくらでもいる。狩猟が禁止されている季節に鹿《しか》をこっそりしとめて家族の食料にするのはこのあたりではよくある違法行為だが、営利目的でない密猟者をルークが監獄送りにはしないことを、トーニ郡に住む者なら誰もが知っている。山に住む人間で銃を所持していない者がいるとは思えない。なぜ狩りをしないのだろうか。

考えの方向は正しいはずだが、求める答えは得られなかった。車にもどってファロン・デイヴィスの農場に向かったときには、十時近くになっていた。山小屋にキャサリンのジープは見あたらない。やはりカマルーンへ出かけたのだ。できるなら、ルークもあとを追いたかった。キャサリンを守りたいという絶え間ない欲求は、保安官としての義務感よりさらに深いところに根ざしていた。認めたくはないが、数日のうちに彼女がここを去ると思うと心がざわざわと波立ってくる。デイヴィスの農場へ向かう曲がり角で、ルークは車の速度を上げた。こちらの調べが早く片づけば、それだけ早くキャサリンのもとへもどることができるというものだ。数分後には高台をのぼりきっていた。眼下に広がる深い木立のなかに、灰色の古びた屋根板が見える。ルークはブレーキを踏んで、無線機に手をのばした。

「デプリーストから本部へ。聞こえるか？」

「フランクです。感度良好です」

「いまからデイヴィスの農場に向かう」

「了解です。以上」

「デプリースト発信終了」子豚盗難事件の調書を作成するために、ルークはふたたび車を走らせた。

山小屋への道をたどりはじめたのは一時をまわったころだった。デイヴィスの話を聞いたあと、一度本部へ寄って必要なファイルを受けとり、仕事の引き継ぎをすませた。表向き、ルークは張りこみ中ということになっているが、実際のところ、泥棒のことはほとんど頭から消え去っていた。本部での細々した事務仕事を片づけて、担当している業務を同僚に代わってもらうよう手配すると、着替えと食料をとりに自分のアパートに立ち寄った。今夜もキャサリンの山小屋に泊まるなら、せめて食料くらいは自分で用意すべきだ。必要な用事をすべてすませ、いまはふたたび車を走らせてキャサリンのもとへ急いでいた。

説教壇の崖を通りすぎるころ、しだいに不安がこみあげてきた。昨夜、山小屋の周囲を不審な人物がうろついていたというのに、今朝は何事もなかったかのように小屋をあとにしてきた。もうあれから半日が経過している。その間キャサリンはずっとひとりで山小屋にいたわけではないが、もうこの時間には町から帰ってきているはずだ。もしも泥棒がまたもどってきていたら？　相手が何者か知らずに、キャサリンが家に入れてしまったら？　ルークは不安で胃がよじれそうになった。何があっても彼女をひとりにすべきではなかった。

山小屋に到着したときには、緊張の極みに達していた。小屋の外に駐車中のジープにちらりと目をやって、キャサリンが迎えに出てくるのを待つ。

しかし、彼女はあらわれなかった。

ルークは入口へ向かって走りだした。そして、ジープの横を通ったとき、運転席にすわっているキャサリンの姿に気づいた。安堵《あんど》が胸に押し寄せる。おそらく彼女も町から帰ったばかりだったのだろう。ルークは身をかがめて窓をたたいた。

「ちょうどいいところだった。荷物を運ぶのを手伝うよ」

ドアをあけてはじめて、彼女が無反応なことに気づいた。腕を引いてうながしたが、キャサリンは車から降りようともしない。同じ姿勢ですわっている。ルークはその顔に指を触れた。

「キャサリン……だいじょうぶか？」

出てくるのはかすかなうめき声だけだ。

ルークの声は切迫した調子を帯びていた。「キャサリン……どうした？」

ゆっくりと息を吸いこんだキャサリンは、頭をふらりと動かして、うつろな表情でルークを見た。

助手席に目をやると、冷凍食品が解けて買い物袋に染みが広がっている。いったいいつからここにすわっていたのだろう。

「気分が悪いのか？」

「生きてたの」キャサリンはそうつぶやいて、身を震わせた。

ルークは眉根を寄せた。「誰のことだ、キャサリン？　誰が生きてたって？」

「ジュバル・ブレアよ」そう言うと、キャサリンはルークの腕のなかへぐったりと倒れこんだ。


太陽が山の尾根に沈みかかるころ、キャサリンははっと上体を起こした。混乱した表情で周囲に目を走らせる。ルークは駆け寄って、かたわらに膝をついた。

「キャサリン……ここがどこかわかるか？」

「おばあちゃんの山小屋？」

ルークはほっと息をついた。心配していたほど重症ではないらしい。

「でもわたし、なぜ床に寝ているの？」

顔にかかった黒い巻き毛を、ルークはやさしく払った。

「あの狭い階段を、きみを抱いたままのぼれる自信がなかったからさ」

困惑の表情がさらに広がる。「でも、なぜそんなこと――」

「きみは気を失って倒れた」

信じられないというふうに、唇が半開きになった。「まさか！」

「いや、事実だ。しかも、ぼくの腕のなかで。一時はどうなることかと心配したよ」

キャサリンは顔に手をあてて熱の有無を調べた。肌はひんやりと冷たく、むしろじっとりと湿っていた。

「わたし、貧血を起こしたのかしら？」

「さあ、わからないね。ぼくがもどってきたとき、きみは運転席にすわっていた。ジュバル・ブレアが生きていたとかなんとかつぶやいたと思うと、次の瞬間には意識を失っていた」

キャサリンの顔から血の気が引いた。よみがえった記憶はすさまじい衝撃となって全身を揺さぶり、体が小刻みに震えだした。

「死んでなかったのよ」小声でつぶやいて、ルークの腕をぎゅっとつかむ。「あの男が生きてたこと、知っていたの？」

ルークは不思議そうな表情をした。「ああ、もちろんだ。知ってたよ」

「そんな……信じられない。祖母はあの男が死んだと言っていたのよ」

「聞いた話では、一時は危なかったらしい」

「彼が銃で撃ったのに、なぜ死ななかったの？」

ルークの心臓は早鐘を打った。事件のいきさつは知っている。ある晩、猟犬を使って狩りをしていたジュバルと息子たちが、家族げんかの果てに死傷したのだ。猟犬は一匹残らず殺され、息子たちも殺されたが、末っ子だけはその日の朝早く家出をしていたせいで難をまぬがれた。発見されたとき、ジュバルはまだ息があったが、重度の卒中を起こしていた。今日にいたるまで、真相は不明だ。ルークは肩を支えてキャサリンを立たせようとしたが、彼女の首は布人形のようにぐったりと前に垂れた。

「誰が撃ったんだ、キャサリン？」

ぼんやりとしていたまなざしに、急速に理性のきらめきがもどる。

「なぜわたしにわかるの？　その場にいなかったのに」

「それならなぜ彼が撃ったと言った？　きみは何を知ってるんだ？」

キャサリンはルークの顔を見て、秘密を打ち明けてもだいじょうぶだろうかと考えをめぐらせた。両家の関係が現在はどうなっているのかわからないのが不安だ。いまもなお憎しみを抱きつづけている者がいるのか、あるいは憎悪の連鎖は理性や良識によって完全に断ち切られたのか。できるなら何もかも打ち明けたいが、この土地に眠る秘密はあまりに古く、キャサリン自身はそのことを知ったばかりだった。

「何も」そう言って、ルークの手から逃れる。「何も知らないわよ。祖母からジュバルは死んだと聞かされていただけ」

これまで警察が思いつかなかった可能性をルークは頭のなかで探った。説教壇の崖はこの山小屋から遠くない。ブレア家の男たちが死んだのは魔女に呪いをかけられたせいだという話を、その昔、ルークも耳にしたことがある。子どもだったルークは軽く笑い飛ばしたが、いまになって考えると、より納得のいく筋書きが浮かびあがってくる。その晩、アニー・フェインは何かを目撃して、その結果、身を隠したのではないか？　それが事実だとしたら、長年住んでいた土地を離れなければならないと思わせるようなどんな深刻なできごとが起こったのだろうか。

「ジュバル・ブレアのことが、なぜおばあさんとのあいだで問題になるんだ？」

キャサリンはよろよろと立ちあがって、シャツのしわを手でなでつけた。

「べつに問題になったわけじゃなくて、祖母がそう言っていただけ」ルークの顔を見て、その表情を推し測る。彼は何も言わないが、いまの答えに満足していないのは明らかだった。「いま何時かしら？」キャサリンは尋ねた。

「もうすぐ六時だ」

「今夜はチキン料理をつくるつもりだったの」

「できるまで待つよ」

キャサリンは顔に笑みを張りつけた。「それなら急いで支度するわ」

「何か手伝おうか？」

「いまはいいわ。あとで何かお願いするかもしれないけど」

一挙手一投足に彼の視線を感じながら、キャサリンは部屋の隅にある台所へ向かった。古びた冷蔵庫をあけると、町で買ってきた食料品が庫内へ移し替えられていた。

「ルーク？」

「なんだい？」

「介抱してくれてありがとう。それから……食料品をしまってくれて」

「どういたしまして」

なぜかわからないが、キャサリンはこの場に張りつめた空気をなんとかしてほぐしたくなった。笑みをつくってルークに向き直る。

「ほんとうなら飲み物を勧めて、お食事ができるまでソファーでテレビでも見ていてと言うところだけど、ここでは無理ね。小さな椅子と本で我慢してもらわないと」

「本を読むより、こうしてきみを見てるほうがずっといい」

ルークの視線を痛いほど意識しながら、キャサリンは気がとがめてならなかった。彼に嘘《うそ》をついたことが気になって、自分の正直な気持ちを見つめる余裕がない。

「ルーク……わたし――」

「言わなくていい」ルークはそっけなく応じた。「誰からも、とくにきみからは拒否の言葉を聞きたくない。ことに今日みたいな日にはね。いまのところぼくの手伝いはいらないようだから、シャワーでも浴びてくるよ」

ルークが去ったあと、キャサリンの視界は涙でかすんだ。こんなことになるとは思っていなかった。がっくりと肩を落とす。しかし、自分が本心では何を望んでいるのかわからなかった。ルークを恋人にすることは問題外だ。もしふたりがそういう関係になっても、周囲の人たちに白い目で見られ、中傷の言葉を浴びせられるような土地では暮らせないし、暮らしたいとも思わない。

涙をぬぐってナイフを手にとる。じゃがいもの皮むきには心の悩みを癒《いや》す効果があるというのが祖母の口癖だった。その説が正しいかどうか、試してみようと思った。

ルークがバスルームからもどってきたころには、料理はあらかた完成していた。ふたりは目を合わせずに料理を口に運び、食事がすむと無言のうちに皿洗いをすませた。キャサリンがシャワーを浴びているあいだに、ルークは外へ出ていった。そして彼女が寝室へ引きあげるまで、もどってこなかった。

ようやくうとうとしはじめたとき、階下からルークが遠慮気味に声をかけてきた。

「キャサリン、ちょっといいかな」

「なあに?」

「ジュバル・ブレアがきみとは無関係なら、彼が生きていると知ってなぜあんなに動揺した?」

長い沈黙がつづいた。

「キャサリン?」

「疲れたのよ、ルーク。もう寝て」

それは、ルークが求めていた答えではなかった。

10

バッグを盾のように胸に押しつけたネリー・コーソーンは、急ぎ足で通りを横断して食料品店に向かった。騒ぎに首をつっこんではいけないと牧師から釘《くぎ》を刺されているが、カマルーンの町で起こった最新のニュースを親友のラヴィーに知らせないわけにはいかない。店に入ると、ドアの鈴が軽やかな音をたてた。

「ラヴィー、どこにいるの？」

「こっちよ！」

乾燥食品が並べられた通路で、ラヴィーはシリアルの箱に値札をつけていた。

「ああ、こんなところにいたのね」ネリーはあえぎあえぎ言って、不安げに後ろを振り返った。「話を聞かれる心配はない？」

ラヴィーは体を起こして、ワンピースのスカートについた汚れを払った。ボタンがとれかかっていることを頭の片隅に記憶する。

「誰もいないわよ。いったいどうしたの？」

ネリーは身を乗りだした。「何も聞いてないの？」

「聞いてないって、何を？」

いちだんと声をひそめる。「あの女とジュバル・ブレアの一件よ」

ラヴィーの心拍が跳ねあがった。あの女というのが誰のことかぴんときたが、弁護士の話を聞いてからは、あまり極端な反応をしないように自分を制していた。それでも、好奇心はそそられる。「そのふたりがどうかしたの？」思わず尋ねていた。

ネリーは血が騒いでならなかった。

「あのね……マートル・ロスを知ってるでしょ？　ジュバル・ブレアの世話をしてる人」

ラヴィーは内心の動揺を押し隠して、平然とした表情をとりつくろった。「ええ、マートルなら知ってるわよ。ご近所だもの。うちとは五軒しか離れていないのよ。毎日のように、あの家のポーチにジュバルがすわっているのを見かけるわ」

「そう、そうなのよ！　それでね、今朝、マートルが牧師に会いに来たの。家の悪魔払いをしてほしいというのよ」

「まあ、いやだ。またお酒に手を出したの？」

「違うの。そういうことじゃないのよ」ネリーの声の調子が高くなる。「いいから黙って聞いて。大事なことなんだから」

ネリーの性格を考えると、本題に入るまでにまだまだ時間がかかりそうだ。「聞いてるわよ」ラヴィーはそう言って、シリアルの箱に値札をつけて棚に並べる作業にもどった。

「マートルが言うことには、あのフェインと名乗る女がきのうジュバルのところへやってきて、何かおかしなまねをしたらしいの。女が帰ったあと、ジュバルはひどく興奮して、寝かしつけるのが大変だったそうよ。ようやく眠ってからも、何かにとりつかれたみたいにうなされどおしだったとか。それを見てマートルは、あの女が何か呪《のろ》いをかけたんだろうと思ったわけ。だって、やっぱり魔女の孫娘だし、血は争えないでしょ。ともかく、もう牧師が家を訪ねてお祈りをすませてきたわ」

シリアルの箱を音をたてて棚に置き、ラヴィーが向き直った。

「弁護士に注意されたのよ。あの女を魔女呼ばわりするのをやめないと、みんな大変なことになるって。埋葬のためにアニー・フェインの遺体を運んできたこと以外、あたしたちはあの女のことを何ひとつ知らないのよ。悪くすれば名誉毀損《きそん》で訴えられるそうよ」

ネリーが唇をすぼめた。「そんなこと、言われなくてもわかってるわよ。こっちだって何も町なかで噂《うわさ》話をしてるわけじゃない。あんただけにこっそり教えに来たのよ」ふと何か思いついたというふうに、遠い目をする。「あの女が魔女じゃないからって、祖母も魔女じゃなかったとは言いきれないはずだわ。いろんな噂をあんたも耳にしてるはずよ」

ラヴィーは顔をそむけた。噂ならいろいろ聞いている。誰よりもよく知っている。

「ともかく」ネリーがさらに言葉を継いだ。「弁護士はこうも言ったはずよ。魔法が本物だという証拠が見つかれば、裁判にかけられたって痛くもかゆくもないって」

「それはそうだけど」

「こんどのことが何よりの証拠じゃないの。あの女は、気の毒なジュバルに何かおかしなまねをしたのよ」

「具体的に何をしたの？」

ネリーは体をもぞもぞと動かした。「まあ、そのへんはマートルにもよくわかってないみたい。でも、女に何か言われたあと、ジュバルは様子がおかしくなったのよ」

「何を言ったか聞こえなかったの？」

ネリーが首を横に振る。

「それならどうして悪いことだってわかるのよ。フェインの孫娘はジュバル・ブレアを知らないはずでしょう。たんに道を尋ねただけかもしれない。ジュバルは質問にうまく答えられなくて、それで気が動転したのかもしれない。だいたい、考えてもみてよ、ネリー。ああしていまも生きていること自体が奇跡なのよ。たぶんあの女にはなんの関係もないのよ。いよいよお迎えが来たんじゃないの？」

あまりにも冷静なラヴィーの反応に、ネリーは当惑した。「でも、きのうはあんただって――」

「きのうはきのうよ」ラヴィーはぴしゃりと言った。「それから、もしあたしがあんたの立場だったら、夫の仕事についてやたらに触れまわらないように注意するわね。そもそも、牧師には信徒の秘密を守るという掟《おきて》があるんじゃないの？」

ネリーは赤面した。「わかったわよ。もう二度とあんたには何も言わないから」怒ったようにつぶやいて出口へ向かった。

友人の気分を害したことを知りながら、ラヴィーは黙って後ろ姿を見送った。しかたがない。ネリーにもすべてを打ち明けているわけではないのだ。ドアがばたんと閉まるとふっとため息をつき、それから向き直ってシリアルの箱をもうひとつ棚にのせた。だからといって、ラヴィーが突如として思いやり深い人間に変身したわけではないし、宗教心に目覚めたわけでもない。実際は、罪の意識で息も絶え絶えだったのだ。ひとつ目の子牛が生まれ、朝食の卵が血の色に変わったのは事実かもしれないが、そういう不吉なできごとにキャサリン・フェインはいっさい無関係で、アニー・フェインが本物の魔女ではなかったことを、ラヴィーは誰よりもよく知っていた。

空になった段ボール箱を持ちあげて店の奥に運ぶ途中で、牛乳用の冷蔵ケースの前を通りすぎた。そのとき、ガラスに映った自分の姿がちらりと目に入った。立ちどまって、こちらを見返す老女の顔のなかに自責の表情を探す。

「あんたのせいよ」ラヴィーは低い声でつぶやいた。

〝みんながあの人を嫌うように仕向けるつもりはなかったのよ〟

「その気になれば、食いとめることができたはずだわ」

〝あたしにはどうしようもなかった〟

「いまからだって罪滅ぼしはできるのよ」

〝もうこんな年だし、いまさら無理よ。おまけに、あの人はもう死んでるわ。お願いだから、あたしをそっとしておいて〟

ラヴィーはその言葉に従った。自分自身と言いあいをして、そして負けたという事実に打ちひしがれながら。


よろい戸の隙間《すきま》から朝日が差してきたころ、キャサリンは寝返りを打ってベッドに起きあがった。その瞬間、何か小さな黒いものがベッドの下の暗がりから出てきて床を走っていくのが目に入った。ベッドから身を乗りだして目を近づけたキャサリンは、思わず悲鳴をあげた。

一方ルークは銃を手にして寝袋を出た。ふだんの習慣とは違って下着をつけている。全裸で犯人を逮捕するはめには陥りたくなかった。

侵入者の形跡を求めて部屋を調べはじめたとき、キャサリンが悲鳴をあげながら階段を下りてきた。

「どうした？」ルークは驚いて叫んだ。「何かあったのか？」

「ねずみよ！　ベッドの下にいたの！」

キャサリンが指さす方向に、ルークは銃を振り向けた。彼女が言うとおり、一匹のねずみが部屋のなかを必死に逃げまわっている。すばやく狙《ねら》いを定めた。

「撃たないで」キャサリンが悲鳴をあげる。「殺したら、腕時計のありかがわからなくなるわ」

「まいったな」ルークは口のなかでつぶやいて、銃を下ろした。その間にねずみは書棚の下を通って壁の穴に逃げこんだ。

次の瞬間にはキャサリンが外へ飛びだし、ルークもあとを追っていた。

キャサリンはすさまじい勢いでポーチから地面に飛びおり、小屋の裏へ向かっていく。ねずみが外へ出る前に先まわりして、行き先をつきとめるつもりだ。南側のポーチを飛び越した瞬間、ねずみが草地へ向かって走りだした。

「ほら、そこよ」草むらにひそんでいるかもしれない蛇や地面からつきでているかもしれない尖《とが》った岩にはおかまいなしに、キャサリンは駆けだした。

「気をつけて！」思わずそう叫んだルークのほうが、小石に足をとられてつまずいた。

顔を上げると、キャサリンの姿は木立のなかに消えようとしていた。ルークはいまいましげなうなり声をあげた。かつてはＮＦＬの選手として活躍した自分が、女性に置いてきぼりを食って地面にうずくまっているとは。悔しさをばねに、痛みをこらえて体を起こし、本気で走った。いくらも行かないうちにキャサリンの後ろ姿が見えてきた。

キャサリンがとつぜん足をとめた。「あそこよ！」興奮して叫びながら、地面を指さす。

「あそこに逃げこんだわ」

ルークはようやく追いついた。「どこだ？　どこに消えた？」

「あの木よ」キャサリンが指さしているのは、枯れ木の根と根のあいだにできた小さな穴だった。

「驚いたな」ルークは木の根元にしゃがんで、なかをのぞきこんだ。立ちあがったときには、満面の笑みをたたえていた。「きみのお手柄だ。やったね」

思いきり走ったせいで、キャサリンはまだ息をあえがせていた。ネグリジェの裾《すそ》は下生えに落ちた露で湿り、足の裏が焼けるように痛んだ。ルークの顔を見あげ、その顔に浮かんだ笑みに目をとめて、そこから裸の胸に視線を下ろしていく。その瞬間、はっとした。キャサリン自身、ごく薄物の夜着のほかには何も身につけていないのだ。腕組みをして胸を隠したいという衝動をこらえて、肌が透けていないことを祈りながら体の向きを変えた。それから、穴のなかをのぞきこむ。

「宝物をどうやってとりだせばいいの？」

「まず一度小屋へ帰って着替えをしよう。裸足《はだし》で木を切り倒すことはできないからね。それから――」

「でも、そのあいだに逃げられちゃうわ」

ルークは声をあげて笑った。「おいおい、キャサリン、たとえ逃げても、全財産を持っていくことなどできないよ。きみの目あては腕時計で、森ねずみをしとめたいわけじゃないだろう？　それに、たとえしとめても、森ねずみの剥製《はくせい》ではあまり立派な壁飾りにはならないよ」

キャサリンは赤くなって、ルークを殴るまねをした。

「からかうのはやめて、早くわたしの腕時計をとり返してよ」

ルークが彼女の手首をつかんだ。「お願いと言え」

キャサリンは身をすくめた。冗談だとわかっているものの、彼の目には相手の力を奪う何かがあった。

「お願い」

ルークが一歩前へ歩みでた。「いまの言いかたはあいまいだった。何をしてほしいのかはっきり教えてくれないか？」

さらに近づいてきた彼の肉体が発する熱を、キャサリンはじかに感じた。頭がぐるぐるとまわるようだ。何をしてほしいかですって？　いまのいままで、口がうまいことにかけてテキサス人にかなう者はいないと思っていた。考えが浅かったようだ。大きく息を吸ってルークの顔に目をやったとき、瞳に吸いこまれて何もわからなくなった。

「キャサリン……待ってるんだ」

キャサリンはゆっくりと息を吐きだした。「わたしもよ」

ねずみのことはふたりの頭からきれいに消え去っていた。ルークは銃を腰にはさんで、彼女の腕を強く握った。

口づけを待つかのように、キャサリンは首を傾けた。目を閉じる前に最後に見えたのは、しだいに近づいてくる彼の顔だった。目を閉じる。そのときが来た。

ルークの唇ははじめは激しく、そしてやさしく重ねられた。腰に腕をまわして、体を引き寄せる。キャサリンがうめくと、顔を起こして、問いかけるようなまなざしを向けた。

キャサリンはルークの首に両手をまわした。

おばあちゃん、ひとめぼれってほんとうにあると思う?

「わたしを抱いて……お願い」

ルークはキャサリンを抱きあげ、山小屋へ向かって歩きだした。

森はしんと静まり返り、風はそよとも吹かない。湿った土と萌《も》えいでたばかりの緑のにおいが、ふたりのほてった体の香りと交じりあう。不安ではあったが、キャサリンに迷いはなかった。ルークは力強くて、信頼のできる男だ。彼の肩に頭を置いて、てのひらを胸に押しあてると、乱れがちなキャサリンの鼓動と違って規則正しいリズムを刻んでいた。

山小屋へ着くと、ルークはドアを足で蹴《け》って閉めた。その場で立ちどまって、寝袋からロフトへ視線を移動させせる。

「ベッドへ」キャサリンはそっとささやいた。「自分で歩くわ」

ルークはキャサリンを床に下ろすと、できるなら手放したくないというふうにその顔を両手ではさんだ。さっきとは違って、軽やかな、ついばむようなキスをする。まず下唇を、それから上唇を味わって、最後にあごの先へ達した。キャサリンはよろけそうになった。ルークはその手をとって、寝袋のほうへ導いた。

「遠すぎるよ」あごの先でロフトを示す。

脚ががくがく震えてきたキャサリンは、同意するしかなかった。羽根布団の上掛けに足があたったとたん、熱いものに触れたかのように体をびくっとさせる。ルークはその顔を心配そうにのぞきこんだ。

「ほんとにいいんだね？」

キャサリンの目はとろんとして、肌が熱を帯びてきた。彼の頬に、そして唇に触れて、その形を指でなぞる。

「いまを逃したら、もう二度とその気にならないかもしれないわ」

ルークの眉のあいだにかすかなしわが刻まれた。「怖いのか？」答えをためらう様子を見て、つらそうな声でつぶやく。「ダーリン、きみが恐怖を感じるようなまねだけはしたくない。怖いなら怖いと正直に言ってくれ。すぐにやめるよ」

答える代わりに、キャサリンは寝袋に膝をついて手を差しだした。ルークはすかさずその手をとり、体全体におおいかぶさるようにしてサテンの上掛けの中央に横たわった。

キャサリンはため息をついた。ルークの体の重みはなぜかしっくりとなじんで、生まれてからずっとこの瞬間を待ちつづけていたように思えた。

ルークは身震いするような緊張を味わっていた。欲望に身をまかせたことなら過去に何度もあるが、ひとりの女性にこれほど強く惹《ひ》かれたのははじめての体験だ。特定の相手を決めずにやってきた男にとって、この感覚は目の覚めるような衝撃だった。腕のなかに横たわる女性を見つめて、できるならいつまでも手放さずにそばにいたいと願ったが、彼女が自分に差しだしているのは肉体だけにすぎない。心まで捧《ささ》げてもらえるかどうかは、いまのところ未知数だ。

「キャサリン……約束するよ。ぼくは――」ふと言葉をとめて、耳を澄ますように首を傾けた。

「なあに？　どうかしたの？」

ルークは寝返りを打った。すばやい動きで起きあがり、シャツに手をのばす。

「誰か来たようだ」

キャサリンはさっと立ちあがって、昨夜着替えを置いたバスルームへ向かって駆けだした。

車が庭に停止したときには、ルークはすでに服を着てポーチに立っていた。最悪のタイミングで登場した保安官補のダニー・モットを見て、間の悪いやつだと声に出さずにつぶやく。

「おう、ダニーか。朝早くから精が出るな」

小柄でずんぐりした体形のダニーは、子どものころに巻きこまれたオートバイ事故の後遺症で、いまでも少し脚を引きずる癖がある。

「早起きしたわけじゃありませんよ。ゆうべから一睡もしてないんです」

ルークは顔を曇らせた。何かあったらしい。

「詳しく話してくれ」

ダニーは山小屋にちらりと目をやって、声をひそめた。

「その……フェインさんの件なんです」

「彼女がどうかしたのか?」

親指を曲げて、山のふもとの方角を示す。

「大変な騒ぎになってるんですよ。フェインさんとジュバル・ブレアのことで、町の住民の半分くらいが集まって騒いでいます。ジュバルのために二回も医者が呼ばれて、家の前には万一のために町役場の係員まで待機してます。容態が悪化したのはフェインさんが何か呪いをかけたせいだから、呪いを解いてもらわないと死んでしまうとみんなが噂しているんです」

「なんてことだ」ルークは吐きだすように言った。

手で顔をこする。事態は深刻だ。群集心理というのは恐ろしいもので、ひとりでは決してしないようなことを大勢の人間が集まると平気でしでかす可能性がある。

「どうしましょうか？」

ルークが口を開く前に、キャサリンがコーヒーカップをふたつ手にして外へ出てきた。穏やかな笑みを浮かべているが、ルークにちらりと向けた視線は緊張を帯び、仕事の話を邪魔することへの遠慮と、自分たちの時間を邪魔されたことへの恨みとがあいなかばしていた。

「コーヒーでもいかが？」

カマルーン育ちのダニーにとって、上司の指示をあおぐためにこの山の上まで車を運転してくるのは大きな勇気を要する行為だった。しかし、キャサリンの姿を目にした瞬間、これまで彼が思い描いていたアニー・フェインの肉親のイメージは音をたてて崩れた。子どものような無邪気なほほえみをたたえた黒髪の女性は、大好きなマーガレットおばさんに負けないくらい魅力的だ。ダニーは帽子をとって、勧められたコーヒーに手をのばした。

「いただきます」

ルークは笑いそうになるのを必死にこらえた。ダニーが顔を赤らめるところなど、これまで見たことがなかった。またしてもキャサリンの勝利だが、今回の武器はたったひとつのほほえみだった。ルークもコーヒーを受けとり、家のなかにもどろうとするキャサリンに声をかけた。

「待ってくれ、キャサリン」

キャサリンは足をとめて振り向いた。

「こちらはダニー・モット。保安官補のひとりだ。ダニー、キャサリン・フェインを紹介する」

にこやかに会釈を交わしたのち、キャサリンはルークに視線をもどした。

「何かあったの？」

声にためらいが感じられるのは無理もないと思われた。彼女が町に到着してから、ルークがかかえる問題の大半はキャサリンがらみだった。

「大したことじゃない。あとで詳しく話すよ」

不安そうな表情を見せながらも、キャサリンはその言葉を信じておとなしく小屋のなかへもどった。

ドアが閉まるのを見届けてから、ルークはポーチを下りて庭を横切った。そのあとをダニーがついて歩く。

「何か暴力的な動きはあるのか？」

「いまのところはありません。むちゃくちゃなことを言ってるだけで」

ルークはため息をついた。「しかし何かきっかけがあれば、暴動に発展する可能性があるな」

ダニーはうなずいて、指示を待った。

「よく知らせてくれた。家に帰って少し休むといい。こっちはジュバルの様子を見てこよう。何か話したいことがあるかもしれない」

ダニーは驚いてあんぐりと口をあけた。「でも、保安官。あのじいさんは話ができないんですよ。ここ三十年間、一度も口をきいてないはずです」

「なんらかの方法で意思の疎通は可能なはずだ……その気にさえなれば。母がよく言っていたよ。何事も信念しだいでどうにかなるものだって」

「ええ、ぼくも聞いたことがあります」

数分後にダニーは去り、ひとり残されたルークは空のコーヒーカップを手にして、重苦しい気分に浸っていた。ある意味、予測されたことではあった。この土地に残る古い傷は長年のあいだ癒《い》えることがなく、棺《ひつぎ》が町に到着した日に、傷口がぱっくりと開いたのだ。トラブルが起こったのは必然の結果で、ルークとしては、キャサリンがジュバル・ブレアとの一件について何も言ってくれなかったのがどうも解せなかった。昨日何があったのか詳しくわかればそれなりに対処のしようもあるが、キャサリンの様子を見るかぎり、打ち明けてもらえるとは思えなかった。

ルークが外からもどると、キャサリンは顔を上げた。「コーヒーのお代わりは？」と尋ねて、コーヒーポットを持ちあげる。

「いまはいいよ」

いくぶん気恥ずかしげにコーヒーポットを置いて、キャサリンは冷蔵庫から卵をとりだした。

「朝食がもうすぐ用意できるわ。すぐに出かけなければいけないんでしょう？　わたしもこれ以上引きとめるつもりは――」

「キャサリン」

ルークの声の調子はキャサリンを怯《おび》えさせた。振り向いてその表情を見たとき、さらに不安がふくれあがった。

「なあに？」

「ぼくを信頼しているか？」

「もちろんよ」そう答えたものの、料理から手が離せないふりをして目を合わせるのを避けた。

ルークは彼女の手首をつかんだ。「まっすぐ目を見て、もう一度言ってくれ」

キャサリンは胸が締めつけられるような緊張感に襲われた。何か恐ろしいことが起こったに違いない。ああ、おばあちゃん、わたしはどうなるの？

「あなたを信頼しているわ」もう一度くり返したが、こんども彼の瞳をまっすぐ見ることはできなかった。

「もういい」ルークは小声でつぶやくと、両手で髪を乱暴にすいて、足どりも荒くポーチへ出ていった。

キャサリンはあわててあとを追った。「ねえ、ルーク。わたしたち、知りあってまだ間もないし――」

くるりと後ろを振り向いたルークは、声を荒らげた。「身をまかせることはできるが、すべてを打ち明けるほど親しくはないというわけか。きみはそういう女なのか、キャサリン・フェイン？　自分のことは他人にはいっさい関係ないと言うつもりか？」

「違う。そうじゃない」キャサリンは彼の腕にすがった。「あなたにはわかってないのよ」

「それならわかるように説明してくれ」ルークは乱暴にキャサリンを引き寄せた。「きみとジュバル・ブレアのあいだに何があったのか教えてくれ」

「なぜ？　なぜ知りたいの？」

「町で不穏な動きがあるからだ。一歩間違えれば暴徒化する恐れがある。ここの人たちは偏見や先入観のなかで育ったせいで、毎日の暮らしに迷信が根づいている。きみのおばあさんが魔女だったと本気で信じてるんだ。なぜそうなったのかわからないが、それが現実だ。彼らにしてみれば、おばあさんの血を引いているきみも、やはり魔女ということになる。きみがジュバル・ブレアに呪いをかけたのだから、その呪いを解くべきだと考えているんだ」

キャサリンの顔から血の気が引き、体がふらついた。あやういところでルークが支えた。

「お願いだ、キャサリン。何か秘密があるなら話してくれ」

「アニー・フェインとわたしのあいだに血のつながりはないのよ。彼女がしたことといえば、誰からも見捨てられていた赤ん坊を引きとって育てたことだけ」

その声は、聞いていてつらくなるような辛辣《しんらつ》な響きを帯びていた。ルークは禁じられた領域に土足で踏み入ったような恥ずかしさと、それと同時にキャサリンへの深い同情を覚えずにいられなかった。

「ご両親は？」

キャサリンは口ごもったが、ここまで話した以上隠しても意味はないと自分に言い聞かせた。「ふたりとも死んだわ。詳しいことはわからないけれど、わたしは生後わずか数時間で祖母に引きとられたの。祖母がわたしのすべてよ」声がかすれる。「その祖母が、逝ってしまったの」

どうすべきか決めかねてルークがその場に立ち尽くしているあいだに、キャサリンは彼の腕からするりと抜けでて家に入っていった。あとをついていくと、寝袋は丸めて暖炉のそばに置かれていた。

少し前の親密さはすでに消えていた。

「町へ出かけてくる。きみをひとりで残していかなければならないが、怖くないか？」ルークは尋ねた。

キャサリンが振り向いた。すがるような目をしながら、口ではこう答えていた。

「だいじょうぶよ」

「できれば連れていきたいところだが、騒ぎが静まるまではここにいたほうが安全だと思う」

キャサリンはうなずいた。「わかってる。それに、こっちも片づけが残っているし、祖母の日記をもっと読みたいわ」

怯えた表情を口づけでぬぐい去りたいというルークの願いもむなしく、キャサリンはさっと身をかわした。ルークの落胆は大きかった。また一からやり直しだ。

「すぐにもどる。ぼくが出かけたら、しっかり戸締まりをするんだよ」

「なんだかいやな感じ」

「何が？」

「まるでわたしは囚人で、ほかの人はみんな被害者みたい」

気休めになるような言葉を、ルークは何も思いつかなかった。

「さっきも言ったが、すぐに帰る」

キャサリンはポーチまで出て、彼の車が走り去るのを見送った。車が見えなくなると、ポーチから庭へ下りて、円を描くように歩きながら木立をにらみつけた。

「もしそこにいるのなら、気がすむまで見るがいいわ」木立にひそんでいるかもしれない誰かに向かって大声で叫ぶ。「用事を全部片づけるまで、わたしはここを動くつもりはないから」

それだけ言うと、足音も荒く家へとって返し、決意のほどを強調するようにドアをばたんと閉めた。


車が町に近づいてはじめて、ルークは肝心な点をきき忘れたことに気づいた。ジュバル・ブレアに何を告げたのか、キャサリンは明らかにしなかった。ため息がもれる。やはりそうだったのだ。キャサリンはジュバル・ブレアに何かを告げたのだ。彼だけに重要な意味を持つ何かを。

ガソリンスタンドの前を通りかかったとき、メイナードが手を振った。ぴんと張っていた緊張の糸が少しゆるんだ。町民のすべてが騒いでいるわけではないのだ。

二ブロックにわたる目抜き通りを走り抜けて、左折した。そのとたん、希望的な観測がしぼんだ。聞こえてくるのは讃美歌《さんびか》の合唱だった。

11

人々が歌っているのは《進め、キリストの兵士たちよ》で、音頭をとっているのはコーソーン牧師だ。しかし、だからといって無害な集まりだとは言いきれない。兵士の役目は戦うことだ。熱狂した群集がカマルーンからキャサリン・フェインを追放するような事態だけはなんとしても阻止しなければならない。現場の近くにとめたルークの車に、群集の端にいた数人が目を向けた。保安官がやってきたという話がしだいに広がり、彼が人々の輪に近づいたときには、歌声はしだいに弱まってつぶやき程度になっていた。誰もが息をつめて次なる動きを待っている。

「悪いが、ちょっと通してくれないか」ルークは声をかけた。

群集がふたつに割れてルークを通し、彼が通り終えるとまた閉じた。彼の動きを追うように叫び声が移動する。聞き覚えのある声もあれば、そうでないものもあった。

「よう、ルーク、どうするつもり――」

「保安官、なんとかしてくれよ」

「逮捕するんでしょうね」

「こんなことがまかり通るとは――」

人々は次々に声をかけてくるが、ルークは足をとめなかった。家の前に到着したときには、体じゅう汗だくだった。群集の怒りは密度を増し、手で触れることができるほどだ。早く何か手を打たないと、キャサリンの身が危ない。

牧師が雪のように白いハンカチでひたいをぬぐって、ルークに手を差しだした。

「おいでいただいてよかったですよ、保安官。われわれが直面しているのは重大な問題です」

ルークは牧師の手を握った。「ええ、そのようですね。どうするおつもりですか？」

牧師が驚愕《きょうがく》の表情を浮かべた。「どうするって、決まってるでしょう。カマルーンからキャサリン・フェインを追放するんですよ」

「どういう理由で？」

群集のなかからネリーが進みでて、聖書を頭上で振りまわした。

「ジュバル・ブレアに呪《のろ》いをかけたからよ！」金切り声で叫ぶ。

彼女のほうに向き直ったルークは、冷ややかな目でその顔を見据えた。

「もう一度言ってもらえますか？」

「ジュバル・ブレアに呪いをかけたのよ」こんどは声にためらいが交じる。

「やはり聞き間違いではなかったのか」ルークはやれやれというふうに首を振った。「先日、フェインさんから与えられた警告をしっかり聞いていなかったようですね」

牧師がびっくりした顔で妻を凝視した。「警告だと？　警告とはなんのことだ？　わたしは何も聞いてないぞ。おまえはあの女としゃべったのか？」

ネリーはしどろもどろの口調で弁解した。「べつにそんな大騒ぎするようなことじゃないと思って――」

「フェインと名のつく人間を魔女呼ばわりしたら名誉毀損《きそん》で訴えられる可能性があると警告されたんですよ」ルークは説明した。

「まったくなんてことだ」牧師はあえぐように言って、怖い顔で妻をにらんだ。「家へ帰ったら話がある」

ネリーは顔を赤らめて、さも不満そうに唇を尖《とが》らせた。神と公衆の面前で夫から叱責《しっせき》を受けたことが現実とは思えずに、胸のなかで毒づく。〝いいですとも。ただし、油をしぼられるのはどっちかしらね〟

「どういうことなんだ、ルーク。わかるように説明してくれ」誰かがどなった。

ルークは怒りを隠そうともせずに群集に向き直った。

「それは話が逆だろう」鋭い口調で切り返す。「説明の義務があるのはきみたちのほうだ。きみたちはこの町の平和を乱している。フランシス・パーカーが丹精したベゴニヤを踏み荒らし、車の往来を妨げているだけでなく、ピートとサミのフロスト夫妻にも大きな迷惑をかけているんだぞ。隣のブロックに住むふたりは、先週病院から赤ん坊を連れて帰ってきたばかりだ。こんな騒音のなかで、赤ん坊を寝かしつけることができると思うか？」

人々がはっと息をのみ、そのあとは水を打ったように静かになった。後ろ指をさされる立場にだけは、誰もなりたくなかった。ここに集まった目的は見知らぬ女を罰することで、自分が罰されるためではないのだ。しかしそのとき、群集の後ろのほうにいた誰かが大胆にも言ってのけた。

「ジュバルの件はどうなんだ？　魔女の身内に何か変なことをされたせいで、あのじいさんは死にかけてるんだぞ！」

「くだらないことを言うな！」ふだんの礼儀作法を忘れて、ルークは乱暴に言い放った。「ジュバルが死にかけているとしたら、それは老齢と病気のせいで、呪いのせいではない。アニー・フェインを魔女呼ばわりしたら名誉毀損で訴えられるかもしれないことは、きみも理解しているはずだ」

「でもみんな知ってるぞ――」

「何を知ってるんだ？」ルークは男をさえぎった。「誰か前に出て教えてくれないか。ハロウィーンのキャンプファイアで語り継がれるようないいかげんな噂《うわさ》話でなく、具体的に自分の目で見たことを聞かせてくれ」

人々は不安げに足を踏み替え、期待をこめて牧師の顔を見つめた。しかしさっきまでそこにあった威勢のいい表情は、訴えるという言葉を聞いたとたん湿っぽいものに変化していた。この話が教会の上層部に知れたら、牧師の座を追われないともかぎらない。この年で一からやり直すのは不可能だ。そう考えた牧師は一歩脇《わき》にしりぞいて、片手に聖書、片手に讃美歌集《さんびか》を握りしめ、いかにも情け深そうな表情を顔に張りつけた。

群集はふたつのグループに分かれはじめていた。ルークの言うことがもっともだと考える者がいる一方で、依然として疑いを捨てきれない者もいる。長年迷信のなかで暮らしてきたために、簡単には考えを切り替えることができないのだ。

さらにルークはつづけた。「キャサリン・フェインが魔女の身内だという説については、その発言自体がアニー・フェインへの中傷であるだけでなく、事実にも反している。キャサリン・フェインとアニー・フェインのあいだに血縁関係は存在しない」

「保安官、そんなはずがあるか！」誰かが叫んだ。「祖母と言ってるのをこの耳で聞いたぞ」

いっせいに広がったどよめきに負けないように、ルークは声を張りあげた。

「彼女がアニー・フェインに育てられたのは事実だ」そして、集まった人たちのなかで頭ひとつ飛びでている長身で細身の赤毛の女性を指さした。「そこにいるセイディ・ハッチを、ぼくは物心ついてからずっとセイディおばさんと呼んでいる。しかしぼくの知るかぎり、ぼくたちのあいだに血縁関係はない。自分より年長の知りあいをそういうふうに呼ぶのが一種の敬意のしるしであることは、みなさんも承知しているはずだ」

照れ笑いをして手を振ったセイディは、自分が場違いな反応をしたことに気づいて目をそらした。しかし、その必要はなかった。具体的な例を示すことによって、ルークは群集のあいだに張りつめていた険悪な空気を消し去ったのだ。

「ぼくの得た情報によると、キャサリン・フェインは生後間もなく親を亡くして孤児となった。アニー・フェインは、誰からも見捨てられた赤ん坊を引きとって育てただけだ。みなさんがどんな聖書をお読みかわからないが、ぼくの持っている聖書の教えによれば、それはキリスト教徒として誇るべき行為だ。それからぼくの聖書には、罪のない者だけが石を投げよという一節がある。だから、何か言いたいことがある者は、自分自身にやましい点がないかどうか真剣に振り返ってからにしてくれ」

しばし間を置いて、人々の顔をながめわたす。すでに何人かは立ち去り、残った者は顔を寄せあってひそひそと言葉を交わしていた。

「おおかたそんなところだと思っていた」ルークは言った。「それではジュバルの話を聞いてくる」

「あの人は話ができないのよ」

ルークはその声を無視した。右手に立っている二十人ほどの群集に告げる。

「花壇から出ていかないと、器物損壊で逮捕するぞ」

人々は争うように通りへ走りでた。

「交通妨害も禁止だ！」ルークはそう言うと家のほうを向いて、ドアをノックした。

すぐさまマートルが出てきた。顔が紅潮し、目を怒りでぎらぎらさせている。おそらく家の前での騒ぎを耳にして、そのなりゆきをおもしろくなく思っているのだろう。

ルークは帽子を脱いで会釈した。「おはよう、マートル。ジュバルと話がしたい」

マートルは通せん坊をするように戸口に立ちはだかって、エプロンをいじくりまわし、それがすむと髪をなでつけた。

「さあねえ、保安官。そうしてもいいものかどうか。あたしはケンタッキー州から雇われてブレアじいさんの面倒を見てるのよ。医者は安静が大事だと言うし、それに、じいさんが口をきけないことは知ってるでしょ」

ルークはその目をまっすぐ見つめた。「おたくの芝生に集まっている連中のような騒ぎは起こさない。それから、彼が口をきけないことは知っているが、人の話を聞くことはできるはずだ」

マートルの声はしだいに力を失っていった。「それはそうだけど――」

「彼に会わせてくれたら感謝するよ」

マートルに選択の余地はなく、自分でもそのことを承知していた。脇に寄ってルークを通し、その後ろでドアを閉める。

「こっちよ。でも、あたしも同席させてもらうわ」脅しと受けとられるのを恐れるように、低い声でつけ加えた。「いつ何があるかわからないから」

「かまわないよ」ルークはそう言って、家の奥に進んだ。玄関のドアが閉められた家のなかは、四方の壁に老臭と尿のにおいが染みついていた。


ジュバル・ブレアはひどく不機嫌だった。体が思うように動かないことが腹立たしくてならない。水を飲もうとすればむせるし、長いあいだ体を起こしていることも不可能だ。いやなにおいのするベッドに終日横たわり、目に入るものといえば醜く太ったマートルの顔と、雨染みの浮きでた天井だけだ。

できるなら、もう死んでしまいたかった。記憶にないほど長いあいだ、死にたいと思いつづけてきた。だがそれは、あの女と出会う前のことだ。いまでは、死ぬ前に秘密が暴かれることを恐れている。あの女は秘密をもらすだろうか。いや、そんなことはどうでもいい。いずれにしろ大昔の話だ。もう時効が成立しているに決まっている。

運命の皮肉を笑ってやりたいところだが、もうその力もない。人間らしい反応をする能力は、説教壇の崖《がけ》の下で奪われた。

うめき声をあげ、さらに声を張りあげた。マートルはどこだ？　自分が長時間同じ姿勢で寝ていられないことはよく承知しているはずだ。体重を支えきれずに、骨が皮膚をつき破りそうなことにあの女は気づいていないのか？　悔しいことに、現在のジュバルは、人の手を借りて寝返りを打たせてもらわないと生きていけない体だった。

しばらくして声をあげるのをやめた。もし近くにいても、表がこんなにうるさくては聞こえるはずがない。少し前、マートルが興奮した様子でしゃべっている声がもれ聞こえてきた。そもそもの原因は、あの女と出会ったあと自分があまりに動揺したせいだが、しかたないではないか。幽霊を見たら、誰だって同じ反応をするはずだ。たとえその幽霊が二本の足で歩き、口をきいたとしても。

ジュバルは目を閉じて、女の顔を頭から追い払おうとしたが、何をしても無駄だった。強い非難をたたえたまなざしが、いまも目の前に浮かぶ。あの女は知っている！　なぜかわからないが、真相を知っているのだ。彼のほうも、ひとめ見たときにぴんときた。考えてみれば、べつに不思議な話ではないのかもしれない。血のつながった人間は、顔を見ただけでわかるという。たとえ、その人物がジョスリン家の血でけがれていようと。

ジュバルは身を震わせて息をついた。いったいどうやって生きのびてきたのだろう。長年のあいだ、赤ん坊は山のなかで死んだものと思っていた。息子たちがたどった運命を考えれば、それもしかたのないことだ。そもそも末っ子のターナーとジョスリン家の娘のあいだに子どもができたことなど露ほども知らなかったが、たとえ知っていたとしても事情に変わりはない。ジュバルの憎しみはそれほどまでに強く、根深かった。いまとなっては、自分自身以上に憎く思う相手は神だけだ。なぜなら、すべてを神が奪い去ったからだ。

しばらくすると、讃美歌が聞こえなくなっていた。人々がなぜ歌うのをやめたのかは知らないが、知りたくもなかった。静かになったのはありがたい。やがて正面のドアがばたんと閉まり、足音が近づいてきた。気ぜわしい感じのすり足はマートルだ。しかし、硬材の床をかつかつと大股で歩くブーツの足音の主は誰だろう。マートルがまた新しい医者を連れてきたのかもしれないと思って目をあけた。

まさか保安官のバッジを目にしようとは思っていなかった。この瞬間、二十五年以上のあいだ胸にかかえてきた恐怖が音をたててはじけた。心配していたことが事実になった。あの女の話を聞いて、警察官が逮捕しに来たのだ。

「眠ってるかもしれないわ」マートルが声をひそめた。

憎しみに塗りこめられたような老いた顔を、ルークはのぞきこんだ。「いや、眠ってない」そう言って、ジュバルにうなずきかける。「ブレアさん、覚えておいでかどうかわかりませんが、この数年、ときどきお声をかけてきた者です。名前はルーク・デプリースト。クライングリバーのマシュー・デプリーストの息子です。現在はトーニ郡の保安官をしています。もう八年近くになりますが」

ジュバルはできうるかぎり険悪な表情でにらみ返した。この表情が何を意味するか、好きなように解釈するがいいと心のうちで悪態をつく。

老人の目に強い生命力が宿っていることにルークは驚いた。余命いくばくもないという噂はとんでもない誤りだ。勧められるのを待たずに椅子を引き寄せて、ベッドのかたわらに腰を下ろす。

「おかげんがよくないとうかがっていますが」

ジュバルは答えなかった。黙っていれば相手がじきにあきらめて立ち去ると期待していたが、ルークは我慢強い性格だった。

「少しお話を聞かせてください。きのう、若い女性が会いに来ましたね？」

ジュバルの心拍が跳ねあがり、やがて正常にもどった。答えることを拒否して顔をそむける。

ルークはマートルに向き直った。「ここへ来たことすら覚えていないのなら、彼女と会ったことが体調を崩す原因になったと考えるのは筋が通らない」

マートルは一瞬黙りこんだが、すぐに立ち直って、ジュバルを指さしながら夢中でしゃべりはじめた。

「保安官はその場にいなかったからそんなことを言うのよ。女がいなくなったあと、この人は狼《おおかみ》の遠吠《とおぼ》えみたいにわめきはじめたの。もう、怖かったのなんのって。いくらなだめても効果がないから医者を呼んで鎮静剤を打ってもらったのよ」

マートルがしゃべっているあいだ、ルークはジュバルの顔から目を離さなかった。昨日、彼の心を乱すような何かが起こったとしても、現在の表情からは読みとれない。

「いまは落ち着いているように見えるが」ルークはそう言って、老人の腕に手を置いた。

「ジュバルさん？　ジュバルさん？」

ルークの若さと健康な肉体がいまいましくてならず、ジュバルは腹のなかで呪いの言葉を吐いた。それから顔を向けて、冷酷な目つきでにらみつける。

「ご気分はいかがですか、ブレアさん？　お話をうかがえないようでしたら、フェインさんをもう一度ここへ呼んで、きのうのやりとりを再現してもらうことになりますよ」

ジュバルの心拍はまたも跳ねあがったが、こんどは正常にもどるまでに長い時間を要した。ちぎれんばかりに激しく首を振る。

「ご気分でも悪いんですか？」

ジュバルは不機嫌そうにうなって、こぶしをベッドに打ちつけた。

「お元気そうに見えますが」

首をたてに振る。

「ああ、なるほど。フェインさんをここへ呼ぶ必要はないとおっしゃりたかったんですね」

またしても肯定のそぶりだ。

「それなら彼女を呼ぶのはやめましょう」

はたから見てもわかるほどほっとした表情のジュバルを見て、ルークは不思議な思いにとらわれた。どうも奇妙だ。この老人は、キャサリン同様、何があっても秘密をもらすまいと決意しているらしい。

「ほかにも二、三、おききしたいことがあります。気がついておられるかどうかわかりませんが、家の外に百人くらいの町民が集まっています。みんな、キャサリン・フェインのせいであなたが死にかけていると思いこんでいるんですよ」老人にとっては笑いごとでないのを承知しながら、ルークはおかしそうに笑ってジュバルの腕をたたいた。「正気とは思えませんよね？」

ジュバルは深く息を吸って、マートルとルークをにらみつけた。こんな騒ぎを引き起こしたマートルもマートルだが、そっとしておいてくれない保安官にも腹が立つ。しばらくして、首をたてに振った。

「あたしはべつに……」マートルがもごもごと弁解する。

「キャサリン・フェインは魔女だと噂する人もいます。ブレアさん、あなたは魔女の存在を信じますか？」

ジュバルはばかにしたように鼻を鳴らして、天井を見あげた。ルークは口もとをゆるめた。

「ぼくも信じません」それからマートルに視線を向ける。「どうやら、きのうの件は誤解だったようですね」ジュバルに向き直る。「きのう、あなたは何かに腹を立てたのですか、それとも、ただ気分が悪かったのですか？」

ジュバルはうなずいて、左右のこぶしをベッドに打ちつけた。

「両方？」

ジュバルはまたもうなずいた。

ルークは納得したように膝を打って、ジュバルの顔を凝視しながら立ちあがった。

「おききしたかったのはそんなところです。それでは失礼して、野次馬たちを追い払ってきますよ。あなたはまだしばらく長生きしそうだし、どんな種類の呪いもかけられていないらしい」

ジュバルは一度だけまばたきをした。この男に何がわかるというのだ。呪いはたしかに存在した。ただし、かけたのはあの若い女ではない。問題の根は、あの女が生まれるもっと前にすべてを破壊し尽くした憎しみのなかにあるのだ。

老人が言葉を発することをルークは念じたが、願いはかなわなかった。答えを与えてくれる人間は、キャサリン以外にいない。

ジュバルに向かって小さく頭を下げた。「ブレアさん、お会いできてよかったです。早く元気になって、またポーチに出てきてください」

　ジュバルはぎらぎらとした目でにらみつけた。ルークが言いたいことは正確に伝わっていた。騒ぎを静めるには、ジュバル自身もふだんどおりにふるまわなくてはならないということだ。それは、行き届いているとはお世辞にも言えないマートルの介護に身をゆだね、自分の糞尿《ふんにょう》にまみれてポーチにすわることを意味していた。

　ルークはマートルに目顔で合図した。「見送りはけっこうだ」そう言って、ひとりでその場を立ち去る。

　マートルはみずからの意思で彼のあとを追った。

　外へ出てきたルークを見て、噂話に興じていた群集はふたたび彼に注目した。コーソーン牧師は少し離れた場所で妻と言いあいをしている。ルークは笑いそうになるのをこらえた。この騒ぎがいかなる収穫ももたらさなかったとしても、少なくともネリー・コーソーンだけは身をもって教訓を学んだはずだ。

「どうだった？」男が叫んだ。「ブレアじいさんは死にかけてるのか？」

「いや、今日のところ、それはないだろう」ルークは言った。「ついでに言うなら、まだ相当長生きしそうだ。ここに集まっている人たちの多くより、よほど丈夫だよ。それからマートルにきいてもらえばわかるが、彼の体調が悪くなったのはキャサリン・フェインとはなんの関係もない。今回のことはマートルの誤解だった」そう説明したうえで、マートルに向かって片目をつぶり、無用な騒ぎを起こしたことを責めるつもりはないと伝える。

「しかし、ブレア老人は口がきけないのだから誤解するのも無理はない。マートルは自分の職務を果たしただけだ」

「そうなのか、マートル？　ジュバルは元気なのか？」

マートルは答えをためらった。自分が間違っていたことを認めるのが死ぬほどつらいらしい。

「ジュバルじいさんがあんなふうに興奮したことはこれまで一度もなかったのよ。頭のなかで何を考えてるかなんて、あたしにわかるわけがないでしょう？」

「やれやれ。なんてこった」誰かがつぶやいた。「結局一日無駄にしちまったよ。いんげんの収穫が予定より遅れてるってのに」

この発言を機に、牧師は人々に呼びかけた。

「どうやら今回は、情報そのものが誤っていたようだ」責任があるのは自分たち夫婦ではなく、マートルにあるのだと言いたげに、彼女を厳しい目つきでにらみつける。「みんなそれぞれ自分の仕事にもどって、保安官にもお引きとりいただこう」

騒ぎの現場へ到着して以来はじめて、ルークは肩の力を抜くことができた。「牧師さんの提案に賛成だ。みんな家に帰ってくれ。そしてこんど何か噂話を耳にしたときは、それがどんな重大な結果を招くか、しっかり考えてほしい。今回はもう少しで大量の逮捕者が出るところだった」

人々は三々五々その場から立ち去りはじめた。少し前の喧騒《けんそう》が嘘《うそ》のように、重苦しい沈黙が彼らを包んでいた。人々に背を向けたルークは、帽子を深くかぶり直して軽くつばに触れた。

「牧師さん、奥さん、それではおふたりともお気をつけて」

ふたりはうなずいて、にこやかにほほえんでみせた。

だがルークが背を向けるとふたたび口論をはじめ、彼が車に乗りこむまでその声は消えなかった。運転席にすわってようやくルークは胸の不安を解き放つことができた。

「神様、おかげで助かりました」小さくつぶやいて、無線機に手をのばす。「保安官から本部へ。どうぞ」

「こちらジョー。フランクは休憩中です。用件をどうぞ」

ルークはやれやれという表情で首を振った。素人同士のようなこのやりとりを万一レキシントン警察が傍受したら、きっと腹をかかえて笑うに違いない。

「ブリーカー通りの集会は解散した。これから本部へもどる。以上」

車のエンジンをかけて、腕時計にちらりと目をやった。本部にもどるのに三十分、それからキャサリンのいる山小屋までもどるのにさらに一時間かかるが、それでもまだ正午にはならない。彼女をひとりにしておきたくはないが、身の安全に関しては不安を抱いていなかった。ルークの見るところ、最も危険なのは暴徒と化した町の人間で、家畜の被害をべつにすれば、例の泥棒が誰かに危害を加える可能性はまずないと思われた。

森ねずみの巣を前にして、キャサリンはいらだっていた。暖炉から持ってきた火かき棒を穴につっこんでも、幹の反対側にぶつかるだけで何も手応《てごた》えがない。巣はもっと上のほうにあるのだ。のこぎりさえあれば。腹が立って、火かき棒を幹に強く打ちつけた。

「アーノルド・シュワルツェネッガーなら〝また来るから覚悟しておけ《アイル・ビー・バック》〟と脅すところだわ」自分のせりふにくすりと笑って、山小屋への道をたどりはじめる。

天気がよく気温もしだいに上昇しつつあるが、空の端に雲が出ているので、悪くすると夜になる前にまた雨が降りだすかもしれない。木陰を通りかかったとき、その木を住処《すみか》にしているりすの夫婦が抗議するような声をあげた。去年の秋に落ちたどんぐりの絨毯《じゆうたん》が足の下ではじけ、かび臭いような香りをかすかに空中に放っている。蜘蛛《くも》の巣が髪の毛に引っかかって、キャサリンは悲鳴をあげそうになった。あわてて脇へ寄って、顔から払い落とす。蜘蛛は蛇の次に苦手だ。

遠くに見えるのは説教壇の崖と、その下の荒れ地だ。自分がいまいる場所とのあまりの違いに、キャサリンは愕然とした。ここでは何もかもが豊かに育つが、あの崖の下は不毛の地だ。

祖母から聞かされた話を思いだして、キャサリンは身を震わせた。あの土地に流れた血が雨と混じりあって地面に染みこむ様子が目に浮かぶ。火かき棒をぎゅっと握りしめて、家路を急いだ。山小屋の裏側が見えてくると、ようやく気持ちが楽になった。

足をとめて、ほっと息を吐きだす。祖母が歩いた道をたどり、祖母とビリーが力を合わせて建てた家で眠ると思うと、心がはずむ思いがする。そのときとつぜん空腹だったことを思いだした。そういえば、ルークが出かけたのは朝食を用意している最中だった。

気がとがめて、足どりが重くなった。ルークのことはどうすればいいのだろう。というより、ルークはどうするつもりなのだろう。彼はジュバル・ブレアとのことを詳しく知りたがっている。自分としても、できるなら打ち明けたい。でも、どこまで話せばいいのか。ファンシー・ジョスリンの娘だと認めるのはかまわないが、父親の名前を明かしたらどんなことになるかわからない。キャサリンは首を振って、また歩きはじめた。考えるのはあとにしよう。いまは空腹を満たすのが先決だ。そしてルークがもどるまで、何かほかのことをして時間をつぶすことにしよう。ふと、アニーの日記帳が頭をよぎった。自分が探している答えは、あの日記のなかにあるのかもしれない。

しばらくしてキャサリンは、新たな日記帳を手に持ち、ベーコンサンドと牛乳をかたわらに置いて、ポーチに腰を下ろした。

12

一九四一年五月十二日

町では戦争がはじまるという噂《うわさ》で持ちきりだ。そんなことになってほしくない。ビリーは何も言わないけれど、目を見ればわかる。戦争になれば、きっと徴兵を待たずに志願する。彼はそういう人だ。

先を読むのが怖いような気持ちで、キャサリンはページをめくった。そのとき、木立のあいだで何かが動くのを目の隅にとらえた。さっと顔を振り向ける。鹿《しか》の親子が森のはずれで草を食《は》んでいた。息をのむような美しい情景に、キャサリンはしばし日記のことを忘れて見入った。アニー・フェインもこの同じ場所にすわって、このような心安らぐ場面をいくたびも目にしたことだろう。赤の他人の子どもを引きとって育てるために彼女が犠牲にしたものの大きさを思うと、いまさらながら申し訳ない気持ちがこみあげた。

「ああ、おばあちゃん」ささやき声で話しかける。「わたしのためにこんなに美しい土地を離れなければならなかったのね」

ほどなく、雌鹿は子どもを連れて立ち去った。キャサリンはゆっくりと息を吐きだして、日記帳に注意をもどし、鉛筆書きの文章を読みはじめた。

一九四一年五月三十日

エモリー・クリーズが自分用の薬を求めてやってきた。どうやら潰瘍《かいよう》を患っているらしい。痛みにきくというマリーゴールド水を与えた。医者に診てもらったほうがいいと勧めたが、たぶん行かないだろう。エモリーは気難しい性格で、生活も困窮している。わたしがそう言ったら、ビリーは大笑いした。彼に言わせると、あの男はただの嫌われ者のけちん坊だそうだ。

キャサリンは小さな笑い声をもらした。ラヴィーのあの性格は、どうやら夫ゆずりらしい。さらに月を追ってページを繰っていき、十二月まで進んだ。書きこみは一度だけで、胸がつぶれるような内容だった。

一九四一年十二月七日

もう真夜中に近いが、さっきからもう何時間も涙がとまらない。最悪のことが起こってしまった。日本が真珠湾を攻撃したのだ。これでアメリカの参戦が決まった。ビリーは荷造りを終え、明日には志願兵として戦地に赴く。ああ、神様、彼を引きとめはしません。でも、お願いですから無事に帰してください。

ぱらぱらとページをめくった。この年はもう何も書かれていない。アニーの悲痛な思いが胸にせまって、じっとすわっていられなくなった。ビリー・フェインの無私無欲の行動がどんな結果に終わったかわかっているだけに、この数行を読むのがつらくてたまらない。憂鬱《ゆううつ》な気持ちになって、山小屋のなかへもどった。なぜかわからないが、気分がざわついて落ち着かない。やらなければならないことはたくさんあるのに、何もする気になれなかった。ビリーは過去の人だ。亡くなってからもう何十年にもなる。だが、この家からアニーの持ち物を運び去ったら、アニーの死も既成事実となってしまう。キャサリンは次の年の日記帳をとりあげてその場にじっと立ち尽くし、祖母の所持品のなかに身を浸すことによって得られる心の安らぎをむさぼった。唐突に首を振って、戸口へ向かう。祖母の死を受け入れる気持ちにはまだなれなかった。祖母の持ち物は、もう少しこのままにしておいてもかまわないはずだ。

もう一度ポーチに腰を落ち着けて、不安に満ちた表情でページを開き、最初の記述を読む。アメリカ合衆国は戦争に突入していた。

一九四二年三月一日

昨夜は雪が降った。薪がもう少しで底をつく。風の音がこんなにも物悲しく聞こえることを、ひとりで過ごすようになってはじめて知った。毎日のようにビリーに手紙を書いているが、届いた返事はわずかに数通で、どれもずいぶん古いものだ。いまどこにいるのか知りたいと思うときもあるけれど、知らないほうがたぶんいいのだろう。

キャサリンの目に、文字がしだいにかすんで見えるようになった。涙を拭《ふ》いてさらに読み進めるうちに、日記帳への書きこみがだんだん少なくなり、内容が変わってきたことに気づいた。日々のできごとについては触れずに、自分の内なる思いだけがつづられている。

一九四二年八月十日

カマルーンはいまやゴーストタウンと化している。大人の男はほとんど残っていない。今日、ラヴィーと話をした。ガソリンの配給券をあげて、代わりに砂糖の配給券をもらう。彼女はレキシントンの病院に行くために燃料が余分に必要なのだそうだ。わたしはめったに山を下りないのでガソリンに用はない。エモリーが兵役を免除されていることを、ラヴィーは後ろめたく思っているらしい。ご主人が偏平足に生まれついたことをありがたく思うべきだとわたしは言って、彼女を励ました。とはいえ、あのふたりにとって人生はなかなか思いどおりに運ばないようだ。

一九四二年十月十二日
ビリーが死んだ。そして、わたしも。

キャサリンは涙にむせび、それ以上文字を追うことができずに日記帳を閉じた。立ちあがってポーチを下り、何も考えずに木立へ向かう。とにかくじっとしていることができなかった。あてもなく、樹影がまだら模様をつくる森の小道をたどっていく。途中まで行って、日記帳を握っていたことに気づいた。いったんもどって置いてこようかと迷ったが、そのまま歩きつづけることにした。自分が安全な区域から離れつつあるという意識はなかった。過ぎ去った日々と、アニーのことだけで頭がいっぱいだった。

左手に説教壇の崖《がけ》のシルエットが見える場所まで来て、ずいぶん遠くまで来てしまったものだと思った。少し胸がどきどきしたが、すぐに落ち着いた。あたりは平和そのものだ。小鳥やりすが数えきれないほどたくさんいて、藪《やぶ》のなかを走り抜けるうさぎの姿さえ目にすることができる。

ぬくぬくした日差しに包まれて、警戒感は消えていった。説教壇の崖にちらりと目をやって、ジュバル・ブレアとの出会いを思い起こす。祖母に聞いた話では、あの晩ジュバルは死んだはずだった。なぜあの男だけが死なずにすんだのだろう。誰かひとりが生き残るなら、なぜ自分の母親か、せめて父親ではなかったのか。そこまで考えてため息をついた。人生は不公平なものだという祖母の声が耳もとで聞こえる気がする。どんなに不公平であっても、与えられた人生を精いっぱい生きるしかないのだ。キャサリンは不意の衝動に駆られて山道をはずれ、森のなかに分け入った。目ざすは説教壇の崖だ。

数分のうちに崖の下の開けた場所に着き、その荒涼とした雰囲気にあらためて胸をつかれた。この一種独特の寂寥《せきりょう》感は、草木が一本も生えていないことだけでなく、異様な静けさからも来ている。ここでは枝から枝へ飛び移る小鳥の姿もなければ、縄張りを侵されてやかましく抗議するりすもいない。目に入るのは、何もない黒い地面の上にのしかかるようにつきだしている説教壇の崖だけだ。キャサリンはあともどりしたくなったが、すぐにその考えを打ち消した。悪意は人の心から発するのであって、土地に宿るのではない。

日記帳を胸に押しあてるようにして崖に向かって歩きながら、亡き母が味わった恐怖に思いをはせずにいられなかった。ひとりきりで死を迎える心細さもさることながら、ジュバルの放った猟犬がせまりつつあるのを肌で感じるのは口では言いあらわせないほど恐ろしかったに違いない。

崖まであと少しというところで、道からつきでていた岩に足をとられた。つまずいて、体が前のめりになる。反射的に地面に手をついた拍子に、日記帳が宙を飛んだ。あっという間のできごとだったが、両膝とてのひらの皮がすりむけた。痛さにうめきながら体を起こし、傷の具合を調べる。よく洗って消毒するだけですみそうだ。

キャサリンは少し体を休めようと地面にあおむけになった。

手でひさしをつくって空を見あげる。少し前までたんぽぽの綿毛のようにふわふわしていた雲がいまは大きなかたまりになって、濃い灰色に変わりつつある。何かが脚を這《は》いあがってきた感覚に上体を起こすと、一匹の蟻《あり》がふくらはぎをのぼろうとしていた。手ではたき落として、慎重に立ちあがり、痛さに顔をしかめながらゆっくりと脚を動かしてみた。

そのとき、異様な静けさを破って、ぽきっという音が木立から聞こえた。さっきの鹿かもしれないと思って振り向いたが、姿は見えない。驚いて逃げてしまったのだろうと考え、日記帳を捜してあたりに目を走らせると、少し離れた場所に落ちていた。拾いに行こうとしたとき、またぽきっという音がした。こんどはさっきより近い。高まる不安のなかで、キャサリンは立ちどまった。

最初は何も見えなかった。次の瞬間には、男が暗がりに立ってこちらを見ていた。かなり距離があるために顔立ちはぼんやりとしか見えないが、くたっとしたフェルト帽の下から乱れた黒髪がのぞいている。白髪交じりのあごひげはのび放題にのびて、胸近くまで達していた。長身で、サイズの合わない古着に身を包んでいる。そこまで見てとった時点で、キャサリンは頭が真っ白になった。

四方から恐怖が押し寄せてきて、息をすることも、動くこともままならない。例の泥棒だろうか、それとも魔女の親戚《しんせき》を追放しにやってきた町の人間だろうか。

男が近づいてきた。キャサリンは一歩あとずさった。男がさらに前へ出て、開けた土地の端に近づく。男の沈黙が、どんな叫び声よりいっそう恐ろしく思えた。

無言のまま、キャサリンはくるりと体の向きを変えた。最初の一歩を飛ぶようにくりだして、あとは走りつづける。

森へ向かって。

可能なかぎり速く。

枝が顔にあたる感触で、自分がすさまじい速度で走っていることがわかる。

何も考えずに走りつづけるのだ。

怖くて後ろを振り向けない。

息が切れて、悲鳴をあげることもできない。

耳に入るのは自分の喉から出る苦しげなあえぎと、落ち葉を踏みつける自分の足音だけだ。男があとを追ってきているのかどうかもわからない。振り返っている余裕はなかった。

とつぜん、シャツの背を引っ張られた。悲鳴をあげながら振り向いて、腕をめちゃくちゃに振りまわす。布地が木の枝に引っかかっただけだとわかって、思わず泣き声をあげた。

乱暴にシャツを引っ張って枝からはずす。数秒後には木立を抜けて道路に飛びだしていた。そのとき、一台の車が道路を近づきつつあった。キャサリンは車の前に身を投げだすように、頭から倒れこんだ。ふたたび悲鳴をあげて両手で顔をおおう。もうこれですべて終わりだ。

ルークは直感を大切にする男だ。だからこそ、本部での仕事を早めに切りあげてきた。かつてないほどのスピードで車を駆りながら、それでももう間に合わないかもしれないという予感のようなものが心の片隅にあった。だが、何に間に合わないというのか？　キャサリンの身の安全に関しては問題ないはずだ。マートルの家の前に集まっていた人々がおとなしく解散したいま、大きな危機は消え去った。それなのに時間がたつにつれて、なぜか胸の不安が高まっていく。はっきりした理由があるわけではないが、何か妙な胸騒ぎを感じて、山道を急いでいた。

ブレイザーのギアをトップに入れて説教壇の崖のカーブを曲がる。まさか道路際の木立からキャサリンが走りでてくるとは思いもしなかった。ブレーキを踏むのと同時に、彼女が道路に倒れた。ルークが車を降りて走りだしたとき、大きな悲鳴があがった。

顔をおおっている両手をつかんで助け起こし、腕のなかに抱き寄せる。膝とてのひらから出血しているのは、車の前で転んだせいだろうが、そのほかにも顔に引っかき傷がある。

相手がルークだとわかると、キャサリンは激しく泣きだして、胸にしがみついてきた。

「あなただったのね……ああ、よかった。あなただったのね」

ルークはいったん体を離して傷の具合を調べようとしたが、キャサリンはさらに強くしがみついてきた。

「キャサリン、いい子だからおとなしくして傷を見せてくれないか。頼むよ」

しかしキャサリンは彼の胸に顔を埋《うず》めて泣きじゃくった。

「森で――森のなかで――あの人が木立のあいだからわたしを見ていたの」

ルークの表情がにわかに険しくなり、キャサリンの体を押しやってすばやく森に目をやった。見たところ異状はないが、樹木が密生している場所ではどこに危険がひそんでいるかわからない。ホルスターから銃を抜いて、車の方向に振り向けた。

「先に山小屋に帰って、しっかり戸締まりをするんだ！」

キャサリンはひとりになることを恐れて、必死に訴えた。「いやよ！　いっしょに連れてって」

「言うとおりにしろ！」ルークは叫んだ。そのときにはすでに森に向かって走りはじめていた。

キャサリンはうめくような声をあげて、車に突進した。運転席に乗りこんで震える両手をハンドルに置き、ドアをばたんと閉める。最後にもう一度、ルークが消えた地点に不安そうな目をやり、ギアを入れて車をスタートさせた。しばらくして、ふたりがそこに存在していたことを示すものは空中にただよう土煙だけになった。

敵の罠《わな》にはまるようなものだと思いながらも、ルークは銃を抜いて走った。森は隠れ場所が豊富で、どこで待ち伏せされるかわからない。しかし、ここでためらっていれば、長年追いつづけてきた泥棒をつかまえるチャンスをふいにしてしまう。キャサリンは心底怯《おび》えていた。二度と彼女をあんな目にあわせてはならない。

前方に説教壇の崖の下の開けた土地が見えてきたが、手前でいったん立ちどまった。このまま歩いていけば、ライフルの格好の目標になりかねない。開けた土地へは足を踏み入れずに、木立の周囲に沿って歩いた。半分ほど行ったところで、足跡を発見した。腰をかがめてじっくりと観察し、眉根を寄せる。やはり例の泥棒だった。サイズも同じで、左足に同じ刻み目がある。

「ちくしょう」ルークは低くつぶやいてすばやく体を起こし、周囲に目をやった。

足跡は開けた土地のなかへつづいている。背中から狙《ねら》われているような緊張を感じながら歩いていったが、弾丸はどこからも飛んでこなかった。足跡はある地点でとまり、そして方向を変えている。歩幅が大きくなっているところを見ると、ここからは駆け足になっているようだ。木立を百メートルほど進んだところで、足跡を見失った。悔しくて何度も見直したが、なんの痕跡《こんせき》も見つからなかった。まるで空へと消えてしまったかのように。

　時計に目をやる。追跡をはじめてから一時間近くたっていた。キャサリンは山小屋にひとりでいるはずだ。無事かどうかも定かではない。悔やむようなため息をつくと、ルークは銃をホルスターにおさめて、早足で山小屋へ向かった。


　保安官がようやく追跡を断念するのを、ハンターはわずか百メートル足らずの距離から見ていた。一時間近く観察をつづけ、相手の追跡の巧みさに舌を巻いたが、絶対につかまらない自信はあった。この山も、山腹をおおう深い森も、すべて自分の息づかいのように熟知している。大人が身を隠せる大きさの岩のくぼみや洞穴や木のうろがどこにあるか、すべて頭に入っている。岩だらけの勾配《こうばい》をたどっていけば足跡が残る恐れはなく、野生生物が住みついている森の木々は分厚い緑の防壁となって、人間たちの社会から彼を守ってくれる。長年のあいだ山で暮らしてきた者が簡単につかまる恐れはない。

　それでも保安官が去ってしまうと、ハンターは一抹の寂しさを覚えた。またひとりきりだ。手のなかのノートはじっとりと湿っている。上着で汚れを払って、ページを開く。文明からあまりにも長いこと遠ざかっているせいで、書かれた文字はただの模様にしか見えなかった。

　ノートを落とした若い女のことを考えた。あの女を見たのは今日がはじめてではない。

普通なら決して近づいたりしないが、地面に横たわっている姿を見て、死んでいるのかと思った。説教壇の崖では人が死ぬ。不吉な場所だ。

ところがしばらくすると、女は起きあがった。それを見たハンターは安堵《あんど》のあまり、不注意に足を踏み替えた。音をたてるなんて彼らしくない。自己嫌悪に陥って顔をしかめた。前にもこの女の周囲をうろついたことがある。好奇心は命とりになる。さらに悪いことに、彼の姿を見た女はすっかり怯えてしまった。そのことを思うと悲しくなった。ノートを閉じて袋にしまい、木立のなかを歩きはじめた。雨の気配がする。ハンターは雨が嫌いだった。雨が降るといやな記憶がよみがえる。

ルークはポーチに駆けこんだ。脇腹《わき》が差しこむように痛み、脚はがくがく震えているが、頭にはキャサリンのことしかなかった。

ドアノブをつかんで回転させる。鍵《かぎ》がかかっていた。こぶしでドアをたたく。

「キャサリン、ぼくだ、ルークだ！　入れてくれ！」

ほどなくドアがあいて、キャサリンが腕のなかへ倒れこんできた。

「ああ、よかった。あなたに何かあったのではないかと思って心配したわ。死ぬほど怖かった」

ルークはなかへ入り、ドアを閉めて錠を下ろした。キャサリンの肩をつかんで、顔を明かりのほうへ向ける。やさしいが力のこもった手つきで頬をなぞり、薄いピンクの引っかき傷を調べる。

「あの男のしわざか？　あの男にやられたのか？」

「違う、そうじゃないの。あの人はずっと遠くにいたのよ。姿に気づいた瞬間、わたしは逃げだしたの」

ルークは安堵の吐息をついて、ふたたびキャサリンを抱き寄せた。

「やれやれ。さっきはほんとうに肝を冷やしたよ。もう少しできみを轢《ひ》くところだったんだぞ」

キャサリンはうなずいて、温かくてたくましいルークの体にしがみついた。

ルークの声が叱責《しっせき》の響きを帯びてきた。「やはりぼくの言うとおりだった。ここにいては危険だ。今後はひとりで山小屋に残ってはいけないよ。ぼくが町へ行くときは、きみも同行する。わかったね？」

「ええ」そう答えたものの、キャサリンは重いため息をついた。「祖母がわたしをここへ呼んだ理由がまだわからないんだけど、それでも荷造りしてふるさとへ帰るべきなのよね。なんだかわけがわからない。わたしのせいで町は大騒ぎだし、ここにこうしているだけで自分の身まで危険にさらしている始末よ。正直に打ち明けるわ。わたしがここに残っている理由はただひとつ、あなたがいるからよ」

ルークは無言だった。キャサリンの口からこんな言葉が出てくるとは思ってもみなかった。夢みたいな話だ。

キャサリンの体を少し離して、表情をのぞきこむ。

「なんだって？」

「自分からこんなことを言うなんて、女としてたしなみに欠けるかしら？」

ルークは首を振って、彼女の顔を両手で包み、引っかき傷のひとつひとつに唇をそっと押しあてた。

「そんなことないよ、ダーリン。きみはぼくにとって理想の女性だ」

キャサリンはルークにしなだれかかった。「抱いて、ルーク。死ぬ前に一度でいいからあなたの腕のなかで体がばらばらになる感覚を味わいたい」

「もうすでにぼくの体はばらばらだよ。さあ、おいで」

ルークはキャサリンの手をとってロフトへ導いた。彼女が着ているものをまず目で脱がせ、それから両手を使って脱がせる。最後にふたりの体を隔てるものは熱い欲望だけになった。

これほど美しい男を、キャサリンは生まれてこのかた目にしたことがなかった。筋肉質で引きしまった肉体も魅力的だが、最も印象的なのはその瞳だ。腕をのばして、彼をベッドにいざなう。

「できない約束はしないで。ひと晩いっしょに過ごせるだけでわたしは幸せなんだから」

ルークは彼女の上に立って、その姿を心に焼きつけた。平らなお腹《なか》。ほっそりしたウエストから女らしく張りだした量感のあるヒップへとつづくなまめかしいカーブ。枕《まくら》からあふれるように広がる豊かな黒髪。熟れかかった苺《いちご》を思わせるつんと立ったピンクの乳首。キャサリンは欲望にあえぐように唇をかすかに開いたまま、濃いまつげの下からルークを見あげた。彼の体が近づいてくると、彼女は深く息を吸った。

「いや、キャサリン。ひと晩だけでは足りない」

かたわらに身を横たえると、ルークは彼女の頬に唇を寄せた。これからふたりのあいだに起こることを、ゆっくりした口調で、まざまざと目に浮かぶように語って聞かせる。最初の口づけを交わすころには、キャサリンの体は小さく震えていた。ルークの指が乳首を転がし、さらに脚のあいだに下りてくるころには、我慢しきれずに何度も叫び声をあげた。

けれどもそれははじまりでしかなかった。

ふたりは夜どおし愛を交わしあった。愛の行為に疲れ果ててときおり短い眠りをついばんでは、じきにどちらかが目を覚まして果てしない欲望にうながされ、また最初からくり返す。

夜中過ぎに雨が降りだした。屋根をたたく雨音で目を覚ましたキャサリンには、この雨がたんなる自然現象ではなく、何かのしるしのように思えた。争いによって失われた多くの命や悪意に満ちた噂を愁える天使の涙のように。

ルークの温かい寝息が背中にあたり、腰には筋肉質の腕の重さが伝わってくる。少しでも動いたら彼を起こしてしまいそうで、キャサリンは身動きできなかった。体が痛みでうずいているが、甘美な痛みだ。そして、ルークによって呼び覚まされた熱い欲望は、まだ完全には満たされていない。目を閉じて、愛を交わすときの彼の表情をゆっくりと慈しむように思い起こした。絶頂に達するときの身の震えと、大きなうめき声。そして、そのあとのやさしい抱擁。何も約束しなくていいと彼には言ったが、それは嘘《うそ》だった。今晩だけでなく、ずっとこの人といっしょにいたいとキャサリンは思った。寝返りを打ち、ルークが目を覚ますと、腕を下にのばして、彼のものを手のなかにおさめた。ルークの息づかいが激しくなり、低いうめき声があがる。

「キャサリン……キャサリン……」

「しーっ」そっとささやいて彼の体に沿って頭を下ろしていき、手のなかにあったものを口に含む。

またうめき声があがり、彼の分身が脈打つと同時に背中がそり返った。時間が静止した。肉体の感覚以外には何も存在しない。ルークは何もかも忘れて快感に身をまかせ、あとは静かに波間にただよった。

次にキャサリンが目を覚ましたとき、雨はまだやむ気配を見せず、ときおり思いだしたように稲妻のきらめきと雷鳴のとどろきが単調な雨音を破っていた。もつれた髪が汗でぐっしょりと濡《ぬ》れて首筋にへばりつくのを感じたキャサリンは、ルークの腕からそっと抜けだして起きあがった。部屋着を手にして、頭からかぶりながら階段へ向かう。明かりをつけると彼が起きてしまうので、暗いなかを手探りで階下へ下りていった。

木の床のひんやりした感触を楽しみながら、バスルームへ歩いていく。ドアを閉めるとすぐに明かりをつけた。用を足して、水道で手を洗う。蛇口から出てくる生ぬるい水でもほてった体には快く、顔にも振りかけた。雨のなかを歩いたらさぞ気持ちがいいだろうが、雨に打たれて真夜中の散歩を楽しむような状況ではない。それでも、雨に洗われた空気は山小屋のなかよりずっと涼しいだろうと思わずにいられなかった。

バスルームから出たキャサリンは、ロフトにちらりと目をやり、思案に暮れながらドアに近づいた。前日はちょっとした散歩をするつもりが惨憺《さんたん》たる結果に終わった。でも、あのときはひとりきりだった。いまはルークがいる。それに、ポーチの外に出るつもりはない。ちょっと体を冷やすだけだ。

最後にもう一度ロフトに目をやってから、錠をはずしてドアノブを回転させた。ドアの隙間《すきま》から猛烈な勢いで風が吹きこみ、部屋着が体にぴったりと張りつく。キャサリンはあごを上げて深く息を吸いこむと、ひんやりした空気を心ゆくまで味わった。

雷鳴がとどろいて、窓ガラスを揺らす。闇《やみ》をのぞきこんだ瞬間、寒いわけでもないのになぜか不安になって体が震えた。ポーチへ一歩踏みだした拍子に、何かやわらかいものを足の下に感じた。驚いて後ろへ飛びのく。さっきまでポーチには何もなかったはずだ。そのとき稲妻が光って、あたりをぱっと照らしだした。すばやく謎《なぞ》の物体を見てとる。古びた布切れだ。

祖母の日記帳だ。手にとって持ちあげると、布がほどけて中身があらわになった。説教壇の崖の下から逃げだすことに必死で、落としたことさえ忘れていた。あやうくなくしてしまうところだった。

一歩下がって、日記帳を盾のように胸の前にかざしながら、雨のカーテンの向こうに目を凝らす。さっきより近い位置で稲妻が強い光を放った。光と闇が入れ替わるその刹那《せつな》、五十メートルほど先に立つ男の姿が浮かびあがった。前日と同じように、身動きひとつせずに、じっとこちらを見つめている。

キャサリンはその場に凍りついた。闇にまぎれて相手が襲いかかってきてもこちらにはなすすべがないが、そういうことにはならないと心のどこかで確信していた。この男に悪気はない。日記帳を返すことによって、怯えさせてすまなかったと謝罪しているのだ。

息をとめて、次の稲妻があたりを照らしてくれるのを待つ。ようやく空が光ったとき、男の姿は消えていた。

「キャサリン……そんなところで何をしてる？　雨に濡れるのはともかく、危ないじゃないか」

キャサリンが答えるのを待たずに、ルークは彼女を家のなかへ引きもどして、ドアを閉めた。

「わたしたち、誤解してたわ」

「なんの話だ？」

「あの人はわたしに危害を加えたりしない」

ルークは眉間《みけん》にしわを寄せた。「どうしてわかる？　きみも人の心が読めるようになったのか？」

キャサリンは日記帳を差しだした。「説教壇の崖で転んだとき、これを落としたの。あの人の姿を見て気が動転して、落としたことも忘れて逃げ帰ってきたのよ」

「それならどうして――」

ルークははっとしたように彼女の顔を見つめて、それから窓辺に歩み寄った。

「ここへ来たのか？」

キャサリンはうなずいた。「ドアをあけたら、ポーチに置いてあったの。そのあと、稲妻が光った瞬間に姿が見えた。次の瞬間にはもういなくなっていたけど」ルークの目を見る。「もう少しでなくすところだったのよ」

「こんどは逃がさないぞ」ルークは言って日記帳を彼女の手に返し、ドアへ向かった。

キャサリンはその体を押しとどめた。「だめ。追わないで。あの人は悪人じゃない」

「あいつはきみを怖がらせた。きみのものを盗んだんだぞ」

「こっちが勝手に怯えただけだし、食料品は盗まれたとは言えないわ。代わりの品を置いていったのだから。日記帳はわたしが不注意に落としたのよ。あの人はそれを返してくれただけ」

ルークは両手で髪をかきむしって、いらいらした足どりで室内を歩きまわった。

「まともとは思えないね。あいつの行動を変に美化するのはやめたほうがいい。このままここにいてはやはり危険だ」

「そうかもしれない。でも、その原因はあの人じゃないと断言できるわ。命をかけてもいい」

目に暗い光をたたえたまま、ルークは両手で彼女の顔をはさんだ。

「まさに同感だね、キャサリン。ひとりでここに残ると言い張るなら、きみは命をかけることになる」

13

洞窟《どうくつ》に帰ったハンターは、木の扉に内側から閂《かんぬき》をかけた。頑丈な木材が扉にぶつかる重量感のある音を聞いたとき、ようやくほっと息を吐きだした。長年のあいだにつちかった勘で、暗闇《くらやみ》のなかをテーブルまで進んでいく。手探りでランプを見つけ、そばに置かれたマッチを手にとる。マッチをひとすりすると、小さな光が闇をつき抜けた。ランプの芯《しん》に火をつけて、炎の長さを調節してから火屋をかぶせる。明かりが灯《とも》ると、雨に濡《ぬ》れた服を脱いで壁の釘《くぎ》につるした。そして落ち着いた足どりで床の中央に移動し、もう一本マッチをすって、埋《うず》み火にたきつけをくべる。ふたたび炎が燃えあがり、こんどは洞窟の内部が明るく照らしだされた。

ぱちぱちとはぜるたき火に乾燥させた苔《こけ》をくべたあとは、背筋をのばして、しだいに安定した燃えかたに変わっていく様子を満ち足りた表情で見つめた。ちろちろと揺れる炎が裸の肉体に不気味な影を投げかけ、背中と脚に残る丸くしぼんだ傷跡を浮きあがらせる。ほどなく体が暖まり、髪も乾いてきた。腹が鳴り、食事の時間であることを知らせる。彼にとって食事は楽しみではなく、たんに生命を維持するための行為で、食材や調理法へのこだわりはいっさいなかった。芳醇《ほうじゅん》な香りのバターと胡椒《こしょう》をまぶしたゆでたての黄色いとうもろこしの味や、オーブンで焼きあげられたばかりのさくさくしたビスケットの風味がたまに脳裏をよぎるが、そんなことはごくまれで、思いだしてもうれしくはなかった。食べ物の記憶とともに、当時いっしょに生活していた人たちの顔や、そして、心の痛みがよみがえるからだ。

ナイフとランプをとりあげて洞窟の奥に進み、身をかがめて背の低い入口をくぐった。その先は独立した部屋になっている。ランプを高くかかげると、光が遠くまで届かずにたゆたい、部屋全体にぼんやり霧がかかっているように見えた。ファロン・デイヴィスの農場から失敬してきた豚の肉を乾燥するための煙だ。火のついたヒッコリーの真上に十字にわたした棒からつりさげた肉塊に手をのばし、肉を厚くそぎとってテーブルに運び、鋳鉄の黒いフライパンに入れて火にかける。ほどなく、肉の焼ける香ばしいにおいがただよってきた。焼きあがるまでの手慰みに、胡桃《くるみ》材のかけらとナイフを持って寝台に腰を下ろし、木片のなかに存在するるりつぐみの形を彫りだしていく。

手を動かしながら、頭をよぎるのは説教壇の崖《がけ》にいた女のことだ。好奇心に勝てずにじっと見つめてしまったが、姿を見られたのは失敗だった。相手を怯《おび》えさせることになった。だが、夜中にポーチに出てきたときの彼女は恐れを知らないかのようだった。木を削る手を休めて、ポーチにすっくと立って雨のなかを凝視していた女の勇敢な姿を思い起こす。まるで、彼がそこにいることを見透かしているかのようだった。ノートを返したのはその場での思いつきだが、ハンターはもともと生存に必要なもの以外には興味がない。ノートなどあっても役に立たない。返すのが当然だと思えた。

脂がはじけてたき火に落ち、炎がぱっと燃えあがる。ハンターは未完成の作品を置いて立ちあがった。いまも裸のままだ。替えの服は一枚も持っていない。誰もいないのに服を着る必要はないと考えていた。

鍋《なべ》つかみとして使っているぼろ布でフライパンをつかんで火から下ろした。ナイフに肉を串《くし》刺しにして、キャンデーをなめるように肉に歯を立てる。肉が熱いうちは表皮をひと口ずつ、やがて火傷《やけど》をしない程度に冷めてきたところで大きくかぶりついた。腹が満たされると、ランプを吹き消して、小さくなったたき火の明かりをたよりに寝台に向かった。

数分のうちに眠りに落ちた。夢に出てきたのは猟犬たちとせまりくる死、そして雨のなかで泣き声をあげる赤ん坊だった。

ネリーは丈の長いネグリジェのボタンをいちばん上までかけ、袖《そで》口と襟もとをぴんと引っ張ってバスルームを出た。

牧師はパンツ一枚の格好でベッドの端に腰を下ろし、聖書を手にして妻がベッドに来るのを待っている。そんな夫の姿に、ネリーは嫌気が差していた。服を着ないで聖書を読むなんて罰あたりにもほどがある。夫の体は膝やすねがやせて骨張っているだけに、パンツの上に大きくせりだした腹がなんとも奇妙でちぐはぐに見えた。かつてはふさふさとしていた赤い髪は、後頭部の生え際にわずかに残るのみだ。ネリーの目には、首筋近くまでずり落ちたふわふわのヘアバンドにしか見えない。そこまで来て思考の流れにストップをかけた。両手を腹の前で組みあわせて、一生敬うと誓った男を批判的な目で見ないように自分をいさめる。

「あれの時間だ」牧師が言った。

ネリーは頬を染めた。結婚してもうじき三十七年になるが、いまだに夫婦の営みが楽しいものとは思えない。でも今日は金曜日。牧師が決まって求めてくる日だ。

「わかってるわよ」そう不機嫌に答えると、ベッドの自分の側に、棺《ひつぎ》におさめられた死体のごとく身を横たえて、妻としてのつとめを果たす体勢を整えた。その間、ベッドの横の窓には雨が激しく打ちつけていた。

牧師が聖書を開いて咳《せき》払いをした瞬間、雷鳴がとどろいた。

ネリーは唇を噛《か》んだ。雨音を聞きながら眠りにつけたらどんなにいいかと思うが、そんな贅沢《ぜいたく》が許されるのはまだしばらくあとのことだ。牧師が旧約聖書の雅歌全八章を朗読し終えるのをじっと待つこの時間は苦痛でしかない。金曜日ごとに聖書を朗読することによって欲情をかきて立てる夫を持つ女は、地球上で自分くらいだろう。

神様、お助けください、と心のなかでつぶやき、奥歯を噛みしめて、きたるべきものに向けて心の準備をした。

そこから四ブロック先の三軒めに位置する家では、ラヴィー・クリーズがひとりで眠っていた。記憶も定かでないほど大昔に夫を亡くし、男に身をまかせる感覚もほとんど覚えていない。しかし、かつてはそうではなかった。かつてのラヴィーは若くて生命力にあふれ、生まれ育った緑深い山あいの町の外に存在する大きな世界にあこがれていた。

しかし、夫のエモリーは冒険心や旅心が豊かなほうではなく、ラヴィーもしだいに外の世界への興味を失っていった。最初の一歩を自分ひとりで踏みだしていたらまったく違う人生を送っていたかもしれないという思いが頭をよぎるのも最近ではまれなことだ。

この夜、ラヴィーは暗くて恐ろしい夢にうなされ、忘れてしまいたい過去に引きもどされた。しかし、一度口をついて出た嘘《うそ》は何があっても消えず、欺瞞《ぎまん》に欺瞞を重ねた年月は頑丈な蜘蛛《くも》の糸のようにラヴィーの体にからみつき、逃れることはできなかった。

窓の外で稲妻が光り、苦渋に満ちたその寝顔を浮かびあがらせた。寝返りをくり返すうちに、いつのまにか白髪の長いおさげが首にきつく巻きついていた。両手を泳がせるようにして、空気を求めてあえぐ。どうにか息を吸いかけたとき、すさまじい雷鳴が空を引き裂いた。ラヴィーは目を覚まし、金切り声で名前を呼んで、首に巻きついたおさげのロープを引きはがした。しばらくして、悪い夢を見ていたのだとようやく気づいた。絞首刑にかけられるわけではないのだ。体の向きを変えて電気スタンドをつける。小さな黄色い光が後ろの壁に反射して、暗くわびしい部屋にささやかな明かりの輪をつくった。しかしラヴィーは夢のつづきを見るのが怖くて、ベッドを抜けだした。心臓をとどろかせながら、よろける足でバスルームへ向かう。鏡に映る自分の姿にちらりと目をやって、まるで見知らぬ女のようだと思った。ぞくっと身を震わせる。ある意味、それは事実だった。

明かりのスイッチを入れて、水で顔を洗い、悪夢の記憶を懸命に振り払う。しかし夢の印象はあまりに強く、大声で叫んだ女性の名前とともに、いつまでも頭から消え去らなかった。

アニー。夢のなかで叫んだのはアニーの名前だ。

身を乗りだし、両手で体を支えて、自分の顔をのぞきこむ。

「嘘つき」ラヴィーは責めた。

こんどだけは、鏡のなかの女も反論しなかった。

「あんたなんか地獄に落ちればいい」

女は目をそらした。

ラヴィーは明かりを消して戸口に立ち、闇に包まれた小さなわびしい部屋に目を凝らした。これが、自分の人生の終着点だ。

空っぽのベッド。

空っぽの人生。

空っぽの心。

すり足でベッドに向かったが、急に気が変わってベッドを通りすぎ、窓辺の揺り椅子に近づく。ベッドの足もとにたたまれていたキルトのカバーを手に持ち、電気スタンドを消すと、キルトを肩に巻きつけて揺り椅子にすわりこんだ。

何分かたつうちに、睡眠不足のせいで目がしょぼしょぼしてきたが、さっきの夢のつづきを見るかもしれないと思うと眠る気にはなれなかった。しかしやがては老いと疲れが決意に打ち勝って、頭がこっくりと揺れてきた。目が閉じ、背中が丸くなって、あごがいまにも胸につきそうになる。

ラヴィーにとって、朝の訪れは歓迎すべきものだった。


夜明けの空はくっきりと晴れわたり、日中は気温があがることを予感させた。昨夜の雨のせいで、大気はまだ湿り気を含んでいる。キャサリンは乳房にキスをされる感触で目を覚まし、満ち足りた声で低くうめいた。

ルークが頭を起こし、欲望で潤んだ瞳を彼女に向けた。

「おはよう、ダーリン。すてきな朝だね」

「ほんとにすてき」

ルークは口もとをほころばせた。「それって褒め言葉かい？」

「そのとおりよ、保安官」

ヒップの下に手をあてててキャサリンの体を引き寄せ、自分の下に横たえる。

「法の番人をもてあそぶと痛い目にあうぞ」

「もてあそぶって、こういうこと？」キャサリンは脚を開いて彼をなかに導き、思わずもれるうめき声に頬をゆるめた。

「いいかげんにしないと……後悔するぞ」

キャサリンは笑い声をあげて彼の腰に脚を巻きつけ、さらに奥に迎え入れた。

相手を言葉で言い負かす必要はなかった。ルークはキャサリンのリードに身をゆだねて彼女がのぼりつめるのを見守った。そのあとは、どちらが主導権をとろうとどうでもよかった。ふたりとも欲望にわれを忘れて、快楽の海をただよった。

キャサリンがテニスシューズのひもを結んでいると、ルークがドアをあけて顔をのぞかせた。

「用意はできた？」

「あともうちょっと」キャサリンはそう言って、むきだしの脚を見おろした。「ショートパンツでなくジーンズにすべきかしら？」

ルークはにやりとした。「ぼくはこっちのほうがいい」

「まじめに考えてよ。森で木を切り倒すのよ。肌がかぶれたり、蜘蛛の巣に引っかかったりしたら困るわ」

「膝の傷はまだ完治していない。ショートパンツのほうが動きやすいんじゃないか？」

キャサリンはうなずいた。

「それじゃあショートパンツで決まりだ。蜘蛛を見かけたら、ぼくがひねりつぶしてやるよ」

「頼もしいわ」キャサリンはルークの首に腕を投げかけて、濃厚なキスをした。

「こらこら、気をつけないとあとに引けなくなるぞ」

キャサリンは眉をつりあげて、いたずらっぽく笑った。「もう手遅れみたいな気がするけど」

高らかに笑ったルークは、彼女を抱きあげて空中で回転させた。

明るい笑い声はキャサリンの胸を満たし、愛されているという実感を心に染みわたらせた。満足しきったため息をつくと、目を閉じて彼の体にしがみつき、周囲の世界がくるくると流れていく感覚に身を浸した。

ポーチを近づいてくる数多くの足音に気づいて、ルークは回転をとめた。キャサリンを抱きあげたまま振り向くと、エイブラム・ホリスと息子たちが立っていた。

エイブラムはいささかあきれたような表情をしているが、息子たちはにやにや笑って見ている。いまさら何もなかったふりをしても手遅れだと思いつつ、ルークはキャサリンを床に下ろした。Tシャツの裾《すそ》を引っ張って服装を整えたキャサリンは、何食わぬ顔をして客人を迎えた。

「エイブラム、よく来てくださったわね。さあ、どうぞなかへ！」

男たちは帽子をとり、用心深い目つきでルークをうかがいながらドアの内側へ足を踏み入れた。

事実上、この男たちはキャサリンにとって唯一の親類だ。笑顔で挨拶《あいさつ》すべきか、それとも謝罪すべきか、ルークには判断がつかなかった。とりあえず手を差しだす。もし握手を拒否されたら、謝罪の言葉を述べるまでだ。だが幸いなことに、全員が彼の手を握り返し、少し前に目にした光景については触れようとしなかった。

「コーヒーをいかが？」キャサリンは男たちに勧めた。「朝食の残りのパンケーキもあるわ。何か用意するわね」

「朝飯はすませてきた」エイブラムが言った。「せっかくだが」

「あいにくここにはソファがないけれど、椅子ならあるわ。おかけにならない？」

エイブラムは室内を見まわしながら首を振った。「ちょうどこっちに来る用事があったんで、ついでに様子を見に来ただけだから」問いかけるような目を向ける。「荷造りがあまり進んでないようだが」

キャサリンは首をまわして、天井から床までさっと視線を走らせた。しばらくして、ため息をつく。「ええ、そうね……永遠にできないかもしれない」

「なぜだね？」

キャサリンは静かなほほえみをたたえ、かすかに潤んだ瞳で年老いたエイブラムの顔を見つめた。

「さあ、自分でもよくわからないの。ただ、そうすべきではないという気がするのよ。祖母の品はここに置いておくべきだと。ときどき使ってもらったおかげで山小屋はいまもちゃんとしているし、今後もこのままにしておけば、アニーとビリーの魂はきっといつまでもこの場所に生きつづけるはずよ」

めったに笑わないエイブラムがうれしそうに顔をほころばせた。「それはすばらしい考えだ。アニーも喜ぶことだろう」

涙を見せまいとして、キャサリンは必死に言葉を探した。

その様子を見かねて、ルークは話題を変えた。

「みなさん、何か急ぎの用事でもありますか？」

男たちがいっせいに首を振る。

「木を切り倒す作業に参加したい人は？」

エイブラムが渋面をつくった。「蜜蜂《みつばち》の巣がある木なら遠慮しとくよ。蜂に刺されると腫《は》れあがる体質でね」

「いや、その心配はありません。キャサリンの腕時計を盗んで逃げた森ねずみを追ってるんです。巣はすでに見つけました。腕時計はたぶんそこにあるでしょう」

「祖母から贈られた品なの。もし壊れているとしても、とりもどしたいわ」

「協力するよ」息子たちが言う。

「そいつはおもしろいことになりそうだ。仲間に加わるよ」エイブラムもその気になった。

「キャサリン、みなさんを案内して先に行ってくれ。きのう本部へ寄ったついでにチェーンソーを運んできたが、まだ車に積んだままなんだ」

全員でポーチへ出て、ルークは車に、キャサリンとホリス家の男たちは森に向かった。

「実に気持ちのいい日だ」エイブラムが感嘆した口調でつぶやく。

キャサリンはうなずいた。「ゆうべの雨はすごかったけど」

「植物にとっては恵みの雨だ」

キャサリンの顔に笑みが浮かんだ。「祖母もいつもそう言ってたわ」

「アニーがいなくなって寂しいだろうね」

ため息がもれる。「祖母のいない家には帰る気になれないくらいよ」

「じゃあこっちに残ったらどうだ？」

キャサリンはふいに立ちどまって、驚きの表情でエイブラムを見た。「町でどんな騒ぎになっているか、知らないの？」

「噂《うわさ》は聞いた。それでもとにかく、アニーは無事にこの土地に眠ることができた」

「わたしの仕事は教師よ。自分を魔女呼ばわりする人たちに教えることが可能だと思う？　それに、もしこちらがその気になっても、雇ってくれる学校などないわ」

「調べてみたのか？」

キャサリンは答えにつまった。「それは……まだだけど、でも――」

強さを内に秘めたまなざしで、エイブラムは彼女をじっと見た。「尋ねてみなきゃわからんよ」

「その木ってのはまだ遠いのかい？」ジェファスンが尋ねた。

「森の入口のすぐ近くよ」山頂に近い北の方角をキャサリンは指さした。

話をやめて、全員が黙々と歩みはじめた。しばらくするとルークも追いついた。森に住む動物の鳴き声のほかに聞こえるのは、下生えを踏みつけて歩くざくざくという足音だけだ。

「さあ、ここよ」キャサリンは背の高い枯れ木を指さした。骸骨《がいこつ》に似た枝が、天を弾劾するかのように上方につきでている。樹皮はとうの昔にはがれて肌がむきだしになり、幹の根もとにあいた小さな穴は森を見つめる黒い目玉を思わせる。

「ここに逃げこんだのよ」穴を指さして、キャサリンは言った。「きのう、火かき棒をつっこんでみたけど、だめだったわ。巣はもっと上のほうにあるみたい」

クリーブランド・ホリスが心得顔で笑った。「問題は、どの位置にのこぎりを入れるかだ。なあ、ダンシー、覚えてるか？　じいちゃんの土地に生えてた老木を切り倒したら、雀蜂《すずめばち》の巣があらわれたときのこと」

キャサリンは目を見開いた。「まあ、怖い」

ルークは余裕の表情を崩さなかった。「森ねずみと雀蜂が一本の木に同居していることはまずないと思うが、心配だったら少し離れて見てるといい」

キャサリンは気持ちを決めかねた。離れた場所から見物していたいのはやまやまだが、やはり女はこれだから、という目でみんなが見ていることに気づくと、引きさがるわけにはいかなかった。

「いいえ、ご心配なく」

エイブラムが満足げにうなずいた。「負けず嫌いなところがアニーにそっくりだ。アニーは何に対しても、いまのあんたみたいに根性のあるところを見せた。よくも悪くも、あんたはアニーのすべてを引き継いでる」

ルークがキャサリンを見た。その顔には隠しきれない愛情がにじみでていた。

「そんな女が目の前にいたら、男はどんなことでもやってのけるもんだ」エイブラムがつぶやく。

キャサリンが赤くなるのを見て、ホリス家の息子たちはおかしそうに笑った。

「いま言ったのはねずみ退治のことだ」

ルークは彼女に向かって片目をつぶると、チェーンソーのスイッチを入れ、すさまじい轟音《ごうおん》で気恥ずかしい会話を打ち切らせた。

地上およそ一メートル二十センチあたりの位置にのこぎりの刃が食いこみ、細かい破片が周囲に飛び散る。キャサリンはわずかにあとずさって、耳をふさぎたいのをじっとこらえた。男たちはなかから砂金でも出てくるのではないかという表情でじっと見守っている。少年のような真剣なまなざしに、キャサリンは思わず笑みを誘われた。

満身の力をこめてチェーンソーを操るルークの筋肉は固く盛りあがり、さらに作業をつづけるうちに青いシャツの背中の中央が汗で黒ずんできた。その肩幅の広さにキャサリンは視線を吸い寄せられた。以前はプロのスポーツ選手として活躍していたのがなるほどと思える。前の晩の記憶がふと頭をよぎった。ベッドで見せたのと同じような巧みさをフィールドでも発揮したとしたら、ＮＦＬでもトップレベルの選手だったに違いない。彼の強さも――そして弱みも――いまのキャサリンは知り尽くしている。彼と別れるなんてとても考えられない。でも、自分がこの土地に残ることが可能だろうか。

真剣に考えてみたらどうだというエイブラムの先刻の言葉が頭のなかでこだましているが、ものごとはそれほど単純ではない。カマルーンに到着して一週間にもならないのに、これまでの人生で経験したことのないほどの面倒に巻きこまれているのだ。

とつぜんクリーブブランドが横に身をかわした。キャサリンもつられて後ろへ飛びのく。

「そっちだ！　そっちに逃げるぞ！」クリーブブランドが叫んだ。

彼が指さす方向に目をやると、例の森ねずみがあまりの騒音に音をあげてねぐらから退散してきた。つやつやした毛皮の茶色いねずみが猛烈な速さで走り去る様子を、みんな笑いながら見ている。数分後、ルークはチェーンソーを幹から引き抜いてスイッチを切り、木から一歩離れた。

「倒れるぞ！」大声で声をかけて、森の巨人よろしく木の幹を力強く押す。

みしみしときしむような音がしたと思うと、そのあとは何かが割れるような音をつづけざまにたてながら、木が倒れはじめた。大きく広がった枝が周囲の木をなぎ倒し、小枝をもぎとっていく。

「見てくれよ！」ジェファスンが興奮した声をあげて、地面に残った切り株を指さした。「あのねずみ、ずいぶん長いことこの木をねぐらにしてたらしいな」

全員が前に進みでて、ぱっくりと口をあけた木のうろをのぞきこんだ。しかし、なかでもいちばん喜んだのはキャサリンだった。一瞬の躊躇《ちゅうちょ》もなく巣のなかに手をつっこんで、グラスや瓶の王冠や電線などをひとつひとつ外に投げだしていく。

「見つからないわ」しだいに涙声になった。

「どれ、ぼくが見てみよう」ルークは巣のさらに奥を探り、木のうろを根もとまで調べた。

肩先まで腕を穴につっこんで巣を探っているルークの様子を見かねて、エイブラムが提案した。

「あと三十センチほど下を切ってみたらどうだね？」

ルークはうなずいた。「そうですね。あるいはそのほうが――」言いかけて、ふと黙りこむ。「待てよ！　何かあったぞ」

キャサリンが息をつめて見守るなか、ルークは木のうろから乾燥した苔のかたまりをとりだして、地面に置いた。

「このなかに何かある。感触でわかる」

キャサリンはかたわらにしゃがみこんで、枯れ葉と苔のかたまりをほぐすルークの手もとを一心に見つめた。一瞬ののち、彼の手に細い革バンドのついた婦人用の腕時計が握られていた。

「わたしの時計だわ！」

ルークはそれを彼女のてのひらに置いた。

時計を耳に寄せたキャサリンは歓声をあげた。「動いてる。ねえ、ルーク、信じられる？　まだ動いてるのよ！」

唐突に立ちあがって、エイブラムと息子たちに自慢げに時計を見せる。ルークが経験豊かな木こり顔負けの技量で木を切り倒したことにも、腕時計がまだ時を刻んでいたことにも、彼らはいたく感心したようだった。

服についた木くずを振り払って、チェーンソーを片づけようとしているルークの首に、キャサリンがいきなりかじりついてきた。

「わたしがどんなに喜んでいるかわかる？　どうやってお礼をしたらいいのかしら」

ルークは彼女を抱きしめて、誰にも聞かれないように低い声でささやいた。「あとでたっぷりお返ししてもらうよ」

ぽっと頬を染めたキャサリンは、エイブラムが見ていることも忘れてつやめいた笑い声をあげた。

「いや、まったく」エイブラムが言った。「ポリーが聞いたらびっくりするだろうよ。かみさんはねずみが苦手でね。時計の話を聞いたら、ねずみに対する見かたが変わるかもしれん」

「こんどはかならず奥様を連れていらしてね。ぜひお会いしたいわ」

「あんたがこんなに長くここに残るつもりだとはこっちも知らなかったからね」間のびした口調でエイブラムが答える。

ルークは身をこわばらせた。キャサリンのことについて、エイブラム・ホリスは彼が知らない何かを知っているのだろうか。息をつめて、キャサリンの答えを待つ。

「予定は未定よ」

ルークはふっと息を吐きだした。恐怖にこわばっていた表情を誰にも見られないように顔をそむけて、チェーンソーを手にする。

「そろそろ引きあげようか」

「わたしはいつでもオーケーよ」軽い口調で答えたキャサリンは、いらくさの茂みに脚をこすられて顔をしかめた。「痛!」つぶやいて、膝のすり傷を調べる。

ルークがすぐに駆けつけて体を支えた。

「キャサリン、だいじょうぶか?」

「ええ。茂みに近づきすぎて、治りきっていない膝の傷を尖《とが》った葉でこすってしまったの」

「どうかしたのかい?」ジェファスンが尋ねた。

キャサリンは言いよどんで、肩をすくめた。「大したことじゃないのよ。ちょっと転んだだけ」

「顔から転んだのか?」まだ顔にうっすらと残る赤い傷跡を見て、クリーブランドがからかう。

「そういうわけじゃなくて……」

「キャサリンは、例の泥棒から走って逃げたんだ」ルークが説明した。

男たちが目を見開いた。「例の泥棒ってなんのことだ？」声を合わせて言う。

「あの人は物を盗むわけじゃないわ。物々交換するのよ」キャサリンは言い張った。

ルークは渋面をつくった。「いや、キャサリン、それは違う。交換という言葉が使えるのは、双方が合意している場合だけだ。相手の意向も尋ねずにものを持ち去るのは、たとえ代わりに何かの品を置いていこうが、盗みに変わりはない」

「もしかして、あんたたちが話してるのは仙人のことか？」エイブラムが口をはさんだ。

ルークは驚いて彼を凝視した。「やつを知ってるんですか？」

いったんはルークを見たエイブラムだが、やがて目をそらした。「いや、知ってるというほどじゃない」

「詳しく話してください」ルークが執拗《しつよう》に尋ねる。

エイブラムが向き直った。「ときおり姿を見かけるだけだ。おたがいに相手に干渉はしない」

ルークは自分の耳を疑った。「やつがどこに住んでるのか、知ってるんですか？」

エイブラムは首を横に振った。「いや、そういうわけじゃない。おれとせがれたちは森のなかで長い時間を過ごすから、ときには思いもかけないようなものを目にする。だが、よけいな口だしや手だしはしないということだ」

「あの男は家畜を盗み、他人の家に勝手に上がりこみ、干してあった洗濯物を奪い、そして何よりも、この地域に住む人々を長年にわたって怖がらせてきたんですよ」

「なんで怖がる必要がある?」ジェファスンが尋ねる。「仙人を近くで見た人間はひとりもいないはずだ」

「わたしは見たわ」キャサリンが言った。「二度も」

ホリス家の男たちは信じられないという表情で見つめた。

「仙人は誰の前にも姿をあらわさない」

「それが、わたしの前には姿をあらわしたの。そして、わたしが落としたノートを届けてくれたのよ」

「そいつはたまげたな。まったく驚きだよ。このおれも、仙人の声を聞いたことは一度もない」

「わたしも話をしたわけではないの。ポーチの上の見つけやすい場所にノートが置いてあったのよ」

「ジェファスンは仙人に命を救ってもらったことがあるんだ」クリーブランドが言った。

「父さん、話してやりなよ」

「ほんとにそんなことが?」ルークは半信半疑な様子だ。

　エイブラムは重々しくうなずいた。「ジェファスンが四歳になったばかりの春のことだった。ポリーがきのこ狩りに行きたいと言うもんで、みんなでトラックに乗って山のこのあたりまでやってきた。アニーの山小屋の裏に編《あ》み笠茸《がさたけ》が生えてる場所があるんだ。ポリーは編み笠茸に目がなくてね。それはともかく、一時間ばかりきのこを摘んで、ふと気がつくとジェファスンがいなくなっていた。ポリーは泡を食って大声で名前を呼んだが、ジェファスンの姿はどこにもない。カマルーンの町まで行って捜索隊を出してもらおうとしていたちょうどそのとき、背の高いやせた男がジェファスンを腕に抱いて森のなかからあらわれた。ジェファスンの体はびしょ濡れで、死ぬほど怯えていたが、息はあった。男は無言だった。ポリーをじっと見て、それからせがれを下ろすと、黙って歩き去った」

「仙人は命の恩人だ」ジェファスンが言った。「川に落ちたぼくの髪をつかんで、引っ張りあげてくれたんだ。一キロくらいのあいだ大声で泣きどおしだったのに、一度も叱《しか》らなかった。しっかりと胸に抱いて、どこに行けばいいか心得ているというふうにまっすぐに歩きつづけた。やわらかいあごひげが頬にあたる感触を、いまも覚えてるよ」

「いや、なんと言っていいか」ルークは言葉を失った。たったいま耳にした話は、これまで彼が思い描いてきた人物像とはまったくかけ離れていた。

「さあ、ぐずぐずしないで行きましょう」キャサリンが声をかけた。「みなさんはどうかわからないけど、わたしは何か冷たいものが飲みたいわ」

「ぼくもだよ、キャサリン」ダンシーが調子を合わせた。「それから、さっきパンケーキの残りがあるって言ってたよね……？」

ダンシーを除く全員が声をあげて笑った。

「腹が空《す》くんだから、しょうがないだろう」

「おまえはいくら食べても身にならないやつだな」エイブラムは末息子のひょろっとした体形に目をやった。

「兄弟が多いと、末っ子はなかなか食い物にありつけないんだよ」

アニーの山小屋が見えてきたときも、笑い声はまだつづいていた。

14

　一行が山小屋の正面に到着すると、パトカーの無線が耳ざわりな音をたてていた。チェーンソーをほうりだしたルークは、大股ですばやく車に駆け寄った。フットボールのフィールドを全力疾走する彼の姿を思い描いて、キャサリンは口もとをほころばせた。現役時代に知りあえなかったのが、返す返すも残念だ。

「何かあったのかな？」車に走っていくルークの姿を見て、エイブラムが尋ねた。

「いつもの業務連絡でしょう」キャサリンはそう答えて、ダンシーにやさしく笑いかけた。「パンケーキが残っているかどうか、見に行きましょう」

「ここでゆっくり食べてる暇はないぞ。どうしてもというなら包んでもらえ」エイブラムが息子に命じた。「そろそろ帰らないと遅くなる」

「わかったよ、父さん」ダンシーはキャサリンのあとについて家に入っていった。エイブラムはチェーンソーを地面から拾いあげてポーチに置き、腰を下ろしてルークが帰るのを待った。

ほどなくルークがもどってきた。

「どうもすみません」ルークはそう言って、チェーンソーを指さした。「ポーチまで運んでいただいて。みなさんのおかげでキャサリンの腕時計を無事にとり返すことができました」

「なかなかおもしろい見物だったよ」エイブラムは答えた。

「ほんと、楽しかったよな」ジェファスンが口をはさむ。

クリーブランドが声をあげて笑った。「あのねずみ、きっとまだ逃げまわってるぞ」

「それで思いだした」ルークは言った。「いまのうちに外壁の穴をふさいでおこう。また入ってきたら困る」

「あんたはまだしばらくここに残るのか？」エイブラムが尋ねる。

父親の口調にとがめるような響きを聞きとって、息子たちはすばやくその場を逃げだした。

キャサリンとのキスを目撃された瞬間から、ルークはいつかはこの質問をつきつけられることを予期していた。

「残ります。彼女がぼくを必要とするあいだは」

エイブラムはつかの間、言葉を失った。ルークがここまで本気だとは知らなかった。思っていたよりまじめな人間なのかもしれない。しかし、アニー亡きあと、キャサリンのことを親身になって考えるのは自分しかいないと思うと、見かたが厳しくなるのはいかんともしがたかった。

「あの子が傷つくのを見たくない」

「ぼくだって同じです」ルークは答えた。

またもぎこちない沈黙がつづいた。何か相手が安心できるようなことを言うべきなのだろうが、何を言えばいいのかルークにはわからなかった。キャサリンとの将来がまったく未知数である現在、エイブラムにいったい何を言えるだろう。燃えるような愛を交わしたのも事実なら、彼女を失うことなどとても考えられないのも事実だ。しかし、ルークがどんなに深く彼女を思おうと、ふたりのあいだにはなんの約束も交わされていないのだ。だいぶたってから、ルークは口を開いた。

「立ち入ったことをうかがってもいいですか？」

エイブラムはややためらったのち、首をたてに振った。「きくのは勝手だ。答えるとはかぎらないが」

ルークは頬をゆるめた。

「何が知りたい？」

「ひとめぼれを信じますか？」

帽子を深くかぶり直したエイブラムは、考えをめぐらすようにあごの一点をかいた。

「なんとも言えんな。経験していないことをさも知ったふうに言うのは感心しない」

「それならぼくがお教えします。天地がひっくり返るような経験ですよ。体がかっと熱くなったと思うと冷たくなって、それが同時に起こるんです。口はからからで、まともなせりふも出てこなければ、息をすることさえ忘れている」

エイブラムはルークを凝視して、その瞳にこめられた熱意と真実を見てとった。

「あんたは実際にそれを体験したのか？」

「ええ、そのとおりです」

「あの子のほうは？」

「ぼくが彼女に夢中なことは知っていますが、これほど重症だとは思っていないでしょう」

エイブラムはひたいにしわを寄せてじっくり考えてから言った。「当座のあいだは期待しすぎないよう注意することだ」

そして、力強くはあるが親愛の情のこもったしぐさで、ルークの肩をぽんとたたいた。

ルークはあやうくよろけそうになったものの、なんとか持ちこたえた。「はい、その言葉を胸に刻みつけます」

「おれは女に詳しいほうじゃない。ひとりの相手と長く暮らしてきただけだ」

「ぼくに言わせれば、それこそ理想です」

「父さん、用意ができたよ」ダンシーが叫んだ。

みんながいっせいに振り向いた。エイブラムの末息子がパンケーキを一枚ほおばりながら、片手にもう一枚持ってポーチから手を振っている。

エイブラムは少しためらってから、もう一度ルークに手を差しだした。

「おれたちはもう行かないと。アニーの孫娘の面倒は頼んだぞ」

「さっきもお話ししたとおり……彼女がぼくを必要とするかぎり、ここに残ります」

最後にエイブラムはにんまりして言った。「それならたっぷりサービスして、あんたなしでは生きていけないと思わせるんだな」

ホリス家の男たちが去っていったあとも、ルークはまだ声をあげて笑っていた。

「何がそんなにおかしいの？」キャサリンが尋ねた。

ルークは彼女を抱きしめた。「大したことじゃないよ。そこにいた者だけに通じる冗談だ」

キャサリンはその言葉を鵜呑《うの》みにしたわけではないが、あえて追及しなかった。話題を変えるように、ルークの車を指さす。

「さっきの無線だけど、本部で何かあったの？」

「何かあったというわけではないが、ちょっと片づけなきゃならない用事ができた。バッグをとっておいで。町までドライブだ」

キャサリンはあとずさった。「わたしはここで留守番――」

ルークはきっぱりと首を横に振った。「絶対にだめだ」

「でも、あなたもエイブラムの話を聞いたはず――」

「キャサリン、きのうみたいな恐ろしい思いをするのは二度とごめんだ。とつぜん森から飛びだしてきたきみを、もう少しで轢《ひ》いてしまうところだったんだぞ。ひとりで残していくわけにはいかない。きみの意向がどうであろうと、とにかくいっしょに来てもらう。さあ、どうする？」

キャサリンはため息をついた。「髪にブラシをあてて、バッグをとってくるわ」

「ここで待ってる」

山小屋に向かって歩きだしたキャサリンが、ふと立ちどまって振り向いた。

「もしわたしが――」

「キャサリン、頼むから言うとおりにしてくれ」

反発するようにあごをつんとつきだすキャサリンの姿を見て、説得に失敗したかとルークは思った。だが足音も荒く家のなかへ入ったキャサリンは、やがてバッグと何冊かのノートを手に持って出てきた。

「それは？」

「おばあちゃんの日記よ。あなたを待つあいだ、指をくわえてぽかんとしているのはいやだから」

ルークはキャサリンの体を引き寄せて、からかうように言った。

「そうだね、ダーリン。きみの指づかいは実に巧みだ。遊ばせておくのはもったいない」

キャサリンは小さく笑って、ルークの腕を軽くぶった。「いやな人ね」

「あいにくだが、ケンタッキーの男はみんなそうだ」

キャサリンは声をあげて笑った。「わたしって、ついてないのね」

ルークは彼女の首筋に鼻をこすりつけ、次に甘いキスをした。唇が離れたときには、ふたりとも息をあえがせていた。

「きみがついてないって？」ささやき声になる。

「どうかしら」キャサリンは甘える口調で言った。「いまみたいなキスをしてくれるなら、最高についてるって思えるかもしれない」

ルークは頭をのけぞらせて笑った。その笑い声は森の空き地に響きわたり、そして鐘の音の余韻のように山腹にこだました。

キャサリンは声を合わせて笑いながら、この瞬間を心の奥に刻みつけた。そして、生まれてはじめて本気で愛した男が自分の胸から消え去ることは決してないだろうと予感した。

クライングリバーに足を踏み入れるのはキャサリンにとってこれがはじめてだが、パトカーで一周してもらうと、町の様子が手にとるようにわかった。ここはルークが生まれ育った土地にいちばん近い町であるだけでなく、トーニ郡の郡都でもある。町の歴史は古く、一八七四年に広場の周辺に建物が誕生したのがそのはじまりだ。数多くの巨木が広場をとり囲み、周囲の歩道に涼しげな影を落としている。広場の片隅には古びたあずまやがあり、木立のなかを散歩道が縦横に行き交っていた。散歩道の脇《わき》の花壇ではピンクと紫のペチュニアが美しく咲き乱れ、その様子は緑の布地に複雑に縫いこまれたキルトを思わせる。キャサリンはひとめでこの町が好きになり、衰退の一途をたどりつつあるカマルーンとどこが違うのかと不思議に思った。

「ご感想は？」最後に古めかしい赤煉瓦《れんが》造りの建物の正面に車をとめて、ルークがきいた。

「すばらしいわ。この建物にオフィスがあるの？」

ルークはうなずいた。「いっしょに行こう。少し時間がかかるかもしれない」

キャサリンは気が進まない様子で、少し考えてから広場のほうを指さした。「もしよかったら、あそこのベンチで日記を読んでいたいんだけど」

ルークは身をかがめて、人の目も気にせずに唇にキスをした。

「かまわないよ。呼べば声が聞こえる範囲にいてくれれば」

キャサリンはいやな顔をした。「まるで囚人ね」

「違う、大切な預かりものだ。お願いだから無理を言って困らせないでくれ。きみに何かあったらただじゃおかないとエイブラムに釘《くぎ》を刺されてるんだ」

キャサリンは赤くなった。「ほんとうにごめんなさい。彼はそんなことを言う立場には――」

ルークは彼女の唇に指をあてて、それ以上言わせなかった。

「そこがきみの間違っているところだ」穏やかな口調でさとす。「おばあさんを亡くしたきみにとって、肉親の年長者はエイブラムだけだ。ケンタッキーでは、親類同士で面倒を見あうのが当然とみなされている」

キャサリンの鼓動が速まった。肉親の年長者がエイブラムだけというのはルークの思い違いだが、訂正しようとは思わなかった。ジュバルのことは、自分さえ口をつぐんでいれば誰にも知られる恐れはない。

「わかったわ。じゃあ、ここからいちばん近いベンチにすわってるわね。日記を読むのに飽きても、広場の外へは出ないから」

「約束だよ」

ふたりは通りで別れた。キャサリンがベンチに腰を下ろして日記帳を開くまで、ルークはその場で見守っていた。彼女が顔を上げて手を振ると、ルークのほうも振り返し、安心した様子で建物に入っていった。

キャサリンはしばらくじっとすわって、小さな町ならではの静けさのなかに身を浸し、こんな場所で暮らす自分の姿を思い描こうとした。しかし、生涯をウィチタフォールズで過ごしてきたキャサリンにとって、それは容易ではなかった。都会の喧騒《けんそう》や道路の渋滞のない世界での暮らしは想像もつかなかった。

あれこれ思いをめぐらせているうちに、案内された建物のなかに学校が含まれていなかったことに気づいた。どんな学校か見てみたい。教師の口に空きがあるかどうかも知りたい。そう思った瞬間、表情を曇らせた。思いが勝手に先走りしている。ルーク・デプリーストとのあいだで何も約束をしたわけではないのだ。愛を交わす前に、自分のほうからその必要はないときっぱり言いきった。いま考えると、愚かなことをしたものだ。彼が本心でどう思っているのか、知る方法はない。

キャサリンはため息をついて、祖母の日記帳の次の一冊を開いた。現在が先の見えない状況にある以上、過去の謎《なぞ》をたどるほうがよさそうだ。

一九四二年十月二十八日

ラヴィーがわが家に来てから一週間近くになる。親切に手助けしてくれるのはありがたいが、わたしはもうひとりでやっていけるのだから、そろそろ引きあげてくれないだろうか。ビリーなしではわたしが生きていけないとみんな思っているようだけど、それは違う。目を閉じるたびに、あの人の存在を間近に感じる。

衝撃的な事実を知って、キャサリンは愕然《がくぜん》とした。あのラヴィー・クリーズがかつてはアニーと親しい関係にあったことを示すエピソードが具体的に記されている。さらに先を読んだが、翌年の三月までとくにこれという記述はなかった。

一九四三年三月二十五日
エモリーとラヴィーのあいだが何かしっくりいっていないようだ。勘でわかる。お店に行ったらエモリーがひとりで店番をしていた。ラヴィーのことを尋ねると、エモリーは赤い顔をして、他人の家庭の問題に首をつっこむなとすごい剣幕でどなった。いったいどうしたのだろう。ふたりとも、根はいい人なのに。

一九四三年五月十二日
雨が降ったりやんだりの天気が一週間以上つづいている。町へ通じる道はほとんどが水浸しで、通れるのは山道が一本だけ。今日、その道を六キロ以上歩いて食料品を仕入れてきた。ぬかるみにタイヤがはまると困るので、トラックは使えない。とはいえ、山に閉じこめられずにすんで助かった。

一九四三年五月十四日

昨夜、エモリー・クリーズが訪ねてきて、町まで同行してほしいと頼まれた。ラヴィーが死にかけているというのだ。医者に診てもらったほうがいいと勧めたが、連絡がつかないと言う。しかたがないのでチンキ剤を用意して出かけたが、役に立てるとは思えなかった。わたしは薬草の専門家で、まじない師ではない。

ラヴィーは流産をしていた。体内の出血を抑えるためにやどりぎの煎《せん》じ汁を与えて、あとは祈った。その祈りが神に届いた。一時はだめかと思ったが、ラヴィーはなんとか持ち直した。

彼女が気の毒でならない。ビリーもわたしも、子どもは多ければ多いほどいいといつも言いあっていたものだ。

クラクションの音で、キャサリンは現実に引きもどされた。日記帳から顔を上げる。トラックを運転中の若者が、通りを歩いている少女に向かってクラクションを鳴らしたのだ。笑顔で言葉を交わすふたりの様子をキャサリンは見つめた。若者の恋。キャサリンはルークのことを思い浮かべた。もしもっと若いころに出会っていたら、自分たちは恋に落ちていただろうか。しばらくすると、若者のトラックは走り去り、少女ははずむような足どりで歩道を歩いていった。少女の気持ちがキャサリンには手にとるように理解できた。

三羽の蝶《ちょう》が目の前をひらひらと横切って、かたわらにあるペチュニアの花壇にとまった。キャサリンはベンチの背にもたれ、その牧歌的な光景に神経を集中させようとした。しかし、どれだけ長く見つめていても、過去の悲劇を心から追い払うことはできなかった。

かわいそうなおばあちゃん。

かわいそうなラヴィー。

人生の課題とは、愛する人とめぐりあうことだけではないのだ。愛する人を失ったあとどうやって生きていくかも大きな問題だ。

腕時計に目をやって、無事にとりもどせたことをうれしく思いながら指先でガラスをそっとこすった。それから文字盤に視線を走らせる。驚いたことに、ベンチにすわってから一時間以上たっていた。ルークのオフィスがある建物を見あげて、彼が何度窓から外をのぞいて自分の無事をたしかめただろうかと考えた。できれば広場の周辺を少し散歩してみたいが、日記の先を読みたいという気持ちのほうがはるかに強かった。読めば読むほど、秘密の鍵《かぎ》は日記帳のなかにあるという確信が強まっていく。どういう問題か具体的にわかれば、答えも探しやすいのだが……。ともかく日記帳を開いて先を読んだ。

一九四三年五月二十日

エモリー・クリーズが首をつって死んだ。町はその噂《うわさ》で持ちきりだ。ラヴィーの気持ちを思うと胸が張り裂けそうになる。最初は赤ん坊を亡くし、次にはご主人。なんで人生はこんなに残酷なのだろう。彼女がしてくれたように、わたしもそばについて世話をしたいと申しでたが、目の前でドアをばたんと閉められた。

一九四三年五月三十日

町へ出かけて、薬用人参《にんじん》をお客に郵送してきた。戦争の影響で注文が減り、大した稼ぎにはならないけれど、わずかな額でもこんな時代には貴重だ。

カマルーンの町は何か様子が変だが、どこがおかしいのかよくわからない。ただ、わたしが話しかけると町の人たちは知らんぷりをするし、ラヴィーはあいかわらず口をきこうとしない。いったいどういうことなのだろう。

一九四三年七月四日

独立記念日のお祝いに町に出かけた。小さな坊やがわたしに石を投げつけて魔女と呼んだ。最初はふざけているのだろうと思ったが、父親の表情を見てそうではないと知った。町じゅうがわたしに敵意をむきだしにして、ラヴィーは商品を売ることさえ拒否した。その後、はるばるクライングリバーまで車を飛ばして食料品を調達してきた。何が原因かわからないが、二度とカマルーンに行くつもりはない。

泣きながら眠りについた。

キャサリンはページを繰った。驚いたことに、そのページも、その先も、最後まで一行も書かれていなかった。最後の一冊を手にとって開く。書きこみは一箇所だけで、前回から約三十年後の日付が記されていた。

一九七三年十月二十八日
ビリーの墓から十五メートルほど北の胡桃《くるみ》の木の下に、女性の遺体を埋葬した。なんて恐ろしい夜だったことだろう。わたし自身と残された赤ん坊が無事に生き残れるかどうかも定かではない。

そこに書かれたことの意味を理解した瞬間、キャサリンは立ちあがっていた。この日付はキャサリンの誕生日でもある。この日の夜に遺体を埋葬したのなら、女性というのはおそらくファンシーのことだろう。昔からずっと……。母親は山小屋の裏庭にずっと眠っていたのだ。

たったいま目にしたものが自分の幻覚ではないことをたしかめるために、もう一度日記帳を開いた。やはり見間違いではなかった。祖母の見慣れた文字がそこにはあった。ただし大急ぎで書かれたものらしく、いつもの几帳面《きちょうめん》な書きかたとは違って、なぐり書きの大きな文字はひどく右に傾いていた。

「大変だわ。なんとかしないと」キャサリンは口のなかでつぶやいた。

できるならルークに打ち明けたいところだが、よい結果につながるかどうか確信が持てなかった。彼も保安官である以上、聞いた話を自分だけの胸にしまっておくわけにはいかないだろう。しかし、この話が事実だと証明する方法はない。ジュバル以外の当事者はすべて死亡しているのだ。カマルーンの人たちのこれまでの態度から判断するかぎり、日記帳に書かれた内容を彼らが知れば、説教壇の崖《がけ》の事件はアニーのしわざだという長年にわたる自分たちの主張が裏づけられたと信じこむ可能性が大きい。

誰かに発見される前にアニーが遺体を運び去ったので、あの晩、ファンシーに何が起こったのか知る人はいない。ファンシーとターナーが愛しあっていたことも誰も知らなかった――少なくともあの晩までは。この話が事実だと証明できるのはジュバルひとりだが、あの男が味方をしてくれるわけはない。

心を決めかねていると、大声で名前を呼ばれた。

「キャサリン！」

キャサリンは顔を上げた。ルークが通りの反対側で手を振っていた。

日記帳が膝から落ちた。「いま行くわ！」キャサリンは荷物をつかんで彼のもとへ駆け寄った。

ジョージ・ヘンリー・リーはもともと情緒不安定の気味があった。七歳のとき、家で飼っていた農耕用のらばに頭を蹴《け》られたせいだというのがおおかたの見るところだが、なかには血筋のせいだと言う者もいた。ジョージ・ヘンリーの父親は第二次世界大戦中、徴兵逃れのためにみずから足を撃ち抜いた男で、兄のダンバーは近所の家の娘に手を出したために十年の刑に服役中だ。相手の娘がまだわずか八歳だったために、カマルーンの町民の怒りは爆発した。あやうくリンチにかけられそうになるところを、ルーク・デプリーストに助けだされた。ダンバーは文句なく監獄行きを選んだ。

現在、ジョージ・ヘンリーと父親が暮らしているのは、ファロン・デイヴィスの農場から直線距離にして四百メートルばかりの山中だ。

ファロンの農場でひとつ目の子牛が生まれたという知らせはジョージ・ヘンリーのもとにも届いた。噂を聞いた彼は、わざわざ山道を歩いて自分の目でたしかめに行った。その晩、彼は夢を見た。家のいたるところに鏡が置かれ、どこを向いても目に入るのは自分の姿ばかりだが、鏡に映ったその顔には目がひとつしかなかった。しばらくは気味の悪い夢の記憶が頭にこびりつき、二、三日は鏡を見てひげを剃《そ》ることができなかった。だが、その後は何もかも順調になった。健康を害していた父親も体調がよくなり、数年ぶりに以前の元気さをとりもどした。二日連続で畑に出て鍬《くわ》を握り、鶏舎から卵を集めてきてくれたほどだ。ジョージ・ヘンリーは、人生もなかなか捨てたものではないと思うようになった。

そんなとき、蛇の姿を頻繁に見かけるようになった。

最初に見たのは鶏舎のなかだ。卵を狙《ねら》って鶏舎に忍びこむ黒蛇を退治したことは以前にもあるが、もともと蛇は大の苦手だ。鍬をつかんで蛇に向かって振りまわした拍子に手もとが狂って、卵を抱いていた雌鶏《めんどり》が死んだ。

蛇との遭遇によるショックから立ち直れないまま、牛乳用のバケツを持って納屋へ向かった。雌牛はすでに木戸の手前で催促するように鳴いている。ジョージ・ヘンリーは木戸をあけて雌牛を納屋に入れ、自分もそのあとを追った。そのとき、天井の垂木《たるき》から何かが頭の上にぽとりと落ち、さらに肩にずり落ちてきた。

ジョージ・ヘンリーは悲鳴をあげて飛びすさり、肩にのっているものを無意識にはたき落とした。そのときさらにべつの黒蛇が足もとにすり寄ってきたのを見て、恐怖に身が凍りついた。毒蛇ではないと頭で理解していても、彼にとってはなんの慰めにもならなかった。同じ日に蛇を三匹見ただけでも卒倒ものなのに、なんとそのうちの一匹は首に巻きついてきたのだ。

乳牛は空腹と乳の張りを訴えてうるさく鳴きつづけている。とりあえず支柱につないで、胸の鼓動がおさまるのを待った。乳しぼりにとりかかるころには、胃がむかむかしていた。

迷信を信じる彼にとって、今朝の一連のできごとはあまりに不吉で、無視するわけにはいかなかった。きっと何か悪いことが起こる。ほうっておけばもっと深刻な事態になるかもしれない。一刻も早く母屋にもどりたい一心で、雌牛の乳房を懸命にしごきはじめた。

ようやく乳しぼりが終わった。ひもをほどき、さっさと行ってくれというふうに乳牛の尻をぴしゃりとたたく。荒っぽい扱いに慣れていない年増《としま》の雌牛は後ろを振り返って、いったいなんなのよ、と言わんばかりの目つきでジョージ・ヘンリーの顔をぎろりとにらみつけた。

おそらくは光線のいたずらだろう。被害妄想に陥っていた彼の瞳に映ったのは、ひとつきりの目でこちらをにらんでいる雌牛の姿だった。

もう限界だった。バケツが脚にあたってしぼりたての乳がこぼれるのもかまわずに、母屋へ向かって走りだした。裏口へたどり着いたときには、涙がとめどもなくあふれ、父の名前を絶叫していた。

戸口にあらわれた父親は、片手にほうきを、もう一方の手に長細いものを持っていた。

「見てくれ。こいつを台所でつかまえたぞ」

ジョージ・ヘンリーは目をむくようにして、よろよろとあとずさった。

「おい、どうした?」父親は声をかけ、それ以上乳がこぼれないように息子の手からバケツをとりあげた。

しかしジョージ・ヘンリーは返事ができるような状態ではなかった。自分たちは呪《のろ》われているとしか思えなかった。祈りの言葉を唱えながら、トラックに向かった。祈っても効果がないのなら、呪いをかけた魔女を退治するしかない。

ルークの車がカマルーンの町はずれに到着したのは、午後一時をわずかにまわったころだった。帰り道、キャサリンはいつもの彼女らしくなく黙りこくっていた。山小屋にひとりで残りたいという願いを聞き入れなかったせいだろうかとルークは気が気ではなかった。腕をのばして、彼女の手にそっと触れる。笑顔が返ってきたのを見て、安堵《あんど》のため息を吐きだした。まだ完全に機嫌が直っていないとしても、それほど心配することはなさそうだ。

「ダーリン、お腹《なか》は空《す》いてないか？」

「ええ、ちょっと」

「ルーシー食堂にもう一度行ってみる気はあるかい？」

キャサリンはにっこりした。「あなたがその気ならわたしもあとには引かないわ。この前みたいな騒ぎは起こさないから心配しないで」

「問題を起こすのはきみじゃない」

「味方をしてくれてうれしいわ」

「ぼくは正義の味方だよ。魔女がどうのこうのというくだらない話はもうたくさんだ。こんどきみを妙な目つきで見るやつは、ぼくが相手になる」

「心強い言葉ね」

彼女の手をすばやく握ると、ルークは道路に注意をもどした。数分後、町で一軒しかない軽食堂の正面に車をとめ、運転席から飛びおりて助手席のドアをあけた。

「あなたって礼儀正しいのね。祖母が生きていたら、きっと教養も人格も文句なしだと言っていたわ」

ルークは顔をほころばせた。「教養についてはあまり自信がないが、それ以外の部門についてなら全力を尽くすよ」

「恋人としてもなかなかよ」キャサリンは意味ありげに笑った。

ルークの笑みがさらに広がった。「ぼくをその気にさせるつもりかい?」

「そのとおり」

「厄介の種をしょいこむことになるぞ」

「厄介の種ってどういうものか詳しく説明して」

ルークは身を乗りだして、彼女の耳に何事かささやいた。

キャサリンの眉がアーチを描く。「まあ、保安官、なんてみだらなことをおっしゃるの?」

ルークは陽気に笑った。連れ立って店に向かって歩きながら、彼女の頬にキスをせずにいられなかった。入口の手前で、キャサリンがくるりと向き直った。

「ちょっと待って！　バッグを忘れてきたわ」

ルークがとめる間もなく、車へ向かって駆けだした。

あとを追おうとしたとき、その視線はキャサリンの姿を通り越して、道路の反対側に立っている男に向けられた。男がジョージ・ヘンリーだということを頭の片隅で認識しながら、ルークの注意をとらえたのは彼が握っているライフルだった。そのあとは、すべてがスローモーションのように進行した。

ライフル銃を持ちあげてかまえるジョージ・ヘンリー。

車内からバッグをとって、車のドアを閉めるキャサリン。

銃を抜いてキャサリンのほうに駆けだし、身を伏せるように叫ぶルーク。

狭い谷間にこだまするライフルの銃声。

キャサリンの顔に刻まれた驚愕《きょうがく》の表情。

シャツの背中に広がっていく赤い染み。

生まれてはじめて心から愛した女性を守ってやれなかったというルークの敗北感。

それから、ひとつひとつの映像がつながって狂乱の地獄絵と化した。

ルークが手を出す前に、メイナード・フィリップスがジョージ・ヘンリーを地面に押さえつけていた。

ルークは無線機のマイクをつかみ、カマルーンへ医療用ヘリコプターを差し向けるよう悲痛な声で要請した。

ジョージ・ヘンリーは手錠をかけられ、ルークの部下のダニー・モット保安官補が到着するまでカマルーンの管理下に置かれた。

キャサリンの肩の出血をとめようと、ルークは必死で手あてした。

そして、ラヴィー・クリーズの顔には罪の意識と恐怖の念が同居していた。

15

夜中過ぎに目を覚ましたキャサリンは、アニーの山小屋の天井の垂木《たるき》を求めて視線をさまよわせた。体を動かすと激痛が走って思わずあえいだ。そのとたん、ルークがベッドの脇《わき》に駆けつけた。

「ダーリン、動いてはいけないよ」

キャサリンはうめいた。

身動きしようとするキャサリンの肩を、ルークはやさしく押さえた。

「じっとしていないと体に毒だ」

ほの暗さに慣れようとするかのように、キャサリンはまぶたを小さく震わせた。なじみのないにおいに気づいて、鼻にしわを寄せる。

「ここはどこ?」

「レキシントン」そう言ってから、ルークはつけ加えた。「ここは病院だ」

キャサリンのひたいにしわが刻まれた。「病院? なぜ?」

ルークは言葉につまったが、嘘《うそ》をついても痛みが消えるわけではない。苦いものを吐きだすような口調で真実を伝えた。

「きみは銃で撃たれた」

「なんですって？」

ルークはため息をついた。キャサリンがとまどうのも無理はない。ルーク自身にとっても、あの事件は悪夢だった。その悪夢を、最初から最後まで自分の目で見届けたのだ。

「きみは……背中を撃たれた」

「そんな」喉の奥から絞りだすような声でうめいて、キャサリンはルークの手にしがみついた。「わたし、死ぬの？」

ルークのあごが小さく震えた。「いや。しかしぼくは生きた心地がしなかった」

キャサリンは大きく息をついて、懸命に考えをめぐらせた。

「撃ったのは誰？」

「ジョージ・ヘンリー・リーだ」

目を伏せて、唇を舌で湿す。

「わたしの知ってる人？」

ルークはその声に恐怖の響きを聞きとった。いまの自分にできることは、会話をつづけることだけだ。

ろだった」

「たぶん知らないと思う」

泣きだしたキャサリンの姿を見ると、ルークの目も潤んだ。

「キャサリン、ほんとうにすまない。きみを守ると約束したのに、あやうく死なせるところだった」

「あなたのせいじゃない。悪いのはあの人たちよ」

それだけ言うとキャサリンは目を閉じた。次の瞬間にはまた眠りに落ちていた。

ジョージ・ヘンリーは逮捕された。その支離滅裂な言動からして、あの男が二度と塀の外へ出ることはないだろうが、それでもルークの心は軽くならなかった。キャサリンのひたいに手をあてて、看護師を呼んだ。案の定、熱が上がっていた。

ラヴィーは床に膝をついて、必死に祈っていた。これまでも神にさまざまな願いごとをしてきたが、かなえられたのはごくわずかだ。だがこの年になって、ようやくその理由に思いあたった。いつも自己中心的な虫のよい願いごとをするばかりで、無償の愛を求める神に対してなんらかの見返りを求めていたのだ。しかし、ここへきてあらためて自分の姿を見つめ直すことを余儀なくされ、胸が悪くなるほどの衝撃を受けた。自分がばらまいた毒がひとりの善良な女性の人生をめちゃめちゃにしただけでなく、その毒は次の代にまで及ぼうとしている。

ベッドにあずけた腕に頭をのせて、ジョージ・ヘンリーがとらえられたときの光景を頭から消し去ろうとした。地面に押さえつけられたジョージ・ヘンリーは口からよだれを垂らして、蛇や呪《のろ》いがどうのとわけのわからないことをわめきながら、魔女を殺すと口走っていた。

ラヴィーは苦しげにうめいて、床に身を投げだした。胸の鼓動が不規則になり、ひどく速くなったと思うと消えたように静かになる。肌がべたついて、脚が妙に重く感じられた。このまま死んでしまうのかもしれないという思いがふと胸をよぎった。だが、そうなったら真実は誰にも知られないまま闇《やみ》に葬られてしまう。罪を贖《あがな》わずに神のもとへ召されると思うと、恐ろしくてならなかった。犯した罪を告白せずに死んだら、自殺の罪を犯した夫と同じ場所へ行くことになる。地獄へ。

冗談ではない。永遠のときをあの男と過ごすなんてまっぴらごめんだ。この世で夫婦として暮らすだけでも最悪だったのに。

そう思うと、起きあがる力が湧《わ》いてきた。よろける足どりで電話のそばへ歩いていき、横の椅子にどさっとすわりこむ。震える指でダイヤルをまわし、息をつめて呼び出し音が鳴るのを聞いた。

「中央バプテスト病院です」

「キャサリン・フェインの容態をおうかがいしたいんですが」

「少々お待ちください」

ラヴィーは膝のあいだに頭を垂らし、必要な情報を手に入れるまで気を失ってはいけないと自分に言い聞かせた。

「ナースステーションです」

ラヴィーはすすり泣きをやめて背筋をのばした。「キャサリン・フェインの容態を教えてください」

「手術室を出たところです。絶対安静ですが、容態は安定しています」

「ああ、よかった。ありがとうございます」ラヴィーはそう言って、受話器を置いた。

とりあえずはそれを知るだけでじゅうぶんだった。おそらく遠くない将来、これまでの過ちを正す日がやってくるだろう。


そこから五軒先の家では、やはり心の葛藤《かっとう》のせいで安眠できない人物がいた。マートルの手によって夕食を食べさせてもらうあいだ、ジュバルはその日のできごとを実況中継よろしく詳細に聞かされつづけた。ジョージ・ヘンリーが例の魔女を銃で撃って留置場へ運ばれたこと。さらに、町はずれに位置するスージー・ベル・ワトリーの家の裏庭に救急用のヘリコプターが着陸して、被害者の女性を病院へ空輸したこと。

その時点でジュバルはマートル特製の肉だんごを喉につまらせ、彼女はせっかくの話を中断させて介抱にあたるはめになった。

だがいま、あたりがしんと静まった夜更けになっても、ジュバル・ブレアは眠れなかった。往来で背中を撃たれたという、妻によく似たあの女の顔がどうしても頭から離れなかった。苦しげに顔を歪《ゆが》めて、こぶしをベッドに打ちつける。もし体が自由に動かせるなら、ジョージ・ヘンリー・リーをこの手でひねりつぶしてやるところだ。

廊下を近づいてくるマートルの足音に気づいたときは、口がきけないことが心底悔やまれた。できるならこう言ってやりたい。おまえのでっかいけつは目ざわりだ。とっとと部屋へ帰りやがれ。

「変わりはない？」マートルが顔をのぞかせて、鼻をくんくんさせた。もしおむつが汚れていたら、ベッドを汚される前に交換しようという腹だ。

ジュバルは不機嫌になって、出ていけと言わんばかりに腕を振った。

そんな彼の態度をいっこうに気にする気配もなく、マートルは明かりをつけて上掛けをめくり、赤ん坊の体を調べる母親のような目で点検した。

ジュバルの瞳は憎しみをたたえて暗く光り、唇の隙間《すきま》から血色の悪い歯茎と黄色く変色した歯をうっすらとのぞかせた。天井のぎらぎらした照明を受けて、その姿は人間というより猛犬を思わせた。

いまいましいことに、マートルは薬瓶から錠剤を一錠振りだすと、それを彼の歯のあいだに押しこみ、水のグラスを口にあてがって、飲みやすいように頭を起こした。選択肢はふたつ。むせて息をつまらせるか、おとなしく飲むかのどちらかだ。ジュバルはしかたなく後者を選び、部屋を出ていくマートルに胸のなかで罵声《ばせい》を浴びせた。

しばらくすると、怒りのほむらは依然として消えていないものの、睡眠薬の効果でまぶたが重くなってきた。いつのまにか眠りに落ちたが、それでも終わりのない悪夢から逃れることはできなかった。

山のなかではハンターが洞窟《どうくつ》にこもっていた。当分は食べ物をあさる必要もない。薄暗いなかで動きまわり、疲れを感じると眠り、体が欲すると食事をした。関心があるのは、木切れから彫りだした作品のことだけだ。現在では数多くの完成品が棚の上や床にところ狭しと並べられている。なかにはぼろ布にくるんで箱づめした品もあった。

本物のように精巧に彫られた羽を大きく広げた飛翔《ひしょう》中の鷲《わし》。

鼻孔を広げ、たてがみと尻尾《しっぽ》を風になびかせながら、天に向かっていななく馬。

ひなたちが大きな口をあけて待つ巣の真上で、くちばしに小虫をはさんだままじっとしている親鳥。

いばった様子で歩く雄鶏《おんどり》。

母鶏の翼の下から小さな顔をのぞかせているひよこ。

ハンターにとって、それらの作品は取引の材料にすぎない。作品の持つ素朴な美しさにも、自分が彫刻家としてすぐれた才能に恵まれていることにも気づいていなかった。ただ、自分にできることをしているだけだ。

だからひとり洞窟にこもって、地底で暮らすもぐらのごとく、何時間も何日もぶっ通しで木を彫りつづけた。ごくまれに外へ出るときもあるが、それは多くの場合、頭のなかでやむことなく再現されつづける悪夢——生まれたばかりの赤ん坊が泣いている夢——の秘密を知るためだった。

手術から四日がたち、キャサリンの容態は快方に向かっていた。ルークの喜びようは大変なものだった。ベッドのそばにつき添って夜明かしをした最初の晩、彼は心を決めた。キャサリンが退院する日にプロポーズしよう。必要なら、仕事をやめてテキサスに引っ越してもいい。思いを打ち明けないまま、あやうく愛する人を失うところだったのだ。それも、くだらないプライドと恐れのために。そんな失敗は二度とくり返すまいと心に誓った。

キャサリンもしだいに日常の感覚をとりもどしつつあった。入院して何日になるのか、そして自分がどれほど深刻な状況にあったかについては、まだあまり正確に理解していない。わかるのは、目をあけるたびにルークがそばにいてくれたことだ。それが何度もつづくうちに、心を決めた。自分の気持ちをルークに打ち明けよう。人生は短い。後悔をしている暇はない。

二日後、リハビリの訓練を終えたキャサリンは病室へ向かっていた。体はへとへとだが、心は喜びではち切れそうだった。後遺症の心配はなく、時間がたてば右肩も自由に動かせるようになると聞かされたのだ。心臓を狙《ねら》って発射された銃弾は肋骨《ろっこつ》にあたって方向がそれ、致命傷にはならなかった。運がよかったですねと医師は言ったが、キャサリンの考えは違った。命が助かったのは運がよかったせいではなく、神様が守ってくれたからだ。

看護助手の押す車椅子が廊下の角を曲がると、部屋の入口で待っているルークの姿が目に入った。昨夜、そばについていたいと言う彼を無理に家に帰らせてから、半日ぶりの再会だ。

「おはよう」廊下を進みながら、キャサリンは手を振った。

「おはよう、ダーリン」挨拶《あいさつ》を返したルークは、てのひらを彼女の頭に置いた。愛する女性の体のどこかに触れていないと不安だった。「よく眠れた？」

「例のちっちゃなお薬のおかげで、ぐっすりと眠れたわ」キャサリンはそう言って、立ちあがろうとした。たちまち、部屋が回転しはじめた。「目がまわる」看護助手に体を支えられながら、ふたたび車椅子にすわりこむ。

「ぼくにまかせて」ルークは車椅子からキャサリンを抱きあげて、ベッドに横たえた。

頭が枕《まくら》に触れると同時に、キャサリンはふっと息を吐いて目を閉じた。

「ありがとう」そうつぶやいて、めまいがおさまってから、ふたたび目をあける。

「だいじょうぶですか、フェインさん？」看護助手が声をかけた。

「ええ。まだすべてが宙に浮いているように見えるけど」

「今日のリハビリはかなりきつかったですから、少し休まれたほうがいいですよ」そう言い残して、看護助手は車椅子を部屋の外へ運び去った。あとにはルークとキャサリンだけが残された。

「動かないでじっと寝てなきゃだめだよ」ルークはやさしい声で言った。「無理にしゃべらなくていい」

そしてかいがいしくベッドの上掛けのしわをのばし、キャサリンがいつもするように腕の下にたくしこむ。

キャサリンはその手をとって顔に引き寄せ、てのひらに頬を押しあてた。

「わたしはだいじょうぶよ」

ルークはため息をついて、一度、二度とキスをした。顔を上げたとき、彼の目には涙が光っていた。

「愛してるわ」キャサリンが静かな声で言った。

ルークは信じられないという表情で首を振った。永久に耳にすることができないかもしれないと思っていた言葉が、こんなにもとつぜん、しかもさらりと口に出されたのだ。

「ああ、キャサリン。ぼくも愛してるよ……きみが思っている以上に」

「抱きしめて、ルーク」

「傷にさわるといけない」

キャサリンはにこやかな笑みを浮かべた。「痛みなら耐えられる。でも、あなたを失うのだけは耐えられない」

ルークはキャサリンの顔を注意深く見守りながら、ベッドの端にゆっくりと体を横たえた。苦しそうな表情はまったくうかがわれず、そこに見てとれるのは愛だけだった。震える手をのばして彼女の肩の下に腕をすべりこませる。枕に頭を並べると、彼女の息がそっと顔にあたった。キャサリンは片方の腕を彼の首にまわして、強くしがみついた。

「ああ、ルーク。怖くてたまらないの。わたしはアニーみたいに強い人間じゃない。これ以上この土地にはいられないわ。町の人たちが許してくれないもの。でも、あなたを失うなんて耐えられない」

その声は怯《おび》えきっていた。彼女をここまで追いつめたカマルーンの人々がルークは許せなかった。

「いまはそんな心配をしなくていい。体のことだけを考えるんだ。まだ方法はわからないが、ぼくがかならず解決策を見つける」

キャサリンの目からひと粒の涙がこぼれ、枕に落ちた。

「約束してくれる?」

「約束するよ」

「誓いのキスをして」

ルークはやさしく笑って顔を近づけた。人生で最も甘美な約束だった。


午後遅く、キャサリンが眠っているあいだに、はじめての見舞客が病室を訪れた。ルークが顔を上げると、エイブラム・ホリスとその妻と思われる女性が戸口に立っていた。色白で肉づきのよい中年の女性で、ショートにした茶色い髪には白いものが年相応に交じっている。いつもつなぎの作業着を着ているエイブラムにふさわしく、簡素な木綿のワンピースというこざっぱりした格好で、ピンクの小花模様が頬の赤さによく似あっている。ルークは椅子から立ちあがって、なかへ入るよう手招きした。

キャサリンが目を覚まさないように、声をひそめて話しかける。「エイブラム、よく来てくれました」

「しばらくだったな」エイブラムは言った。「こんなところで再会することになって残念だ。妻のポリーを紹介する。ポリー、いつも話してる保安官のルーク・デプリーストだ」

「ああ、キャサリンにぞっこんだという人ね」

ルークは破顔一笑した。「そのとおりです。はじめまして」

ポリーの顔に浮かびかけた笑みが、視線をキャサリンに向けたとたんに消え去った。ルークに向き直る。

「容態はどうなの？」

「回復しています……思っていたよりは順調に」

エイブラムの目つきが厳しくなった。「犯人は逮捕したんだろうな」

「逮捕しました。一生、監獄から出ることはないでしょう」

「それならいい」

後方でキャサリンが身動きした。いっせいに振り向いた三人が見守るなか、そろそろと目をあける。

「エイブラム！　来てくれたのね」キャサリンはそう言って、手を差しだした。

生まれたてのひよこでも手わたされたかのように、エイブラムはその手をこわごわと握った。

「当然だろう」ぶっきらぼうな口調で応じる。「家族なんだから。そうだ、家族といえば、おれにとっていちばん大切な家族を紹介させてくれ。ポリーだ」

ベッドのそばへやってきたポリーは、昔からの知りあいに再会したように、キャサリンの頬をやさしくなでた。

「アニーがいつも手紙で様子を知らせてくれたから、はじめて会った気がしないね」

キャサリンの目から涙があふれる。

「さあさあ、泣かないで。昔の話よ。あんたがここへ連れて帰ってくれて、アニーもきっと喜んでる。いまいちばん大事なのはあんたが元気になることよ。早くよくなって、うちへ食事に来なさい。あたしのつくるチキン料理と蒸しだんごはケンタッキー一おいしいのよ。嘘だと思ったらうちの連中にきいてみなさい」

エイブラムが頬をゆるめた。彼のこんな笑顔をはじめて目にしたキャサリンは、ある種の感慨に浸った。それから三人の会話は事件の犯人に関する話題に移ったが、キャサリンはほとんど聞いていなかった。エイブラムとポリーの夫婦がたがいに相手の体に寄りかかるようにしている様子に目を奪われ、妻が少しでも自分から離れると腕や肩に触れて抱き寄せるエイブラムの姿を食い入るように見つめていた。

キャサリンがルークを思う気持ちもそれに似ている。愛する人の笑い声を聞くと胸がきゅんと高鳴り、愛する人が苦しんでいると思うと胸が締めつけられる。

「キャサリン、だいじょうぶかい？」ルークが尋ねた。

キャサリンは目をぱちくりさせた。「ごめんなさい。なんの話だった？」

ルークは熱をはかるように、キャサリンのひたいに手の甲をあてた。

「だいじょうぶかどうか尋ねたんだよ」

「ええ。ちょっとぼんやりしていただけ」

「エイブラムとポリーがクリスマスの食事に招待してくれたよ」

呆気《あっけ》にとられて、キャサリンは笑いだした。「クリスマス？　まだ半年も先よ」

「いや、ポリーにとってはそんなに先じゃない」エイブラムが言った。「もうプレゼントを何にするか考えてるんだ」

「そうなの？」

「プレゼントはいつも手作りの品と決めてるの。そのほうが心が伝わるでしょ」

「ええ、たしかにそうね。祖母もいつもプレゼントを手作りしていたわ」

「じゃあ、来てくれるわね？」ポリーがたたみかける。

キャサリンは迷った末にルークを見た。ウインクが返ってきた。それで気持ちが決まった。

「喜んでおうかがいします。得意料理のペカンパイを持っていくわ」

「けちらないでたっぷり持ってきてくれよ。おれの大好物だ」

ポリーが顔を赤らめた。「もう、エイブラムったら！　厚かましいわよ」

キャサリンは寛大にほほえんだ。「いいのよ、ポリー。ダンシーがうちでパンケーキにかぶりつくところを見たから、覚悟はしてるわ」

ポリーもみんなといっしょに笑うしかなかった。ダンシーに隠れてものを食べることなどできないというのがホリス家の常識だった。

〈クリーズ食料品店〉のドアには、閉店の札が出されたままになっていた。そのことはカマルーンでちょっとした噂《うわさ》になった。週末でもないのに――さらには祝日でもないのに――ラヴィーが店を閉めたことなど、これまで一度としてなかったからだ。

ラヴィーの健康状態を確認するのをみずからの義務と心得ているネリー・コーソーンは家のドアを何度もたたいたが、返事はなかった。隣の家に住むヘスター・アマリンドが庭のばらに水をやるために外へ出てきたとき、ようやく謎《なぞ》が解けた。

「ラヴィーは留守よ」ヘスターは大声で言った。

ネリーも負けずに大声で尋ねた。「店にもいないのよ。どこへ行ったか知らない?」

ヘスターは首を横に振った。「朝早く出かけたわ。八時前だったかしら」それから、思いだしたようにつけ加える。「自分で車を運転していったのよ」

ネリーは眉根を寄せた。ラヴィーが最後にハンドルを握ってから、もう何年になるだろうか。

「どうもお世話さま」礼を言うと、ポーチを駆けおりて、まっすぐ教会へ向かった。もしかしたら牧師が何か知っているかもしれない。もちろん、尋ねても教えてもらえない可能性もある。マートル・ロスの家の前での騒ぎ以来、彼が妻を見る目は批判的なものになっていた。

もっともネリーにしてみれば、カマルーンで起こっていることのすべてが自分のせいだとは思えなかった。キャサリン・フェインが古傷をほじくりだすようなまねをするから悪いのだ。撃たれたのは気の毒だが、実際に引き金を引いたのはジョージ・ヘンリーであって自分ではない。心に一点のやましさを感じることなく、ネリーは教会へ急いだ。今日の使命は、ラヴィーの行き先をつきとめることだ。

ちょうどそのころ、ラヴィーがレキシントンにある中央バプテスト病院の駐車場に車を乗り入れつつあることを知ったら、立ち直れないほどの衝撃を受けたことだろう。

ラヴィーは車をとめて、バックミラーに映った自分の姿を見つめた。右のまぶたがぴくぴく痙攣《けいれん》している。罪悪感によるストレスのせいだ。まぶたの痙攣は自分ではどうにもならないが、ストレスをとり除くことはできる。長時間の運転はラヴィーのような高齢の女性にとっては重労働で、しかもカマルーンの外に出るのは数年ぶりだ。それでも、なんとか無事に到着できた。ここまで来たからには、見苦しくない姿でキャサリン・フェインと対面したかった。

指を唾《つば》で湿して、おかしな具合に飛びでた後れ毛をなでつけ、後頭部に小さく丸めたまげにはさみこむ。しかし、長い年月を経て顔に刻みこまれたしわは、いかんともしがたかった。顔のことは頭から追いやって、バッグを腕にかけ、庭で摘んできた花を、お気に入りの花瓶ごと車内からとりだす。これまで自分がしてきたことを振り返ると、大事な花瓶を手放すのもやむをえないと思えた。

　花瓶を胸の前に大事にかかえて車を降りた。紫陽花《あじさい》とブーゲンビリアの香りに鼻をくすぐられながら、病院の入口へ向かう。ちょうど外へ出ようとしていた男が、彼女のためにドアを押さえていてくれた。ラヴィーは感謝のしるしに軽く頭を下げてドアを通り抜けた。こんな礼儀正しい態度には、昨今はめったにお目にかかれない。日ごろ彼女が接するのは、妻に命じられて食料品を買いに来る男や、ビール目あての男だけで、そのなかに他人のためにドアを押さえているような奇特な人間はひとりもいない。強いて挙げればルーク・デプリーストか牧師くらいのものだが、そのどちらからも、現在のラヴィーは友人扱いされていなかった。

　案内所に立ち寄ってキャサリンの病室を教えてもらってから、エレベーターホールへ向かった。花瓶の水をこぼさないように慎重にエレベーターに乗りこんだ瞬間、空調から吹きでた冷風にひやりと首筋をなでられた。びくっとして後ろを振り向く。不気味な笑みをたたえた悪魔の姿を予期したが、実際には誰もいなかった。

　四階のボタンを押し、扉が閉まると壁に背中をもたせかけた。心の準備ができないうちに扉が開いた。もうあともどりはできない。

　すばやくエレベーターを降りると、その場で立ちどまって、自分のすべきことをもう一度おさらいした。ほどなく、四一六号室を探して廊下を歩きはじめた。

病室の前まで来ると、すぐには行動を起こすことができずに、なかから聞こえてくる低い笑い声に耳を澄ました。姿を見られる前に逃げだしたいという強い衝動を懸命に抑えつける。口もとをきゅっと引き結んで、ドアをノックした。自分の顔を見たら笑い声が消えるのは間違いない。

「誰か来たわ」キャサリンが言った。「お客さんよ。病院の人はノックなんてしないもの」

「見てこよう」ルークはベッド脇の椅子から立ちあがって、足早にドアへ向かった。

ドアの前に立っている人物を目にしたときのルークの反応は、驚きを通り越していた。帰れという言葉がいまにも口をついて出そうになったが、胸に花をかかえ、しおらしい表情で立っているのを目にすると、攻撃的な気持ちは影をひそめた。

「話があるの」ラヴィーは言った。ためらっているルークを見て、さらに言い添える。「お願い。大事なことなのよ」

「誰なの？」キャサリンがベッドから呼びかけた。

ルークは一歩後ろに下がってドアを大きくあけた。ラヴィーが彼の前を通って病室へ足を踏み入れた。

キャサリンの胸を最初によぎったのは、この老女と言葉を交わしたくないという思いだった。しかし、どう言えばよいのかわからなかった。助けを求めるようにルークに目をやると、彼は黙ってうなずいた。それでようやく緊張を解くことができた。

ラヴィーは持ってきた花瓶をベッドの脇に置いた。

「お花を持ってきたの」わかりきったことを口に出して言う自分の愚かさにため息がもれる。「うちの庭に咲いていた花よ」

「きれいだわ」キャサリンは応じた。

もじもじしていたラヴィーが、ベッド脇に立っているルークに目をやった。

「だいぶよくなったんですって？」

「ああ。ジョージ・ヘンリーのおかげでね」

皮肉で応じる彼の手をキャサリンはやさしく握って、ベッドの端にすわらせた。

「ずいぶんよくなったわ」そう答えて、さらに言葉を継ぐ。「正直に言って、あなたがお見舞いに来てくださるなんて思わなかった。たんなる好奇心で様子を見に来たわけではないんでしょう？」

ラヴィーは笑顔でやりすごそうとしたが、罪の意識はあまりに大きく、表情はこわばったままだった。

「あなたが元気だってことを、自分の目でたしかめたかったの」

「でもどうして？　カマルーンの人たちがなぜ急にわたしの健康状態を気にするようになったのか不思議だわ。町に到着したときはあんなに冷たい歓迎ぶりだったのに」

ラヴィーは目をそらさないようにするのがやっとだった。

「たしかにそうね。そのこともあってここへ来たのよ」

キャサリンはルークに目顔で尋ねた。彼は自分にもわけがわからないというふうに肩をすくめた。

「つまり……あなたは町の人たちの代表として魔女の病状を偵察しに来たの？」

ていねいにほどこした化粧の下で、ラヴィーの顔から血の気が引いた。「頼むから」喉を振り絞るような声で言うと、ベッドの手すりにつかまって体を支えた。「その言葉を使わないで」

「その言葉って？」

「魔女という言葉よ」ラヴィーはかすれた声で言うと、泣くまいとするかのように口に手を押しあてた。それが演技でないことはルークにもキャサリンにもはっきり見てとれた。

「ルーク、椅子を持ってきてあげて」

「いいえ、いいの」ラヴィーはベッドからあとずさった。「あたしは招かれざる客だし、それが当然だと思ってる。ただ、ここに来た理由だけ説明させて」

「話したいことがあるならうかがうわ」キャサリンは言った。

ハンカチで目をぬぐっていたラヴィーが、深く息を吸った。

「退院はいつ？」

「明日の夕方だけど」

ラヴィーはよかったと言いたげにうなずいた。「明日は土曜。その次の日は日曜ね」

「何が言いたいの？」

「おふたりに、カマルーンの教会の日曜礼拝に来てほしいの」

ラヴィーが言い終える前に、キャサリンは首を振っていた。

「待って、最後まで聞いて」ラヴィーはすがるような口調で訴えた。「あなたとルーク、それからアニー・フェインの親族全員に集まってほしいの。エイブラムとポリー、それから息子たちも奥さん同伴で来るように伝えて。みんなにあたしの話を聞いてほしいのよ」

「ジョージ・ヘンリーがやりそこなった仕事の片をつけようとする人間がいないと保証できる？」キャサリンは強い調子で言った。

ラヴィーは首を振りつづけた。「話したいのはそのことなの。日曜礼拝のあと、あなたのことを魔女と呼ぶ人間はひとりもいなくなるわ」

キャサリンは思わず身を乗りだして、痛みに顔をしかめた。

間髪を入れずにルークが腕をまわして、その頭をやさしく枕にもどす。

「どういうこと？」キャサリンはわけがわからなかった。「いったい何を話すつもりなの？」

ラヴィーは黙って首を振った。

「いまは言えないのよ。日曜日まで待って。かならず来てちょうだい。同じ話を二度くり返す勇気はないから」

「やっぱり何か秘密があったのね」キャサリンは小さくつぶやいた。「祖母の日記を読んで、あなたが長いあいだ祖母と親しい関係にあったのは知ってたわ」

ラヴィーが息をのんだ。「アニーは日記をつけてたの？」

キャサリンは顔を曇らせた。「ええ、ずっと……ビリーと結婚したころから、町の人たちに冷たくされるようになるまで。そのあとは、書きこみがぷっつりと途絶えているけれど」

「どんなことが書いてあったの？」

「毎日のできごとよ。誰が家を訪ねてきたとか、どんな薬草を与えたとか」

ラヴィーが身をこわばらせた。「あたしのことも？」

キャサリンはうなずいた。「何度も出てきたわ」少し間を置いて、さらにつづける。「あなたが悲しい目にあったことも書いてあった」

「ああ、どうしよう……」ラヴィーは低くつぶやいて、顔をそむけた。思っていた以上に事実は深刻だった。当時のことを書いたものが残っていたなんて、いったい誰が想像しえただろう。関係者が読めば、すべてが嘘だったことは一目瞭然《りょうぜん》だ。

「それがどうかしたの？」キャサリンが不思議そうに尋ねる。「日記をつけている人は大勢いるわ」

しかし、ラヴィーは首を振るだけだった。「じきにわかるわ。あと少しで真実がすべて明らかになるのよ」

言いたいことを言ってしまうと、ベッドに背を向けて歩きはじめた。

「待って！」キャサリンが呼びかけた。

「いいえ。いまはもう行かせて。日曜日に教会へ来てちょうだい。お願いしたいのはそれだけよ」

それからまもなく、来たときと同じように唐突に姿を消していた。

「どういうことだと思う？」ルークが尋ねた。

キャサリンはむずかしい顔をした。「よくわからないけど、とにかく教会へ行かないと。祖母がなぜ仲間はずれにされるようになったのか、その理由をぜひ知りたいわ」

敵意のみなぎる場所に足を踏み入れることにルークは乗り気ではなかったが、いい考えを思いついた。

「わかったよ、ダーリン。教会へ行こう。エイブラムたちも力になってくれるだろう」

16

退院のための着替えをすませてルークの迎えを待っているキャサリンのもとへ、看護師が車椅子を運んできた。

「準備はできているようね。いつものハンサムさんが、おうちへ連れて帰ってくれるんでしょう?」

「ええ。でも自分の家へ帰るのはまだかなり先になりそうだわ」

「あなたはこの土地の方じゃなかったの?」

キャサリンはうなずいた。

「お住まいはどちら?」

「テキサスよ」

「あらあら。それならひとつお願いしてもいいかしら」

「どんなこと?」

「ふるさとへ出発する日が決まったら教えてちょうだい。ひとり残された彼が悲しみに暮れる姿を見たくないもの」

キャサリンは声をあげて笑ったが、看護師の軽口は痛いところをついていた。カマルーンの町はかつてないほど不穏な空気が渦巻いている。日曜日にラヴィーの話を聞き、山小屋からアニーの荷物を運び終えたあと、もう一度町へもどれるかどうか定かではない。ルークは解決策を見つけると言っていたが、そんな方法がはたしてあるだろうか。

「車椅子は置いていくわね。ロビーまで下りていくのに必要でしょう。それではごきげんよう、フェインさん」

「どうもお世話になりました」

看護師が去ったあと、キャサリンは窓辺へ歩み寄った。しかし、駐車場は建物の反対側にあり、ルークの車が到着してもここからは見ることができない。いまはただ待つしかなかった。ドアのほうに向けて置かれた椅子にすわると、まぶたが重くなってきた。

クライングリバーの保安官事務所は、管内で発生した大事故の処理に大わらわだった。原油を運んでいたトレーラーが、荷台に干し草を積んだトラックに追突し、両車の積み荷が道路全体にばらまかれたうえに側溝にまで流れこんだのだ。危険物処理班が現地に到着したとき、あたりは道路一面にコールタールを塗りつけてその上に鳥の羽根をまいたようなすさまじさだった。

危険物処理班を交えて両社の担当者から二時間にわたって事情を聴取したのち、ルークはダニー・モットにあとをまかせてようやくレキシントンへ車を走らせた。できるなら緊急車両として回転灯をつけて道路をつっ走りたいところだ。やっとのことで中央バプテスト病院に到着すると、ほっと息を吐きだした。もうすぐキャサリンに会える。退院後は、少なくとも普通の生活に近い暮らしができるはずだ。エレベーターを降り、廊下を駆けだしたい衝動を抑えて極力ゆっくりと歩いた。それでも、四一六号室の前まで来たときには、緊張のあまり息が苦しくなっていた。ドアをあけた瞬間、目にした光景に魅了されて身動きできなくなった。

椅子にすわったキャサリンは、首をかすかに傾け、両手を膝の上できちんと組みあわせて眠りこんでいた。前日にルークが持ってきた前あきのブラウスとジーンズに着替えている。スーツケースに残っていた清潔な衣類はこれだけだったが、汚れた衣類を含めて、彼女の荷物はすべて自分の家へ運び終えていた。キャサリンにはまだ話していないが、ルークは彼女を自分の家へ連れて帰るつもりだった。そうすれば、少なくとも身の安全は保障されるはずだ。

キャサリンが寝息をついて身じろぎし、痛みで顔をしかめた。

銃弾が背中をつき抜けたときの彼女の表情を思いだして、ルークはあのときの恐怖をふたたび味わった。もう少しでキャサリンを失うところだった。そんなことは二度と起こさせないと心に誓った。

部屋のなかへ歩いていき、椅子の横に膝をついて、彼女の膝をそっとなでた。

「キャサリン……ぼくだよ」

キャサリンはうれしそうにほほえんで目をあけた。

「来てくれたのね！」眠気の残るくぐもった口調で言うと、彼の肩に頭をもたせかけた。

ルークはその頬に唇を這《は》わせた。「業界用語で言うところの〝やむをえない事情による足止め〟を食らってしまった。遅くなって悪かったね」

「大事なのはこうして来てくれたことよ。それ以外のことはどうだっていいわ」

「ああ、そのとおりだ。クライングリバーの郊外で発生した追突事故の運転手たちもそういうふうに思えるといいんだが。何しろ運んでいた荷物をすっかり道路にぶちまけてしまったんだからね」

「まあ大変。怪我《けが》人は出なかったの？」

「怪我人は出なかったが、文句を言うやつはいたよ。危険物処理班にとっては実に厄介な作業だった。考えてもごらんよ。トラック一台ぶんの干し草の上に大量の原油がこぼれたんだ。まるでコーンフレークでいっぱいのプールにチョコレートシロップをかけたみたいだった」

キャサリンは声をあげて笑った。想像を絶する話で、とても現実の映像として思い浮かべることができない。

ルークが立ちあがって、手を差しだした。「準備はいいかい？」

「あなたさえそばにいてくれれば、いつでもいいわ」

「それを聞いて安心したよ。今日はぼくの家へ帰るんだ。実はきみに打ち明けることがある。荷物はすでに山小屋から運んで――」

「いいのよ。そうしてくれてよかった」

ルークは信じられないという表情で首を振った。「ダーリン、どんなふうに切りだそうかと思ってさんざん頭を悩ませてきたんだ。最後まで言い終える前に承諾してくれるなんて嘘《うそ》みたいだ。ぼくはどうすればいい？」

「わたしを愛せばいいのよ」

ルークはキャサリンの顔を両手ではさんでキスをした。長い口づけだった。

誰かが近づいてくる気配を察して、キャサリンが体を離した。

「油断は大敵よ」

ルークはため息をついた。「きみに夢中で、ほかのことは何も考えられない。迷子になった気分だよ」

車椅子に腰を下ろして、キャサリンは彼の手をとった。「じゃあわたしの手をしっかり握っていて。そうすれば、ふたりとも迷子にならずにすむわ」

感動で言葉につまったルークは、彼女の手を無言で握った。看護師が迎えに来たときも、まだ手を握ったままだった。

「そのお花、持っていかないんですか？」ラヴィーが持ってきた花瓶を指さして、看護師が尋ねた。

キャサリンは置いていくと言いかけて、気持ちを変えた。「そうね。持っていくわ」

「ぼくが持つよ」ルークはそう言って花瓶を階下まで運び、車の助手席にキャサリンを乗せてシートベルトをとめてから、その膝にのせた。

「家に着くまで支えていられるかい？　もし重かったら、花瓶の水を捨てて後部座席に置けばいい」

「いいえ、だいじょうぶ。仲直りのための品を贈られたのは生まれてはじめてよ。ききめがあらわれる前に大事な品に何かあったら困るわ」

「そうだね」ルークは助手席のドアを閉め、車の反対側へ急いだ。

ルークの家は不思議なくらい居心地がよく、独身男性の住まいとしてキャサリンが思い描いていたものとは大きく異なっていた。汚れが目立たない落ち着いた色あいの茶色とブルーで統一された家具は、椅子もソファもすべてが特大サイズだ。部屋のそれぞれの隅には電気スタンドが置かれ、壁には家族のものと思われる写真が飾られていた。

硬材の床にブーツの音をこつこつと響かせて、ルークはキャサリンを部屋のなかへ導いた。

「まず最初に寝室へ案内しよう。いつでも好きなときに横になれるようにね。テレビはぼくの寝室と、それからリビングにある」キャサリンの頬に軽く触れて、にこやかに言い添える。「客間のほうが落ち着いて眠れるようなら、それでもまったくかまわない。ぼくに変な気をつかわないで、好きなように過ごしてくれ」

「あなたの腕のなかで眠るのは？」

「それがいちばんいいよ、ダーリン」

キャサリンは体がうずうずしてきた。彼の声のセクシーな響きを聞くと、なんだかおかしな気分になってくる。

「まず家のなかをひと通り案内してもらってから横になるわ。このソファでね。病院では少しだけテレビを見たけれど、それをべつにすると、ケンタッキーに来て以来、新聞やニュース番組からすっかり遠ざかってるの」

「見なくてもべつに変わりはないさ。政府は相変わらず失態つづきだし、両党とも相手を非難ばかりしている」

キャサリンは明るい笑い声をあげた。「あなたは職業の選択を誤ったわね。ニュースキャスターになればよかったのに。政治の現状をひと言でうまく言いあらわしたわ」

「ぼくはいまの仕事で満足だ」ルークはそう言うと、キャサリンの肘に手を添えた。「それでは邸内をご案内しよう」

キャサリンはリモコンを手にしたままソファで眠っていた。こんろではスープが煮立ち、ルークは鍋《なべ》をかきまわしながら電話でダニーに指示を与えている。

「日暮れ前に、少なくとも一車線は間違いなく開通させるんだ。現場に文句を言わせるな。今日はずっと家にいるから、何かあったら連絡してくれ。ああ、彼女がおとなしくここに来てくれてほっとしたよ。問題は、いつまで滞在してもらえるかだ」

電話を切り、こんろの火を消して、鍋を奥に移動させてから冷蔵庫に手をのばす。たしかハムがあったはずだ。キャサリンを迎えての初の夕食は、ハムのサンドイッチとスープの献立にしようとルークは意気ごんだ。

あわただしかった一日が終わり、クライングリバーの町に夜の静寂が訪れた。危険物処理班は作業を終え、ダニー・モットは妻のもとへ帰り、道路の渋滞も消えて車はいつもの流れをとりもどしていた。

キャサリンは寝支度に長い時間をかけ、いつまでもぐずぐずとテレビの前に居すわっていた。そのうちにルークも何かがおかしいと思いはじめた。まぶたがいまにもふさがりそうで、ろれつもまわらないほど疲れきっているのに、なんのかのと理由をつけてはリビングに残りたがるのがどうにも不自然だ。見かねたルークは、キッチンからもどってきた彼女と向かいあった。

「キャサリン、いまのきみは立ったまま眠りこんでしまいそうだ。お願いだからベッドに入ってくれないか」

「もうちょっとニュースを見てから寝ようと――」

「何を心配してるんだ？」ルークは彼女を引き寄せて、あやすように揺すった。「ひとりで悩みをかかえこまずに、ぼくに打ち明けてくれ」

キャサリンはため息をついた。大きな腕で抱きしめられると安心感が胸に押し寄せる。何があってもこの人が守ってくれると思うと、不安がすべて消えていく気がした。

「自分でもよくわからないの」だいぶたってから言った。「たぶん、明日のことが気にかかっているんだと思うけど」

「カマルーンの教会に行くことが？」

キャサリンは顔を上げた。あごが小さく震えていた。「背中を撃たれて、あなたの顔が目の前でだんだんぼやけていったときのことが頭から消えないの。混乱して何がなんだかわからないのに、自分が致命傷を負ったことは理解していた。もうあなたと二度と会えないと思ったわ」

「かわいそうに」ルークは低くつぶやくと、キャサリンを抱きあげて、そのままベッドへ運んだ。

頭が枕《まくら》に置かれた瞬間、キャサリンは小さくうめいた。

「ああ、疲れた」

「眠ったほうがいい。ぼくは今夜もずっとそばについているし、明日も決して離れない。それから、エイブラムと息子たちも応援に来てくれる」

「連絡をとってくれたの？」

「ああ。さっききみがシャワーを浴びているあいだに承諾の電話があった」

「ラヴィーは何を話すつもりかしら」

「さあね。でも、その話によって騒ぎがおさまるなら、ぼくは真剣に耳を傾けるつもりだ。さあ、目を閉じて。目が覚めたときもぼくはここにいるよ」

「約束してくれる？」

「ダーリン、きみがいやと言わないかぎり、ぼくは死ぬまで毎朝きみのそばで目を覚ましたい」

キャサリンのあごが小刻みに震えだした。「ああ、ルーク、それはプロポーズなの？」

「イエスと言ってくれるかい？」

「たぶん……まだよくわからないけど……この問題がすべて片づいたら」

期待していた返事とは違っていたが、ルークは大人らしい態度で受け入れた。さあ、とにかくいまは目を閉じて。

「それなら、問題の解決に向けてできるだけの努力をしたほうがよさそうだ。しだいに体の緊張がほぐれていく。

キャサリンはほんの少しだけ身を寄せて、ルークの胸に頭をのせた。しだいに体の緊張がほぐれていく。


彼女が寝入るまで、ルークは姿勢を変えなかった。しばらくしてベッドをそっと抜けだすと、戸締まりを確認して部屋の明かりとテレビを消した。数分後にはベッドにもどり、上掛けを引きあげてふたりの体をおおった。キャサリンにぴったりと身を添わせて、目を閉じる。次に目をあけたときには日曜の朝だった。


コーソーン牧師は、主の日である日曜日に腹を立てたくはなかったが、今日ばかりはさすがに腹に据えかねていた。お気に入りの白いシャツの襟をネリーがアイロンで焦がしたために、腕まわりがきつくて袖《そで》の短い古びた青いシャツを着るはめになったのだ。ハンガーから青いシャツを乱暴に引っ張って、ボタンをかけるあいだも、小さな声でぶつぶつと文句を言わずにいられなかった。

一方、ネリーは着替えをすませて、夫の支度が整うのを居間で待っていた。受話器をとりあげ、ラヴィーの家に電話をかける。なんなら教会まで車で送っていってあげると申しでるつもりだった。ところが呼び出し音が何度鳴っても応答がない。あきらめて受話器を置いた。

　先日ラヴィーがどこへ出かけたのか、ネリーはいまもって知らなかった。店へ買い物に行ったとき、あくまで社交辞令として尋ねたが、驚いたことに、ラヴィーはあんたの知ったことではないと答えた。憤慨したネリーは、切らしていた牛乳を買わずに帰ってきた。

　ところが、いまは日曜日の朝九時に近いというのに、ラヴィーは電話に出ない。まさか、またどこかへ雲隠れしたわけではないだろう。そんなことを考えていると、廊下に足音が響いた。ネリーは電話のそばを離れて、すばやく椅子に腰を下ろした。このところ、牧師はいつも神経がぴりぴりしている。妻が電話の近くにいるところを見つけたら、また何かよけいなことに首をつっこんでいると決めつけて、がみがみ言いだすに違いない。部屋へ入ってきた牧師は、不快そうな表情で服のしわをのばした。

「そのシャツ、ちょっときつそうね」ネリーは言った。「ダイエットしたほうがいいんじゃありません？」

「このシャツは、五年前におまえが買ってきたときからきつかった。だが、気がついてくれて礼を言うよ」

　ネリーは口をすぼめて眉をつりあげた。ああ、このもったいぶった口調。いいかげんうんざりだ。

「夕方はスネリングさんのお宅へお食事にうかがう約束になってますからね」

牧師が不機嫌そうな声で答えた。「勘弁してくれ。スネリング家の料理が食うに堪えない代物だということはおまえも知ってるだろう」

ネリーの口がますますすぼまった。「神様に仕える人間がそんな言いかたをしていいのかしら」

「フランセス・スネリングの料理と神はなんの関係もない。もし少しでも関係があるなら、あそこまでひどい味にはならんだろう」

ネリーは鼻であしらうように言った。「よござんす。行きたくないのなら、あなたが先方にその旨を伝えてくださいな。でも、うちへ帰ってきても大したものは出ませんよ。今夜はお呼ばれだと思っていたから、何も用意していないし」

「わかったよ。今回は行く。だが次からは、わたしの了解なしに招待を受けるんじゃないぞ」

ふたりはぷりぷりした表情で家をあとにし、教会までの四ブロックの道のりを、ひと言も口をきかずに歩いた。さい先のよい一日のはじまりとは言えなかった。

ラヴィーは十五分以上も前から寝室の全身鏡の前に立って、老いさらばえた自分の姿を見つめていた。下腹部に一片の贅《ぜい》肉もなく、脚はほっそりとして、足首がきゅっと引きしまっていた時代もかつてはあった。どんなデザインの服を着てもその身ごろを内側からぐいとつきあげていた豊かなバストもいまは干からび、でっぷりとふくれた腹に向かって垂れている。ラヴィーは昨夜、髪を切ろうかと迷い、結局やめた。いまさらそんなことで罪滅ぼしをしようと思っても手遅れだ。長い髪はいつものようにまげにして頭の後ろでとめた。身につけたのは古い服だが、この日の目的にはかなっていた。みずからの名声を葬るのだから、黒を着るのがふさわしい。

家のどこかで電話が鳴ったが、ほうっておいた。言いたいことはすべて教会で吐きだすつもりだ。

ようやく鏡の前を離れて、化粧だんすの上からバッグをとった。玄関のドアへ向かう途中、既視感に似たものを覚えて一瞬体がふらついた。しばらく考えて記憶の糸が結ばれたとき、恐怖で胸が悪くなった。これほどの恐怖を最後に体験したのは、ベッドのかたわらに夫の姿がないのに気づき、家のなかをさんざん捜しまわったのちに、ガレージの天井から首をつって死んでいるのを発見した朝以来だ。

ドアをあけた瞬間、臆病《おくびょう》風に吹かれて家のなかへもどりたくなったが、すぐに気持ちを立て直して外へ足を踏みだし、後ろ手にしっかりとドアを閉めた。

外は気持ちよく晴れて暖かく、申し分のない散歩日和だ。ポーチを下りて歩道へ歩きだすラヴィーは、みずからの葬儀に参列しに行く気分だった。

キャサリンは胸が締めつけられるような不快感に悩まされていた。昨夜は怖い夢ばかり見つづけて、ろくに眠れなかった。目が覚めると同時に襲ってきた頭痛は、時間がたつにつれてますますひどくなる。さらに情けないのは、体がやせたせいで何を着てもぶかぶかで、教会へ着ていけるようなまともな服が一着も見つからないことだ。おまけに髪はぼうぼうで、切り傷はひりひりと痛む。しまいには無力感に襲われて、化粧だんすの前に置かれた椅子にすわりこんで泣きだした。

涙に暮れているキャサリンを見つけたルークは、その体をひしと抱きしめた。

「キャサリン……どうした？　そんなに怖いのか？　もしそうなら、今日の集会は中止にしてもらおう。きみに聞いてほしいことがあるのなら、ラヴィーはここまで来て言えばいいんだ」

「どの服を着てもぶかぶかだし、髪はひどいありさまで、転んだときの傷はうずくし、頭もそれに負けないくらい激しく痛むの」

弱音を吐くキャサリンをはじめて目にしたルークは、思わず笑いそうになった。

「体の痛みなら薬で治せるし、髪はぼくがとかしてあげるよ。服装については何もしてあげられないが、これだけは言える。いまのままできみは最高にすてきだ。それに、彼らがどう思おうと気にする必要はないじゃないか」

キャサリンは泣くのをやめた。ルークの言うとおりだ。この町の人たちは自分のことを悪魔の手先と思っているのだ。そういう人たちにどう思われようと関係ない。彼の肩に頭をもたせかけて涙を拭《ふ》いた。

「ありがとう。そう言ってもらって気が楽になったわ」

「ブラシを貸してごらん。そして肩の力を抜くんだ。髪のほつれが直ったらすぐに出かけよう。エイブラム一家と町の南のはずれで落ちあうことになっている。教会へは連れ立って出かけたほうがいい。ある程度の威嚇にはなるだろう」

キャサリンは鏡のなかの彼の目を見つめて、ブラシを差しだした。ゆっくりとていねいにブラシを走らせるルークの手の動きは、愛しあうときの彼の身のこなしを思いださせる。

キャサリンは目を閉じて小さく身を震わせた。

「いい気持ち」小声でつぶやいた。

「そうだろう？」

「ええ、ほんとに」

「よかった」ルークは低い声で言った。「きみが気持ちよくなればぼくもうれしい」

キャサリンには意外なひと言だった。「でも、いつもそうしてくれているわ……あなたはとても上手よ」

ルークは声を出さずに笑って片目をつぶり、ブラッシングをつづけた。

糊《のり》のきいた白い半袖《はんそで》シャツに黒いストリングタイを結び、黒いカウボーイふうのズボンをはいたルークの姿を、キャサリンはまぶしそうに見つめた。

「わたしが何を着ていようと、どうでもいいことだわ。あなたがわたしのぶんまでおしゃれをしているもの」

ルークの顔に笑みが広がった。「ぼくをいじめると、あとで後悔することになるぞ」

キャサリンは声をあげて笑った。「あなたって楽しい人ね、ルーク・デプリースト」

ルークはまじめな顔になってブラシを下に置いた。「それより、きみにとって必要な人間になりたい、キャサリン・フェイン。きみさえかまわなければ」

昨夜のプロポーズを思いださせるその言葉で、陽気な会話は終わりを告げた。胸の不安がよみがえってきた。

「ルーク？」

「なんだい、ダーリン？」

「たんに威嚇するだけで効果はあるかしら？　もっと具体的な何かが必要じゃない？」

「それはわからない。でも、ぼくを信じてくれ。何が起ころうと、責任をもって始末をつける」

礼拝の開始を告げる祈りの途中で、牧師はかなりの人数がいっせいに礼拝堂に入ってきた気配を察知した。とどろくような声でアーメンと唱えて祈りを手早く終え、にこやかな笑みを浮かべて顔を上げた。笑みはそのまま凍りついた。

ラヴィーは覚悟を決めて立ちあがり、会衆のほうを向いた。朝から消えることのなかった胸のむかつきが、ますますひどくなってくる。主よ、最後までやり終えられるだけの力をお貸しください。頼みをきいてくださったら、もう二度と何もお願いしません。そう声に出さずに祈った。

牧師に向き直る。

「礼拝を中断させて申し訳ありませんが、わたしが特別にお招きした方たちが到着しました」そのうえで、前の二列にすわっている信者たちに呼びかける。「古いつきあいのわたしに免じて、後ろの席に移動していただけないかしら。キャサリン・フェインとその家族が祭壇の前にすわれるように」

会衆席から恐怖のあえぎが沸き起こった。問いかけるような視線を向けても牧師が何も言わないのを見て、前列の人々は席を立って後方へ移りはじめた。それを見て、ラヴィーはキャサリンを手招きした。

キャサリンは尻込みしてルークにしがみついた。

「だいじょうぶだ、ダーリン。ぼくたちがついている」

エイブラムが彼女の肩に手を置いた。「誰にも二度と手出しはさせない。おれたちがちゃんと見張ってる」

エイブラムの息子たちとその家族も誓いに加わった。あとはキャサリンが決断するだけだ。

キャサリンはルークの顔を見て、その手を強く握った。通路の両側をにらむようにしながら、ルークは彼女を前へ導いた。

全員が着席し終えたとき、放心状態だった牧師がようやくわれに返った。血走った目でラヴィーを見てから、導きを請い求めるように正面扉の上方に飾られた十字架に視線を転じたが、その口から発せられた歓迎の言葉はいかにもわざとらしく響いた。

「主の家を訪ねる者は、なんびとであれ喜んでお迎えします。ここを去るときには、主のみたまがともにありますように」

後方のどこかでアーメンと唱える声が聞こえた。

「それでは聖書を開いてください。ページは――」

「待って!」ラヴィーが叫んだ。

またもやすべての目がラヴィーに注がれた。あの婆《ばあ》さんもいよいよぼけてしまったかというささやきが教会内のあちこちで交わされた。

牧師が演壇から下りてラヴィーのそばに行こうとした。その動きを、ラヴィーは手を上げて制した。

「今日、この方々をお招きしたのは、それぞれがなんらかの形でアニー・フェインと関係があるからです」

反発するような空気が人々のあいだに広がるのを感じて、ラヴィーは足もとが揺らぐほどの心もとなさを覚えた。

「そして」さらに言葉を継ぐ。「それだからこそ、この町の住民の誰よりも、わたしがこれからお話しすることを聞く権利があるのです」そこまでを前置きのように言うと、キャサリンをまっすぐに見つめ、かつてエモリーと結婚式を挙げた祭壇にのぼった。深々と息を吸って、会衆のほうに向き直る。「若いときのわたしは浅はかで、人生が与えてくれるより多くを望みました。夫は夫なりにわたしを愛してくれていたのに、もっと多くを望みました。家があり、必要なものはなんでも持っていたのに、わたしはもっと多くを望みました」もう一度キャサリンに目をやったとき、声が震えだした。「それから、人として望みうる最高の友人がいたのに、その女性を裏切りました――もっと多くを望んだからです。これ以上、罪の意識を背負ったまま生きていくことはできません。誤りを正さずに放置しておくことはできません。わたしが裏切った女性の名前は、アニー・フェインです」

深い静寂が礼拝堂を包んだ。キャサリンは信じられない思いで目を凝らすようにしながら、この告白がどこへ行き着くのか理解できずにいた。

「アニーは薬草に詳しい人でした。栽培して料理に使ったり、ときには具合の悪い人の治療に役立てたりもしていました。商売としてではなく、あくまで善意による無償の行為です。ある晩、夫のエモリーが彼女の家のドアをたたきました。わたしが死にそうなので見に来てほしいと頼んだのです」

後ろのほうで子どもがむずかる声がしたが、すぐにあやされて泣きやんだ。ラヴィーは話をつづけた。

「やどりぎの煎《せん》じ汁に加えて、温かい思いやりと篤《あつ》い信仰心を惜しみなく注いで、彼女は出血死寸前だったわたしを救ってくれました。本来ならいくら感謝してもしきれないところですが、当時のわたしは恐怖のあまり正常な判断力を失っていました。自分のしたことと向きあうより、むしろ死んでしまいたいと思っていた。何も知らないアニーは命を救うことによって、わたしの目の前に真実をつきつけたのです」

キャサリンは座席から崩れ落ちそうになった。ルークが背中に手を添え、エイブラムが腿に膝を押しつけて無言の励ましを与えてくれるのを感じながら、正面に立つ年老いた女性から目が離せなかった。

ラヴィーはポケットからハンカチをとりだして、鼻の下に浮きでた汗を拭きとった。

「あの晩、わたしは生涯のあいだにたった一度だけ胎内に宿った赤ん坊を流産しました。夫の子ではありませんでした」

水を打ったような静寂のなかを、非難めいたざわめきが沸きあがった。ラヴィーはいくぶんたじろいだものの、先をつづけた。

「夫のエモリーには子種がなく、当時の町の人のなかにはそのことを知っている人もいました。わたしの出血の原因を知ると、エモリーは狂乱状態になりました。それから三日後、ガレージの天井から首をつって死にました」

うめくような声をあげる者もいれば、声を出さずに涙する者もいたが、ラヴィーの視線はキャサリンの顔にじっと注がれていた。

「ある意味、エモリーの死によってわたしは自由になったのです。自分の犯した罪を知る者は消えたのですから。ただひとり、アニーを除いて。流産のことを知っているのはアニーだけでした。わたしの次なる過ちは、アニーの友情を信頼できなかったことです。すべてを打ち明けたうえで、秘密を守ってくれるよう頼めばいいものを、わたしはそうせずに、彼女が誰にも話すことができないような状況をつくりだそうと決意しました。いまにして思えば醜悪で身勝手な考えですが、当時のわたしはほかの人のことを思いやる気持ちの余裕がありませんでした」

視線を前に向けたままキャサリンが横に手をのばすと、ルークはその肩を抱いて励ました。

ラヴィーがさらにつづけた。

「三カ月ほどのあいだに、わたしは十戒のうち三つの罪を犯しました。不義を働き、友人が罪を犯したと偽証し、赤ん坊を殺したのです。その結果どうなったと思いますか？　わたしのついた嘘は魔法みたいな効果をもたらしました。誰もがアニーの悪口を、それも考えられないようなひどい話を喜んで信じたのです。理由はわかりません。おそらく、アニーが誰にもたよらずに自分流の暮らしを貫いているのをおもしろく思わない人たちがいたのでしょう。ともかく、わたしの策略は思っていた以上に成功しました。数週間もしないうちに、アニーはみんなに嫌われ、恐れられる存在になっていました」

ラヴィーの体が不安定に揺れ、杖《つえ》代わりに説教壇につかまった。牧師があわてて駆け寄ろうとした。

「すわっていてください、牧師さん。後生だから」

牧師は腰を下ろした。

「わたしは自分の人生を滅ぼすだけでは飽き足りずに、アニーの人生まで滅ぼしたのです。年月がたつうちに、ときにはアニー・フェインという女性が存在していたことを忘れる瞬間もあったけれど、そうするとまた誰かが店にやってきて、魔女だの呪《のろ》いだのといったばかげた話をしていくというくり返しでした。いったい何度すべてを打ち明けようとしたことか、悪い噂《うわさ》が広がるのを何度食いとめようとしたことか……。でも、年がたつうちにだんだん億劫《おっくう》になりました。わたしは自分に甘く、もろい心の持ち主で、みんなに嫌われるのが怖かったのです。だから、あれは嘘だったと告白することができなかった。それから何十年かのちにブレア家の男たちが説教壇の崖《がけ》で殺されて、同じ晩にアニーが姿を消しました。真相は謎《なぞ》のままで、だから何もかもが彼女のせいにされた。アニーが何か呪いをかけたせいで、あんな事件が起こったのだとみんな信じたのです」

ラヴィーの目から涙がこぼれはじめた。

「信者の方々ならびにアニーのご親戚《しんせき》のみなさん、残り少ないわたしの名誉にかけて誓います。アニーがこの町に残っていたら、もっと前に真実を打ち明けていました。でも、彼女は姿を消してしまった。アニーがいないのにいまさら自分を不名誉な立場に置いても意味がないとわたしは自分に都合よく考えてしまったのです」

ラヴィーはキャサリンを指さした。

「そんなある日、恐れていたことが現実になりました。アニーが帰ってきたのです。ただし、わたしが思い描いていたのとは違う形で。彼女が死んだと聞いたとき、わたしがどれほど深い悲しみに襲われたか、みなさんには想像もつかないでしょう。でもその悲しみも、新たな事実に直面したときの恐怖に比べればなにものでもありませんでした。その恐怖とは、みなさんが――アニー・フェインに一度も会ったことのないみなさんが――無知から生まれた憎しみをアニーの肉親にまで向けたことです。こんどもわたしの決意は揺らぎました。心がもろくなりました。キャサリンが町を去れば問題は消えるはずだと自分に言い聞かせて、時が過ぎるのを待っていました。でもその結果、キャサリンはあやうく殺されかけました。彼女の回復を願ってわたしは神に祈りました。こんなに一生懸命祈ったことは人生であとにも先にもありません。キャサリンと主の御前《みまえ》で、そしてここにいるみなさんを証人として、これまでのことを心の底からお詫《わ》びします」

言い終えてはじめて、会衆のほうに顔を向け、ひとりひとりと目を合わせた。

「主の御前で、そしてアニー・フェインのご親戚の方々の前で正直に告白します。この町で広がった悪い噂は、すべてわたしが原因です。アニーは魔女ではありません。天使でした。そんな彼女をひどい目にあわせたことを、主よ、どうぞお許しください」

恐ろしいほどの静寂が礼拝堂を満たした。小さな子どもたちでさえ異様な雰囲気を感じとって、ふだんの騒々しさが嘘のように静かになった。

ラヴィーの体はひとまわり小さくなったように見えたが、心は晴れ晴れしていた。演壇から手を離して祭壇を下りる。最後にもう一度キャサリンに目をやってほほえみかけ、それから視線を床に落として通路を歩きはじめた。

人々のとがめるような視線が体につき刺さり、重苦しい空気があたりを包むのがわかったが、ラヴィーは顔を上げなかった。上げられなかった。カマルーンの一員としての日々は終わったのだ。

「なんてことだ」エイブラム・ホリスがつぶやいて、妻のポリーを抱きしめた。息子たちとその家族は無言だったが、どの顔にも驚愕《きょうがく》の表情が浮かんでいた。

ルークはキャサリンの顔を見守って、なんらかの反応があらわれるのを待った。かすかにあごが震え、目に涙が浮かんだだけで、その胸のうちは推し測れなかった。

後方で、誰かがとつぜん叫んだ。「この嘘つき女！」

自分が平手打ちをされたかのように体をびくっとさせたキャサリンは、座席から立ちあがると、瞳に怒りの炎をたぎらせ、強い口調で言った。

「やめなさい！　もうたくさんだわ」

17

　キャサリンは怒りのあまり震えていた。ルークの腕から身を振りほどいて、よろめくような足どりで祭壇の前に走りでる。

「憎しみの連鎖を断ち切るのよ。もうこれ以上人を傷つけるようなことを言わないで。あなたたちは、今回のことから何も学んでいないの？　わたしの祖母に会ったことのある人はほとんどいないのに、あなたたちは祖母を魔女呼ばわりした。わたしのことを何も知らないのに憎しみをぶつけて、なかには死を願う者さえいた。そしてこんどは自分たちの仲間に石を投げようとしている。悪いのはラヴィー・クリーズひとりじゃない。あなたたち全員に責任があるのよ」

　力なく頭を垂れて通路を歩いていたラヴィーが、キャサリンに背を向けたまま立ちどまった。

　普通に考えれば彼女に対しては怒りや憎しみを覚えるのが当然だろうが、キャサリンの心を最初に揺さぶったのは哀れみだった。情にほだされて、思わず声をかけた。

「ラヴィー」

ラヴィーは体をびくりとさせ、それから顔を上げて振り向いた。その顔にあったのは、一種のあきらめの表情だった。キャサリン・フェインに何を言われても、自分に言い返す資格はないと覚悟していた。

「最後には過ちをあらためてくださったのね。ありがとう。わたしたちみんな、ほんとうに感謝しているわ。もうすんだことよ」

ラヴィーはわけがわからなかった。許してもらえたということだろうか。それとも、たんなる空耳か。

キャサリンは会衆に向かって手を差しだした。「いまの言葉、聞こえましたよね？　みなさんも、すべてを水に流しましょう」

ラヴィーの表情は驚愕《きょうがく》から希望へと変化した。立ち姿の背筋がしだいにのびてくる。やがてまた後ろを向くと、頭を高く上げて教会を出ていった。あの娘の言うとおりだ。すべて過去の話だ。胸のなかでそうつぶやいていた。

演壇の前を去ろうとしたキャサリンは、ルークとエイブラムが脇《わき》を固めるように自分の左右に立っていることにはじめて気づいた。そしてふいに膝の力が抜けて倒れそうになった。ルークは彼女の肩に腕をまわして体を支えた。

「うちへ……うちへ連れて帰って」

ルークはキャサリンを教会の外へ連れだした。ホリス家の面々も入ってきたときと同じようにひっそりと教会を去り、あとには苦悩に満ちた表情のコーソーン牧師と信者たちだけが残された。

キャサリンは教会の前の石段で立ちどまり、通りを歩いていく黒服の老女を黙って見つめた。

「いいことをしたね」エイブラムが言った。「きっとアニーも誇らしく思ってるだろう」

キャサリンはいまにも涙があふれそうな目で彼を見あげた。

「祖母がここにいないのが残念でならないわ。さっきの話を聞かせてあげたかった」

ルークはキャサリンの頭の後ろに手を置いて、やさしく胸に引き寄せた。

「ああ、ほんとにきみの言うとおりだ」

「アーメン」つぶやいて、エイブラムが家族のほうに目をやった。「おれたちはこれで失礼するよ。また連絡してくれ」

「かならず連絡するわ」キャサリンは答えて、車に乗りこんで走り去るホリス家の人々を見送った。

ルークは彼女の手をとった。「行く?」

キャサリンはうなずいた。

「それなら早く出発しよう。なんだか急に新鮮な空気が吸いたくなってきた」

彼の気持ちがキャサリンにはよく理解できた。いくらラヴィーがあれは作り話だったと告白しても、長年のあいだこの町に根を下ろしつづけてきた毒気のようなものは、そう簡単にぬぐい去れるものではない。

手をつないで、彼の車に向かった。キャサリンが助手席に腰を下ろしたとき、教会のなかから歌声が聞こえてきた。

「耳を澄ましてごらん」ルークが言った。

人々が歌っているのは《アメイジング・グレース》だ。

キャサリンは歌詞の最初の部分を頭のなかで口ずさんで、ルークの顔を見あげた。

「まさにこの場にぴったりの曲ね」

ルークは身をかがめてキスをした。「さっきのきみはとても立派だったよ。さあ、シートベルトを締めて」

助手席のドアを閉め、車の前をまわって反対側に歩いていく彼に、キャサリンはほほえみかけた。

ルークが運転席に乗りこんだ。「車を出すよ」

キャサリンはうなずいた。

駐車場を出ていきながら、ルークはにこやかに問いかけた。

「問題はあとひとつだけだね？」

「なんのこと？」

「あとはきみがイエスと言えばすべて丸くおさまる」

キャサリンは明るい笑い声で応じたが、実際にはほかにも問題があった。キャサリンの出生にまつわる秘密だ。こんな重要な問題を隠したままルークのような男と結婚することができるだろうか、いや、してもいいものだろうか。キャサリンにはそうは思えなかった。秘密を持ったせいで人生を狂わせたラヴィー・クリーズがいい例だ。

「わたしの気持ちはわかってるでしょう？　でも、ドラマティックなできごとは一日にひとつにしておきたいわ」

ルークは苦笑いしてため息をついた。こんどもまた期待していた答えは返ってこなかったが、少なくとも拒否されたわけではない。

「こっちとしても、ダンスパーティーで最初の曲をきみと踊る男になりたかっただけだ。それ以上の意味はない」

キャサリンは声をあげて笑ったが、クライングリバーへの道々、新しい不安が胸に押し寄せるのを感じていた。説教壇の崖《がけ》でブレア家の男たちが死んだ事件に祖母が関与していないことが明らかになれば、真犯人は誰かという疑問がおそらく浮上するだろう。

数日後、キャサリンは最高の気分だった。ようやく何もかもが順調に動きだした、二日前には医師に全快を告げられ、もう病院に通う必要はなくなった。昨日はルークが町で昼食をご馳走《ちそう》してくれたあと、宝石屋に連れていかれ、指輪をいくつか試すはめになった。たんなるお遊びだよ、と彼は言った。しかし指輪をはめるキャサリンを見守る彼の目は真剣そのもので、それがたんなるお遊びではないことを語っていた。

昨夜、キャサリンは彼の腕のなかで眠りにつき、朝は腕のなかで目覚めた。自分のなかのすべてが彼こそ運命の人だと告げているのに、気がとがめてならなかった。指輪と真心を受けとる前に、やはり真実を打ち明けるべきだ。今日は彼が正午に迎えに来る約束で、そのあとはアニーの山小屋に置いたままになっているジープをとりに行くことになっているが、キャサリンの目的は実はジープだけではなかった。ルークの助けを得てファンシーの墓を見つけるのだ。ただし、ルークはまだそのことを知らない。

扉をあけたハンターは薄暗い洞窟《どうくつ》の内側に立ったまま、外の明かりに目を慣らした。昼日中に外に出ることはめったにないが、今日はたぶん月曜日で、彼にはそろそろ新しいシャツが必要だった。ハンターの推測が正しければ、この付近に住む女たちは月曜日にこぞって洗濯をするはずで、夫のいる家では洗ったばかりのシャツが洗濯ロープではためいているに違いなかった。

すでに選んでおいた木彫りの品を手にとって明かりにかざす。およそ三十センチの高さの翼を広げた鷲《わし》だ。シャツ一枚に対して鳥が一羽。相手にとって損はない取引だ。

なめらかな動きで洞窟の外へ出て、木立に身をひそめてあたりをうかがう。目に入るのは小鳥たちの姿と、一日前に鹿《しか》が残していった足跡だけだ。無言でうなずくと、いつもの道をたどりはじめた。

三軒めの農家でようやくロープにつるされた洗濯物を見つけた。一時間近く見張って家族の動きを観察し、全員の居場所を確認した。

主婦と幼い娘は菜園に出て豆を摘んでいる。十代の息子はつり竿《ざお》を持って裏口からこっそり抜けだした。それから十五分ほどして父親が出てきて息子の名を呼んだが、当然ながら返事はなかった。自身の似たような経験がおぼろげによみがえる。しばらくして父親はあきらめた様子で家へ引っこみ、ほどなく玄関から出てきた。彼がトラックに乗りこんで走り去るのをハンターは見届けた。この家で彼が見かけた犬は一匹だけで、その犬は息子のあとをついていった。いまなら安全だ。

例のごとく、いとも簡単だった。ハンターはお目あてのシャツを手に入れた。とびきり上等とは言えないが、さほどひどい品でもない。ブルーのシャンブレー織りでスナップ留めの、ごくありきたりのシャツだ。ボタンはとれてしまうことがあり、針と糸を持たない彼にとっては具合が悪かった。

洗濯ロープの下に置かれたかごに木彫りの鷲を入れて、タオルをかぶせる。木立に向かって歩きだしたとき、人の声が近づいてくるのに気づいて足をとめた。菜園から母親と娘がもどってきたのだろう。ハンターは家の外壁にぴったりと身を寄せて、ふたりが家へ入るのを待った。

予想に反して、ふたりはいったん外で立ちどまった。ポーチでどさっという音がしたのは、おそらく収穫した豆のかごを置いたのだろう。それから水の流れる音がする。そういえば、家の横に水道の蛇口がついていた。ハンターの母親も、家へ入る前にはかならず足の汚れを落としたものだ。ふたりもきっと同じことをしているのだろう。我慢強さは、長年のあいだにハンターが身につけた特技のひとつだ。その特技を生かして、彼は待った。

少しすると娘の声が聞こえた。

「ママ、パパは花火を買ってきてくれる？」

「知ってるでしょう。パパは騒々しいのが好きじゃないのよ。鶏が卵を産まなくなるから」

幼い娘がべそをかく。「花火のない独立記念日なんてつまんない」

「花火なら、カマルーンのマートル伯母さんのおうちに行ったときに見られるわよ。伯母さんが公園で開くピクニックでね」

娘はますます不満げだ。「どうして独立記念日には毎年マートル伯母さんの家に行かなきゃならないの？」

「伯母さんはおうちを空けられないからよ。ブレアさんのお世話をしているでしょう。ブレアさんは外に出たがらないし」

「あのおじいさん、嫌い。気味悪いんだもん」

「キリスト教徒がそんなことを言うもんじゃありません。体が動かせないのはジュバルのせいじゃないのよ」

「なんでいつもあの椅子にすわってるの？」

「何年も前に卒中に襲われたからよ。さあ、もうそんなにあれこれ質問するんじゃないの。豆を早く家のなかに運んでしまいましょう。明日のピクニックの前にやることがいっぱいあるのよ」

ドアの閉まる音がして、ふたりは家のなかへ消えた。この瞬間が来るのをハンターは待っていたはずだが、自分が何をしようとしていたのか思いだせなかった。肌がじっとりと汗ばんで、胸がひどくむかついた。

ジュバル・ブレア。ジュバル・ブレア。

手に入れたシャツをだらりとぶらさげて、よろよろとその場を歩き去る。

ジュバル・ブレア。ジュバル・ブレア。

菜園を抜け、長いあごひげを生やした長身のかかしが立っている煙草《たばこ》畑に足を踏み入れた。誰にも見とがめられずに森へ身を隠すことができたのはまったくの幸運と言うしかなかった。

い。そのあとは本能に従って洞窟に向かった。

這《は》うようにして寝台に身を横たえたハンターの体を暗闇《くらやみ》がおおい、そして包みこんだ。瞳孔《どうこう》が開き、体は小さく震えている。洞窟の内部は四季を通じて二十二度の温度に自然に保たれているが、顔からはおびただしい量の汗が吹きでていた。

ジュバル・ブレア。ジュバル・ブレア。

現実には存在しない幽霊を見ているかのようだった。それは、半生を費やして忘れようとつとめてきた恐ろしい記憶にほかならない。食いしばった歯のあいだから低いうめきがもれ、うめきは悲痛の叫びへと変化した。しだいに高くなっていくその声は胸も張り裂けんばかりの絶叫となって、洞窟から半径四百メートルの森に響きわたった。小鳥は空へ飛び立ち、小動物は巣へ逃げ帰った。しかし、ハンターに救いはなかった。何年もかけて忘れようとつとめてきた事実が、つかの間の不注意によって、怒濤《どとう》のように胸に押し寄せてきた。

ジュバル・ブレア。ジュバル・ブレア。

あの男が生きていたとは。

ハンターにとって時間はなんの意味も持たない。少し前まで苦しみのほかには何も感じられなかったはずなのに、次の瞬間には、寝台の端に起き直って怒りに胸を焦がしていた。

あの人でなしは、死んでいなかった。

そう思うだけで体が震えた。誰も彼も死んだ。ハンター自身も。それなのにジュバル・ブレアは生き長らえた。ハンターは愕然とした表情で視線を靴に落とし、埋もれた記憶を必死に呼び起こそうとした。


体のあちこちから出血していた。何度か足をとめ、傷口を強く押して止血を試みたが効果はなかった。二度ほど気を失ったが、どちらのときも赤ん坊の泣き声に引き寄せられるようにして意識をとりもどした。ファンシーは死んだ。それはたしかだ。しかし赤ん坊は――自分たちの赤ん坊は――どこにも姿が見えない。さっき聞こえたのはあの子の泣き声だろうか。それとも、赤ん坊はすでに猟犬たちに連れ去られたあとで、泣き声と思ったものはファンシーを追って天国へ向かいたいという彼自身の魂の叫びなのだろうか。

夜のあいだにいつしか雨が降りはじめた。大粒の雨粒が顔にあたり、さらに激しさを増して手足に打ちつけた。流れた血は雨と混じりあい、体の下にできた水たまりを淡いピンクに染めた。しかし、子どもの無事を確認するまで死ぬわけにはいかない。赤ん坊は行方不明だ。ここで死ぬわけにはいかないと彼はふたたび自分に言い聞かせた。

ハンターは何度もまばたきをして、震えがちの息を深く吸いこんだ。ジュバル・ブレアは生存していた。どうりでいくら捜しても赤ん坊が見つからなかったはずだ。おそらく子どもはジュバルの手もとに置かれているのだろう。

上体を起こし、よろよろした足どりで反対側の壁際に置かれた小さなテーブルに歩み寄る。棚の中央に鏡が立てかけてあった。ろうそくに火を灯《とも》し、高くかかげて鏡をのぞきこむ。

鏡のなかから見返してきた顔はゆらゆらと揺れる光のなかで混乱した表情をたたえているが、ぎらついた瞳は追われる獲物を思わせた。ハンターはふいに大きな衝撃に見舞われた。赤ん坊を見つけだせなかったのも無理はない。長年のあいだ彼は何も見ていなかった。あらゆるものから隠れていたのだ。

ろうそくを鏡の横に置いて、引き出しからはさみをとりだした。怒ったような乱暴なしぐさでのび放題の髪にはさみを入れ、切った髪が床に落ちるにまかせた。髪を肩のあたりの長さに切りそろえると、次はひげにとりかかった。髪とひげがからみあうのに業を煮やし、髪を首の後ろでひとつにまとめて革ひもで結んで、さらに作業をつづけた。

数分が過ぎた。ひげに隠されていた本来の顔がしだいにあらわれてきた。ひげが短くなるにつれ、胸の鼓動が速まる。この顔には見覚えがある、と彼は思った。しかし、名前のない存在になってから、すでに何十年も経過している。やがてはさみをナイフに持ち替えて手を動かしつづけるうち、しまいには顔をおおうものは何もなくなった。ナイフが音をたててテーブルに落ちた。彼は目を閉じて覚悟を決め、一歩下がって顔を上げた。そして、ターナー・ブレアの瞳をまっすぐ見つめた。

やるべきことはまだある。まずスーツケースを見つけなければならない。遠い昔のあの晩、荷造りをしたスーツケースを。猟犬を追う途中、一度は森のなかでとり落とした品だ。

やみくもに箱を動かしたり荷物をどかしたりして捜したが見つからず、落ち着いて記憶をたどった。最後に彼の視線は寝台の下に向けられた。ほどなく、床に膝をついて可能なかぎり奥まで腕をのばして探った。あった。スーツケースを引きだして、満足の笑みを浮かべながら寝台に置いた。

なかから出てきたのは、ファンシーとの結婚式で着る予定だったスーツだ。とりだしてさっとひと振りし、かび臭いにおいとしわには目をつぶってさっそく着替えはじめた。

スーツの上着に腕を通す。肩幅は以前より広くなっているが、体そのものはかえってやせている。なんとかいけそうだ。最後に帽子をかぶって洞窟の外へ出た。ジュバル・ブレアと対決するのだ。

ルークは走るような足どりで玄関から入ってきた。

「キャサリン、どこにいる？」

キャサリンは手を拭《ふ》きながら台所から出てきた。体を抱きあげられ、くるくると振りまわされると、声をあげて笑った。

「どうしたの？　なんだか妙に興奮してるのね」

「べつに興奮してるわけじゃない。恋をしてるんだ」ルークはそう言って、彼女のうなじに無数のキスの雨を降らせた。

キャサリンは胸がはずむ思いだった。「ああ、ルーク。わたしも同じ。まったく同じ気持ちよ」

ふざけていたルークの顔が真剣みを帯びた。「ぼくと結婚してくれるかい？　どうしても返事が知りたい」

「明日もう一度きいてくれたら、返事はイエスよ」

呆気《あっけ》にとられた表情でルークは彼女を床に下ろし、その顔を両手ではさんだ。

「なぜ明日？　どうしていまではだめなんだ？」

「わたしに関することで、あなたがまだ知らない問題があるからよ。秘密をかかえたまま結婚するわけにはいかないわ」

ルークはさらに言い返そうとして、思いとどまった。「いいだろう。でもひとつだけはっきり言っておく。きみが何を言おうと、ぼくの気持ちは変わらないよ」

「わかってる。ほんとよ。でも、いまはわたしの言うとおりにして」

ルークはため息をついた。「そんなふうに言われたら、反論のしようがない」

キャサリンは笑顔になって話題を変えた。「じゃあ、いっしょにジープをとりに行ってもらえるのね？」

「帰りは自分で運転することになるんだよ。ほんとにだいじょうぶか？」

「もちろんよ。もうすっかり元気になったのよ。見ててちょうだい」

「それなら荷物を持っておいで。すぐに出かけよう。食事は途中でサンドイッチを買えばいい」

数分後、ルークの家から出てきたキャサリンは、バッグのほかにラヴィーの花瓶をかかえていた。

「それ、どうするんだ？」助手席に乗りこんでシートベルトを締めたキャサリンに、ルークは尋ねた。

「返すのよ」

ルークはキャサリンの様子を横目でうかがうようにしてから、高速道路へ向かって車を走らせた。ふたたびラヴィーと会ってどうしようというのか、その真意は謎《なぞ》だった。

「なんなら町からの帰りにぼくが返しておくよ」

「いいの、わたしが自分で返すから」キャサリンはそう応じて、笑顔で言い添えた。「お心づかい、感謝するわ」

ほどなくカマルーンの郊外に到着した。町に入っていくと、客の車に給油をしていたメイナードが手を振った。ふたりも振り返した。

「彼もきみの命の恩人なんだよ。知ってたかい?」

キャサリンは唖然《あぜん》とした。「嘘《うそ》! どういうこと?」

「ジョージ・ヘンリーがきみを撃った直後、彼はどこからともなくあらわれて、やつを地面にねじ伏せたんだ。彼がいなかったら違う結果になっていたかもしれない」

車が町を走り抜けるあいだ、キャサリンはしばらく無言だった。

「お礼を言わないといけないわね」

ルークはうなずいた。「ああ、そうだね」

その後も沈黙がつづいたが、心地のよい沈黙だった。キャサリンは山小屋に到着してからのことを考えつづけていた。

頭のなかであれこれ考えるより、ずばりとぶちまけてしまうほうがいいかもしれないという気もする。〝あのね、ルーク、ずっと言おうと思っていたんだけど、わたしの両親は殺されたの。それで、母の遺体はアニーの家の裏庭に埋まっているらしいのよ〟あるいはもっと単刀直入に切りだす手もある。〝ああそれから、ジュバル・ブレアはわたしの祖父で、説教壇の崖の事件を引き起こした張本人なの〟どう言おうと、衝撃をやわらげることなど無理な相談だ。

ルークの愛情を失うことを恐れているのではない。なぜなら、どれもキャサリン自身の責任ではないからだ。しかし、ようやく平安をとりもどしたカマルーンの町はどうなるのだろう。ジュバルのほかに、現在も生存している事件の関係者はいるのだろうか。キャサリンに冷たい目を向ける人がやっといなくなったというのに、これでまた元のもくあみかもしれない。

「もうすぐ到着だよ」ルークが言った。

窓の外に目を向けたとき、キャサリンの不安はいや増した。説教壇の崖が右手に大きくせまっている。山道をもう少しのぼってカーブを曲がればアニーの山小屋だ。あと数分のうちに、すべての秘密が明らかになるのだ。

「見たところ、異状はなさそうだ」車をとめたルークが言った。「ぼくが家を見てくるから、きみはジープのエンジンの具合をたしかめてくるといい。しばらく動かさなかったからバッテリーが上がってるかもしれない」

キャサリンに異論はなかった。秘密を打ち明ける瞬間をそれだけ引きのばすことができる。ルークは家へ、キャサリンは車に向かってそれぞれ歩きだした。ジープのエンジンは最初だけむなしい音をたてたが、二度めに無事にかかった。エンジンをかけたまま車を降り、家へ向かって歩きだす。ステップをのぼろうとしたとき、パトカーの無線が音をたてはじめた。

「ルーク！　ルーク！」大声で彼を呼ぶ。

ルークがポーチへ走りでてきた。「どうした？」

「無線が呼んでるわ」

ルークは車に向かって駆けだした。

キャサリンは山小屋のなかへ足を踏み入れた。しばらくぶりで目にする室内はなんだか見知らぬ場所のようで、それでいてなつかしい感じがした。しかし、思い出に浸っている暇はない。やらなければならない仕事がある。しばらくすると、アニーの形見の品を入れた箱と日記帳の残りを運びだして、ジープの床にていねいに置いた。そして裏庭に向かって歩きだしたとき、ルークの声が背中から呼びかけた。

「すまない、ダーリン。急ぎの仕事だ。きみも出発できるかい？」

キャサリンはがっかりしたが、心のなかには安堵《あんど》の思いもあった。彼がすぐに出発しなければならないのなら、秘密を打ち明けるのもあとまわしだ。

「もう少し。裏庭でちょっと調べたいものがあるの」

彼女をひとりにするのが不安で、ルークは立ち去りかねている。

「先に行って。わたしもすぐに行くわ」

「ぼくは山腹の農家で調書をとってから町へもどる。また盗難事件が発生したそうだ」

森で出会った男に興味をそそられて、キャサリンは尋ねずにいられなかった。「こんどは何が盗まれたの？」

ルークは思わず頬をゆるめそうになったが、保安官という立場上、厳しい表情をとりつくろった。

「シャツ一枚。代わりに三十センチの高さの木彫りの鷲を置いていった」

キャサリンは鼻を鳴らすようにして笑った。「どう考えても、農家の人のほうが得をしてるわ」さらに、彼の反論を封じるように言い添えた。「わたしはラヴィーの花瓶を返しに行かないと」

「それじゃあメイナードの店で待ちあわせて、家まで車を連ねて帰ろう」

キャサリンはうなずいた。「愛してるわ。気をつけてね」

ルークの思いはふいに現実を離れたようにさまよいはじめた。スタイルより着心地を重視したゆったりしたデザインの黄色いサンドレスに身を包んだキャサリンは、髪を陽光にきらめかせ、顔は薄暗い陰におおわれて、どこか時間を超越した存在に見えた。たび重なるプロポーズにいつまでも色よい返事をもらえないことが、ルークの心を重くしていた。キャサリンを愛するようになってから――本気で愛するようになってから、すでに長い時間がたつというのに……。

「ルーク？」

ルークはキャサリンを腕に抱き、しばらくためらったのち、唇を寄せた。

熱を含んだ激しい口づけだった。彼の切羽つまった思いと欲望をキャサリンは肌で感じとった。

「つづきは今夜」そうささやくと、ルークはようやく彼女を放した。

「そんなに長く待てそうにない。きみのそばを離れたくない」

キャサリンはにっこりとして言った。「あとで町で会いましょう」

「早く来るんだよ」ルークは最後にもう一度すばやくキスをしてから、車へ向かった。

姿が見えなくなるまで手を振って、キャサリンは裏庭へ歩いていった。ファンシーが埋められている場所は、頭のなかの地図に描《か》かれている。ビリーの墓の北に生えている胡桃《くるみ》の木の下だ。

家の角を曲がって裏庭を見わたしたとき、真下に木の実でも落ちていないかぎり、自分には胡桃も樫《かし》も見分けがつかないのだと思い知って愕然とした。

「どうしよう」とつぶやいて、深呼吸をひとつしてから、ビリーの墓に向かって歩きだした。ほかにも何か細かい指示があったはずだが思いだせない。ビリーの墓から十メートルだったろうか、それとも二十メートル、いや五十メートルだろうか。

ビリーの墓の端に立って、北の方角に目をやった。すぐに、周囲の木から一本だけ少し離れた場所に立っている大木が目に入った。そばに寄って、何か目印のようなものはないかと下生えや地面に目を凝らしたが、あれから三十年近くの年月が経過しているのだ。もしアニーが何か目印を置いていたとしても、すでに跡形もなくなっているだろう。

木の周囲をひとまわりし、さらにひとまわりしながら根元に生えている低木や藪《やぶ》をかき分けてみたが、やはり何も見つからない。腕時計に目をやると、驚いたことにすでに十五分が経過していた。ジープはエンジンをかけっぱなしで、町への到着が遅れるとルークを心配させることになる。残念だが、ひとまずここを出発するしかなさそうだ。

体の向きを変えた拍子に、何か白いものを目の隅にとらえた。爪先でつついても正体がよくわからないので、スカートをからげて地面に膝をつき、目を近づけて見た。地面から少しだけ顔をだしている石ころだった。

草の上に両手をついて体を起こした瞬間、もうひとつべつの石が草の陰に埋もれているのに気づいた。そこから三十センチも離れていない場所に、さらにもうひとつの石が、そして次の石が見つかった。一見しただけではわかりにくいが、直線あるいは曲線を描いて並べられているようだ。キャサリンの胸は高鳴った。ここが母の眠る場所なのだろうか。アニーは墓の周囲を小石で囲ったのだろうか。

最初に見つけた石のところへもどって、こんどは反対側へ歩いた。数秒もしないうちに、ふたつめの石が、そして三つめの石が見つかった。キャサリンはさっと体を起こすと、小石をおおっている雑草を足で蹴《け》ってとり去った。一歩後ろへ下がって、そこにあらわれた形を目にしたとき、身動きできなくなった。生まれてはじめて、母親に近づくことができたのだ。

いきなり涙があふれてきて喉をふさいだ。

「絶対に許さないわ、ジュバル・ブレア。わたしの大事な母を奪ったあなたを、わたしは許さない」

ジープで山を下るキャサリンの瞳はまだ濡《ぬ》れていたが、心は安らかだった。祖母が自分に見せたかったものを無事に見つけだすことができたいま、人生の次の段階に進む心の準備が整った。ルークにもさほど苦労せずに秘密を打ち明けられそうで、それさえすめば、あとはすべてが自然に運んでいくはずだ。

いつのまにか考えごとに夢中になり、車が町へ入ってからようやく運転に注意をもどした。

目抜き通りを走っていると、メイナードの店からひとりの男が出てきて、車の前を横切った。速度を落として男が通りすぎるのを待つあいだ、キャサリンはその長身瘦軀《そうく》の体形と、脚を引きずって歩く癖を無意識に見てとっていた。前にもどこかで会ったような気がしてならない。長めの黒い髪は、頭の後ろでこざっぱりとひとつにまとめられている。着ているスーツは今日のような日には暑そうだが、本人は気にしていない様子だ。食料品店の正面で車をとめたとき、最後にもう一度バックミラーをのぞいたが、男の姿はすでになかった。

通りすがりの誰かがキャサリンに向かって会釈をして、急いで行きすぎた。キャサリンにとっては、何をいまさらという思いだった。緊張をはらむやりとりになることを予想して心の準備をし、ラヴィーの花瓶をかかえて車を降りた。

呼び鈴の音で、ラヴィーは顔を上げた。戸口に立つ女性はシルエットしか見えないが、それが誰かは明らかだった。

「花瓶をお返しに来ました」キャサリンはそう言って、カウンターの上のレジスターの横に花瓶を置いた。

髪を手でなでつけ、緊張した面持ちで唾《つば》をのみこんでから、ラヴィーはカウンターの手前に出てきた。

「差しあげたつもりだったのよ」小声でつぶやく。

「それは知りませんでした」キャサリンは冷たく言って、立ち去ろうとした。しかし、ラヴィーの瞳に宿る痛みは、最期の日々にアニーがたたえていた表情にあまりによく似ていた。そのまま立ち去るのは忍びなくて、花瓶を指さした。「またこんど、お花をいただいてもいいかしら？」

ラヴィーは口に手を押しあてて、ハンカチで目頭をぬぐった。

「庭のばらがもうすぐまた満開になるわ」

キャサリンはふっとため息をついて、それから表情をやわらげた。「ばらがいちばん好き」

「あたしも同じよ」ラヴィーはそう言って、ふっと目をそらした。

「そろそろ失礼しないと」

ラヴィーが一歩前へ出て、その場で立ちどまった。「ちょっと待ってくださる？」

キャサリンは振り向いた。「なぜ？」

「おわたしするものがあるの。あなたが持っているべき品よ」キャサリンが躊躇《ちゅうちょ》するのを見て、つけ加えた。「お願い」

「ええ……いいわ」

急ぎ足で奥の部屋へ消えたラヴィーは、ほどなく額入りの写真を手にしてもどってきた。それをキャサリンに差しだす。

「結婚式の日のアニーとビリーよ。あたしが自分で撮ったの。自分用に一枚多く焼いておいたのよ」

写真に目をやったキャサリンは、悲しみの波にさらわれそうになった。幸せそうなふたりの笑顔。こんなに若くて、こんなに幸せそうなのに、この先に悲惨な運命が待ち受けていたなんて……。

「どうもありがとう」キャサリンは言った。

ラヴィーは首を振った。「お礼を言うのはこっちのほうよ。もし何かあたしにできることがあったら——」

最後まで言い終える前に、ネリー・コーソーンが店に飛びこんできた。教会でのラヴィーの爆弾発言以来、牧師の言いつけで食料品はクライングリバーで調達している。しかし、今日のネリーは驚くほどの大ニュースを仕入れていた。そして、ラヴィーはなんといっても生涯の親友だ。神様には悪いけれど、牧師の言うことなどいちいち気にしていられない。とにかく誰かに話さずにいられなかった。

「ラヴィー！　ラヴィー！　ねえ、びっくりするようなニュースがあるのよ——あら……フェインさん、いらしてたの。こんにちは……ラヴィー、それでね、誰が町にやってきたと思う？」

ネリーのとつぜんの出現に驚いて、ラヴィーは「さあ」としか言えなかった。

「ターナー・ブレアよ！」

「誰ですって？」

「ターナー・ブレアよ！」ネリーがくり返す。「信じられる？　メイナードの店で車にガソリンを入れていたハロルド・ワッツから直接聞いたんだから間違いないわ。ひとめ見たとたんに彼だとわかったそうよ。ターナーは父がどこにいるか教えてくれと尋ねたんですって」

キャサリンは思わず息をとめ、それから低くうめいた。

ラヴィーとネリーが驚いて声をかけた。「あなた、どうかしたの?」

キャサリンはネリーの腕をつかんで、いまにも揺さぶらんばかりの調子でせまった。

「ターナー・ブレアは死んだはずでしょう?」

「いいえ、違うわ」ラヴィーが言った。「あの晩、ターナーは説教壇の崖にはいなかったのよ。その前に、書き置きを残して家を出ていたの。どこかよその町で仕事を見つけるつもりだとかなんとかいう。でも、あたしの知るかぎり、誰にも連絡してこなかった。気の毒にねえ。帰ってきたら父親はあんな姿になって、兄さんたちはみんな死んでいたなんて」

キャサリンの体は小刻みに震えはじめた。少し前に見かけた男が自分の父親だったということも、彼が生きていたということも、まだ事実として消化することができなかった。しかし、ターナー・ブレアが父親を捜す理由はひとつしか考えられない――あの晩、説教壇の崖で父親が引き起こした事件の決着をつけるつもりなのだ。

「ああ、大変!　大変よ!　早くとめないと」

「いったいなんの話?」ネリーが大声をあげる。

「ラヴィー、保安官事務所に電話して。ルークに大至急マートル・ロスの家に向かうよう無線で伝えてもらって。人の命にかかわる緊急事態だと言うのよ!」

ラヴィーの顔から血の気が引いた。「なんの話だかよくわからないわ」

「いいから、言うとおりにして!」キャサリンは叫ぶように命じると、店の外へ走りでた。

ネリーがあんぐりと口をあけた。「あの娘、魔女じゃないかもしれないけど、完璧《かんぺき》にいかれてるわね」

ラヴィーは友人の顔をぴしゃりとたたいた。「あたしの目の前で、二度とそんな言葉は使わせない」そう言うと、電話に駆け寄った。

ネリーはショックのあまり、泣くことさえ忘れていた。「いったい何をするつもり?」

「言われたとおりにするのよ」ラヴィーが噛《か》みつくように言った。「さあ、静かにするか出ていくかどちらかにして。大事な電話をかけるんだから」

18

熱気が顔にまとわりつくのを感じながら、ジュバルはマートルの家のポーチにすわっていた。ひたいから流れ落ちた汗が、目に入ったら焼けつくような痛みを与えずにはおかないぞとからかうように、眉毛の上で危なっかしげに揺れている。

通りの先から聞こえてくるぱん、ぱん、ぱんという爆竹の音は、祝日を前にした決まりごとだ。祝日ともなるとマートルは親類を招待して庭での食事を楽しみ、ジュバルは辛苦の一日を送るはめになる。

車椅子の肘掛けに立てかけられている杖《つえ》に五本の指を巻きつけると、ジュバルはポーチを激しくたたきはじめた。暑くて喉が渇いているうえに、流れでる汗としつこく飛びまわる蠅《はえ》を自分ではどうすることもできないのがいまいましかった。

「いま行くわ。いま行くわよ！」マートルが家のなかから叫ぶ。

ジュバルは床をたたくのをやめて、彼女が出てくるのを待った。

「どうかしたの？」ポーチへやってきたマートルが声をかけた。

ジュバルは飲み物がほしいと身振りで伝え、それから頭をドアのほうに振り向けた。

「ああ、喉が渇いてるの？　ここはちょっと暑いわね」マートルはそう言うと、ジュバルの顔をエプロンの裾《すそ》で拭《ふ》いた。「何か飲み物を持ってくるわ」

ジュバルは鼻をくんくんさせて、顔をしかめた。汗を拭いてくれたのはいいが、どうやらあの女は代わりにエプロンの端についていた豚の脂をこすりつけていったようだ。明日の行事のためのご馳走《ちそう》のおすそ分けのつもりか。

さらに爆竹が鳴り、それにつづいて子どもたちがきゃあきゃあ騒ぐ声が聞こえた。服に火がついて逃げまどう悪がきでも走ってくれれば退屈しのぎになると考えて、ジュバルは通りに目をやった。だがそこにいたのは、こちらへ向かって歩いてくる黒服の長身の男だけだった。

ほかにすることもないのでじっと観察するうちに、男が片脚を引きずって歩き、服が体に合っていないことが見てとれた。しかしそのとき、一匹の蜂《はち》がジュバルの鼻の近くに飛んできた。鼻孔に入られないように鼻息を荒くして体に力を入れる。蜂が飛び去ると、ほっと息を吐きだした。

そのあいだに男が近づいていた。顔は陰になってよく見えないが、つばの広い帽子は古くてよれよれだ。笑いだしたくなるほどみっともない。こんな古臭い格好を目にしたのは何年ぶりだろう――膝近くまである黒い上着、長い脚をより長く見せる黒いズボン。その瞬間、ジュバルの心臓がちくりとうずいた。息子たちも似たようなスーツを持っていた。ぞろりとした長い黒いスーツに身を包んで、母親の棺《ひつぎ》を墓地まで運んだ息子たち。思いだすとつらくなるので目をそらそうとしたが、無意識のうちに息づかいを男の歩調に合わせていた。

じっと見ているうちに、相手もこちらを凝視していることに気づいた。ジュバルの胸に最初に湧《わ》いたのは怒りだった。なんで世間のやつらは障害者をじろじろ見るんだ。ところが、男がさらに近づいてくると、怒りは不安に変わり、不安は恐怖に変わった。マートルはどこだ？　早くここから連れだしてくれ。

ジュバルは杖でポーチをたたいた。

男が近づいてくる。

さらにポーチをたたいた。

そのときには男が目の前に立っていた。二十七年間、ジュバルが忘れようとつとめてきたあの目つきをして。

心臓が動きをとめた。自分は死んだのだろうかとジュバルは自問した。きっとそうに違いない。こんなことは地獄でしかありえないはずだ。

「父さん？」

ジュバルはうめいた。

「ぼくはあなたを殺したはずだ。なぜ生きてる？」

目を白黒させ、ポーチを杖でたたいて目の前の幽霊を追い払おうとする。

ターナーは激しい衝撃に打ちのめされた。認めたくはないが、これが真実なのだ。そして、もっと早く気づかなかった自分を責めた。何世紀にもわたって人々は悪魔と戦ってきた。自分は浅はかにも、神にさえできなかったことを成し遂げたと思っていたのだ。

「ぼくの子どもをどうした？」ターナーは尋ねた。

床をたたく音がしだいに大きく、荒々しくなる。はずみで杖が宙を飛び、ターナーの足もとに音をたてて落ちた。

ターナーはそれをじっと見てから拾いあげて、自分に命を与えた男に近寄った。

「もう一度きく。答えてくれ。ぼくの子どもをどうした？」

「杖をこっちへよこして！」ドアの外へ飛びだしてきたマートルが叫んだ。

ジュバルの代わりに杖をとり返そうとして、正面から男の顔を見る。その瞬間、手に持っていた水のグラスが指のあいだをすり抜けて落ち、足もとでがちゃんと割れた。

「まあ……なんてこと」息をのんで、両手を頬に押しあてる。「ターナーなの？　ターナー・ブレア。あんたなんでしょ？」

そのときになってはじめてターナーが顔を振り向け、心臓を凍りつかせるような表情でマートルを見た。マートルは急に尿意を感じて、あとずさった。

「向こうへ行っててくれ」ターナーは低い声で命じた。

マートルは両手を上げて逃げだし、誰か警察に電話してと叫びながら走り去った。

ターナーは杖をジュバルの喉に押しあてた。

「最後にもう一度だけ質問する。それでも答えなければ、喉を押しつぶしてやる。ぼくの子どもをどうした？」


キャサリンがブリーカー通りの角までやってきたとき、男はすでにポーチの上にいた。サイレンの音が遠くから聞こえる。きっとルークだ。ラヴィーが保安官事務所に連絡してくれたのだろう。

脚ががくがく震えて、心臓が早鐘を打ち、背中の筋肉がいまにも痙攣《けいれん》を起こしそうだ。どうやら自分で思っていたほどには体力が回復していないらしい。そのときマートルの悲鳴があたりの空気を切り裂いた。

「神様、力をお与えください」キャサリンは小さくつぶやくと、通りの反対側へ全速力で走りだした。

ポーチへの階段を駆けあがりながらターナーの名前を必死に呼んだが、ターナーの全神経は目の前のジュバルに向けられていた。パトカーからルークが飛びおり、近所の家から人々が走りでてくるのをキャサリンは目の隅にとらえたが、もう一刻の猶予もない。ターナーが握った杖は、ジュバルの喉をいまにも押しつぶしてしまいそうだ。ルークが自分の名前を呼ぶ声を聞きながら、キャサリンはふたりのあいだに身を投げだした。

「やめて！」声のかぎりに叫んで、ターナーの腕を力まかせに引っ張る。その拍子に杖が彼の手から転げ落ちた。「この人はあなたの子どものことなど知らないわ。一度も顔を見たこともない。ファンシーは赤ん坊をアニー・フェインに預けたのよ！」

近くでマートルが息をのむ気配がする。明日までには町じゅうの噂《うわさ》になっていることだろうが、そんなことはどうでもよかった。肝心なのは新たな悲劇を防ぐことだ。

ターナーがくるりと体の向きを変えて、キャサリンの腕を乱暴につかんだ。ファンシーの名前が出たとき、はじめてキャサリンの声が耳に入ったらしい。

「彼女の名前を軽々しく口に出すな。二度と彼女の名前を口にするんじゃない」

そのときルークがふたりのあいだに割って入り、ターナーの腕を背中にねじあげた。キャサリンを傷つけようとした男に対する怒りで身も張り裂けんばかりだった。

「待って！」キャサリンが止めに入った。「この人は悪人じゃないのよ！　説明するから聞いて」

「この男はきみを――」

「この人はターナー・ブレアよ」そう口にするだけで、涙が出てきた。事実を知っていたら。父が生きていたと知っていたら……。

ルークは凍りついた。ターナー・ブレア？　ジュバルの行方不明の息子ターナー・ブレア？　あたりが水を打ったように静まり返り、すべての瞳がターナーに向けられた。

しかし、ターナーは目の前の女性だけを見ていた。山小屋で見かけた女性だ。これまでは暗がりや遠くでしか見たことがないが、あの女性だというのはすぐにわかった。何よりも驚いたのは、女性の顔が彼自身の母親にそっくりなことだ。ターナーは一歩前へ踏みだそうとして、ルークに押しとどめられた。

「一歩でも動いたら署へ連行して、留置場にぶちこむぞ」

ターナーはおとなしく引きさがった。脅しの言葉に怖《お》じ気づいたわけではない。ある意味、一生を牢獄《ろうごく》で過ごしてきたようなものだ。しかし、この女性と自分との関係が明らかになるまで連行されるわけにはいかないと考えていた。

帽子の陰になった男の顔から、キャサリンは目を離すことができなかった。角張った輪郭と黒い髪、そして、自分とよく似た形のよい唇。

ルークはしだいに不安になってきた。どこからともなく銃弾が飛んできて、目の前でキャサリンが倒れたときの記憶が脳裏によみがえる。

「きみはいますぐにこの場所から立ち去るべきだ」穏やかな口調で言った。

「いいえ。あなたにはわかってないのよ」

「それならわかるように説明してくれ」

ターナーの顔をじっと見てから、キャサリンは口を開いた。

「この人はわたしの父よ」ターナーには聞こえていないことに気づかないまま、低い声で言った。ジュバルを指さす。「それから、認めたくないけれど、この人がわたしの祖父」

ジュバルがにらみつけてきた。

ターナーが眉根を寄せた。ジュバルの孫だって？　兄たちの子どもは息子ばかりで、ジョンの家にはひとりだけ娘がいたが、赤毛だった。

「ご両親は亡くなったと思っていた」ルークが言った。

「わたしもそう思ってたわ」キャサリンは目に力をこめてジュバルを見た。「思い違いをしていたのはわたしひとりじゃないようね、おじい様？」

ジュバルの顔に浮かんだ怒りの色を見て、ターナーは自分なりの結論にいたった。キャサリンに指をつきつける。

「きみはジョニーの娘じゃない。あの子は赤毛だった」

キャサリンはターナーの腕に手を置いた。

「ええ、わたしはジョニーの娘じゃない。わたしはあなたの娘よ……あなたとファンシーの娘なのよ」

かすかなざわめきが人々のあいだを駆け抜けたが、キャサリンは他人が何を言おうと気にならなかった。ターナーの顔を凝視して、なんらかの反応が返ってくるのを待つ。しかしあまりにも長いあいだ希望や愛情とは無縁な場所にいたせいで、彼の頭はキャサリンが思っている以上に混乱していた。

ターナーの黒い瞳が、ふいに涙で潤んだ。

「ぼくの大事な娘なのか？」

キャサリンはうなずいた。

「おまえの母さんは死んだ」ターナーは唐突に言って、飢えたような瞳でキャサリンの顔をなぞった。「父が猟犬を放って、彼女を襲わせたんだ」

深い悲しみを帯びたその声を聞くと、キャサリンは胸が破れそうになった。「知ってるわ。アニーが話してくれたの」

「なんてことだ」ようやく事態をのみこんで、ルークが小声でつぶやいた。ふたりの邪魔をしないように、黙って後ろへ下がる。

ターナーはキャサリンの頭のてっぺんに手を置いたが、ふいに気恥ずかしさを覚えて手を放した。

「おまえの泣き声が聞こえてきた。あらゆる場所を捜したのに、どうしても見つからなかった」

「それは、お母さんが息を引きとる前に、アニーにわたしを託したからよ」

ターナーはうめくような声をあげて、目に涙をあふれさせた。「ぼくのせいだ。約束どおりぼくが迎えに行っていれば、こんなことにはならなかった」

「お父さんはいま、わたしの前にいるわ」

「もう二度と消えたりしないね？」

キャサリンの目に、父親の顔がかすんで見えた。

「もちろんよ、二度と消えたりしないわ」

感激で言葉をつまらせながら、ターナーは黙ってうなずいた。

「いっしょに歩きましょう。お父さんに知ってほしいことがたくさんあるの」

ターナーは少しためらった末、うなずいて、父親らしくキャサリンの手をとった。

「ちょっと待ってくれ」ルークがふたりの動きをさえぎった。

キャサリンはルークの腕に手を置き、わかってほしいと言いたげな目で見つめた。「遠くへは行かないわ」

彼女の身にもしものことがあったらと思うとルークは気が気ではなかったが、しまいには折れた。

「いまならイエスと言ってくれるかい？」

キャサリンは涙に濡《ぬ》れた瞳でほほえんだ。「ええ、答えはイエスよ」

ルークは驚いて目を見開いた。「それは、ぼくの質問に対する返事なのか？」

「ええ、そのとおりよ」

「それならお父さんと話をしてくるといい。ついでに、娘を手放す心の準備をしてもらおう」

キャサリンはルークからターナーに視線を移して、満足そうな笑みを浮かべた。

「おまえの目は母親ゆずりだな」ターナーが唐突に言った。「でも、顔つきはぼくの母さんそっくりだ」

「もっといろいろなことを教えて」

ターナーとキャサリンは家族の話をしながら歩み去った。

ルークはその場に立ってふたりの後ろ姿を見送った。そのときふと、ターナーが踏みしめていた地面の一角に目がとまった。近づいて膝をつく。靴底に刻み目のある、例の足跡だ。この足跡を追って、ルークは何年も何年も山のなかを捜索してきたのだ。

体を起こすと同時に、〝どまれ〟という命令が喉まで出かかった。だが次の瞬間には、長年のあいだターナーが忍んできた苦労と、いまその顔を輝かせている喜びが頭をよぎった。しばらくその場に立ち尽くして足跡を見おろしてから、ブーツの爪先で地面をかいて痕跡《こんせき》を消した。集まった人々のところへ歩いていくルークの顔には笑みがあった。

エピローグ

独立記念日直前の驚愕《きょうがく》の一日から丸一年が過ぎ去った。ジュバルは過去の秘密が明るみに出たその晩に息を引きとって、本来なら直面しなければならないさまざまな困難から解放された。意識のある最後の瞬間、その頭をよぎったのは、自分の魂を救ってくれなかった神への恨み言だった。彼を迎える地獄の門は大きく開かれた。

ルークの予言どおり、キャサリンの結婚によってターナーはまた娘と離れて暮らさなければならなくなったが、それからまもなく、キャサリンの願いを聞き入れてアニーの山小屋に移り住んだ。以前は書籍が並んでいた棚に、いまは制作のさまざまな段階にある木彫りの品が並ぶようになった。

兄たちと違って森の仕事にあまり関心がなかったホリス家の末息子ダンシーは、ひょんなことからターナーの営業部門を担当することになった。木彫りの動物は人気を呼んで、それまでは技と才覚だけで暮らしてきたハンターが、皮肉なことに、いまでは大きな富に恵まれるようになった。

山で頻発していた窃盗事件がふっつりと途絶えたことに人々が気づいたのは、数カ月たってからのことだった。平穏な生活をとりもどした人々は、犯人が逮捕されていないことにさしたる関心を抱かなかった。また、ターナーの作品が展示されているサンタフェ画廊を彼らが訪れる可能性はほとんどなく、山を荒らしていた泥棒とターナーとの結びつきに気づく人間はおそらくいないと思われた。

六週間前、キャサリンは第一子を出産した。ブロンドの巻き毛と大きなブルーの瞳をした女の子だ。お人形のような顔立ちの娘を、夫婦はアニーと名づけた。

今日は小さなアニーにとって、生まれてはじめての遠出だ。家族三人、カマルーン郊外にそびえる山の上に住む祖父を訪ねるのだ。空は朝からよく晴れていた。

ルーク・デプリーストはふたたび恋に落ちていた。車に荷物を積むたびに、揺りかごの前で足をとめずにいられない。バター色の毛布で全身をしっかりとくるまれて小さな顔と巻き毛だけをのぞかせたアニーはまるで黄色いさなぎのようだ。この子がいつかは成長して若い女性になるのだと考えると、恐ろしい気さえした。

「荷物は全部積んだ？」キャサリンが声をかけた。

ルークは思わず飛びあがった。娘に見とれているところをまたも目撃された気恥ずかしさを、笑ってごまかす。

「全部積んだよ。あとは大事な奥様とお嬢様を車に乗せるだけだ」そう言って、妻を抱き寄せた。

キャサリンはため息をついて全身の力を抜き、彼の体にぴったりと身を添わせた。

「遠出をして体にさわらないか？」ルークが尋ねる。

「たまには外に出かけたほうが健康にいいのよ。それに、この季節は山の景色がとてもきれいなの」

「ここより涼しいことだけはたしかだ」ルークは彼女の耳の下にキスをした。

「なぜ？　暑いの？」

「体が燃えそうだよ」

「エアコンをつけたら？」

ルークは意味ありげに笑った。「ぼくの体温を上昇させているのは……きみだ。でも、来週の検診がすむまでは指一本触れることができない。だから頼むよ。この話はここまでにしてくれ」

「少しばかり寂しく感じているのはあなたひとりじゃないわ」

ルークの笑みが広がった。「少しばかりだって？　ぼくの涙ぐましい奮闘を、ずいぶんあっさりと言ってくれたものだ」

「あなたが奮闘してくれたから、夢が生まれたのよ」キャサリンは、むずかりだしたアニーを手振りで示した。「この子は奇跡だわ、ルーク。わたしたちの愛をより強いものにして、父の心を癒《いや》してくれたのよ」

ルークは妻に口づけをした。歯磨き粉とペパーミント風味のうがい薬、そしてキャサリンそのものの味がした。そのときアニーが泣きだした。

「さあ、出かけましょう」娘を抱きあげるルークに、キャサリンはにっこり笑いかけた。

ほどなく、三人は車に乗りこんで出発した。

カマルーンの町に入ると、ルークはまっすぐ町を走り抜ける最短距離をとらずに、目抜き通りへ向かう角を曲がった。

「どこへ行くの？」

ルークは頬をゆるませた。「ちょっと寄り道をしていく。まあ見ててごらん」そして前方を指さした。

「いったい何を――」と言いかけて、キャサリンはあんぐり口をあけた。ラヴィーの店の正面の〝グリーズ食料品店〟という看板があるべき場所に巨大な横断幕が張られ、〝おかえりなさい、アニー〟の文字が躍っている。

キャサリンは唇のわななきを抑えきれなかった。「あなたは知っていたの？」

「きのうラヴィーから電話がかかってきて、いつ町を通るのかときかれた。たぶん今日だと答えたら、びっくりさせたいことがあるので立ち寄ってほしいと言われたんだ」

た。


「なんてすてきなの」

ルークは首を振った。「いや、これだけじゃないと思うよ」車をとめて、クラクションを鳴らす。ほどなくラヴィーが店の外へ出てきて、にこにこしながら手を振った。

「赤ちゃんを見せてちょうだい」興奮した調子で言うと、車の後部座席にくくりつけられたチャイルドシートをのぞきこんだ。

キャサリンは助手席から身を乗りだして、アニーの顔がよく見えるように毛布をめくった。

しばらくのあいだ何も言わずに、ラヴィーはうっとり見つめていた。

生を受けずに終わったわが子の幻と毎日向きあって生きなければならないラヴィーの胸のうちを思いやって、キャサリンは深い同情を覚えた。

だいぶたってからラヴィーが顔を上げた。「なんてかわいいのかしら」

「それこそ、世の父親の心をとろかす魔法の言葉ですよ」ルークが茶化す。

「体は丈夫なの？」

「ええ、それはもう」

ラヴィーは満足げにうなずいた。「これからターナーのところへ出かけるのね。その前に、ちょっとわたしたいものがあるの。すぐもどるから待ってて」

ふたりがほほえみを交わすあいだにラヴィーは店のなかに消え、しばらくして小さな白い本をかかえてもどってきた。

「さあ、これよ」そう言って、開いた窓から本を差し入れてキャサリンの手に握らせる。

「ああ、ラヴィー、すばらしい贈り物だわ。アニーにとって生まれてはじめての聖書よ。見て、ルーク。表紙に金色の浮き出し文字で名前まで入ってるわ」

「なかも見てちょうだい。いつか大学に進学するときに役立ててもいいし、旅行に役立てるのもいい。人は若いうちに世界を見ておくべきだというのがあたしの持論なの」

キャサリンは表紙を開いた。折りたたんだ紙が膝に落ちた。笑みを浮かべながら折り目を開き、そこに書かれた文字にさっと目を走らせる。そのとたん体の動きがとまり、目に涙があふれた。

「ラヴィー……だめよ……受けとれないわ」

ラヴィーの年老いた顔は内側から輝いていた。「あたしのものだから、あたしの好きなようにするわ。ご承知のように、親族はひとりも残っていないし」あごが小さく震えだす。「アニー・フェインが大切にしていたものを、あたしは何もかもめちゃめちゃにしてしまった。彼女の名前も、家も、そして人生も。だから、あたしが死んだら、彼女と同じ名前を持つ人間がすべてを受け継ぐのは理にかなったことだと思うのよ」

キャサリンは感動のあまり言葉を失い、黙ってルークに紙を差しだしたが、ルークのほうは文面を読む前からおおかたの予想がついていた。ラヴィーはアニーを遺産の相続人に指定したのだ。紙にざっと目を走らせると、キャサリンの膝の上に身を乗りだして、ラヴィーの顔を正面から見つめた。

「本気ですか?」

ひと筋の涙が頬を伝い落ちた。「もう手続きはすませたの。あたしもこれでようやくぐっすりと眠れるようになったわ。後生だから受けとれないなんて言わないで」

ルークはキャサリンの表情を横目でうかがった。キャサリンは黙ってうなずいた。

「では、ありがたく受けとらせていただきます、ラヴィー。アニーもあなたに感謝することでしょう」

ラヴィーはほっと息を吐きだした。承諾の言葉を聞くまで、ずっと息をとめていたらしい。なごり惜しそうに赤ん坊をじっと見つめてから歩道に上がり、そして店のなかに姿を消した。

ルークはキャサリンに向き直った。「大変な贈り物だよ。わかってるかい?」

「どういうこと?」

「ラヴィーの財産は自宅とこの店だけじゃない。カマルーンのほとんどは彼女のものだ。食堂にコインランドリーに薬局、さらにはガソリンスタンドもラヴィーの持ち物で、メイナードは毎月彼女に家賃を払っているんだ」

キャサリンは驚きのあまり声も出なかった。呆然《ぼうぜん》として店に目をやる。ラヴィーはカウンターの後ろに立って、買い物客のために食料品を袋につめていた。キャサリンは体をひねって、眠っている赤ん坊に愛情深いまなざしを注いだ。

「人生って捨てたものじゃないわね、ルーク」

「どういう意味だい？」

「ふだんは意識していないけど、わたしたちはみんな目に見えない糸で結びついているのよ。ときにはその糸が切れてしまうこともあるけれど、そういうときはあともどりして切れた箇所を見つければ、また結び直すことができる。肝心なのは、しっかりした結び目をつくることよ」

ルークはキャサリンの手をとって、唇に押しあてた。「人生はもちろん捨てたものじゃない。でも、きみはもっとすばらしい」

「ルーク、ひとつ約束してくれる？」

「なんでもするよ」

「おたがいに、糸が細くならないように努力しましょう」

「約束するよ」

「キスで誓って」

ルークは助手席に身を乗りだして、真心のこもったキスをした。

しばらくは黙って車を走らせ、ラヴィー・クリーズから差しだされたものの大きさにそれぞれ思いをめぐらせていた。だが山小屋に近づくにつれて、キャサリンの胸は期待ではち切れそうになった。ターナーとの関係はまだ確固としたものとは言えないが、彼のやさしい心根をキャサリンは愛してやまなかった。

「あそこにいるわ」ポーチに腰を下ろしている男に、笑顔で手を振った。

「きっと夜明けからあそこに陣どって、きみが到着するのを待ってたんだろうね」ルークはそう言って車をとめた。

キャサリンはルークの顔を見て口もとをほころばせた。「きっとそうね」

「早く行って、お待ちかねのキスをしてあげるといい。アニーはぼくが抱いていくよ。荷物はあとから運ぶことにしよう」

「ほんとにいいの？」

ルークはうなずいて、片目をつぶった。「もちろんだよ、ダーリン。きみの愛をひとり占めしたら罰があたる。お父さんにも少しは分けてあげないとね」

キャサリンは足どりも軽く車を降りた。ターナーが庭仕事に精を出したおかげで、あたりは見違えるようだ。さまざまな種類の花が大量に咲き乱れ、庭の端にはトマトが元気に育っている。ポーチには新たに手すりがとりつけられ、一部にはつるばらが巻きついていた。

この世の奇跡を見るようなまなざしでいつも自分を見る父親の表情をまのあたりにする

と、キャサリンの心はいまも痛んだ。いったいどんな思いで来る日も来る日もわが子を捜しつづけてきたのだろう。

「お父さん、ただいま！」

「おかえり。待ってたよ」ターナーが言った。

キャサリンは父の首にかじりついて、胸板に顔をすり寄せた。

「ええ、わかってるわ」

その晩遅く、キャサリンとルークがとうに家路についてベッドへ入ったころ、山の上では雨が静かに降りはじめた。大地に降り注ぐ温かい雨は、隠れていた小川をよみがえらせ、山の空気を清め、ターナーの花壇から説教壇の崖《がけ》の下の不毛の土地までの何もかもを潤した。

そしてその不毛の土地の下では、ひと粒の小さな種がふくらみはじめ、将来の根となるべき触糸と、白くてかよわい一本の芽をのばしつつあった。やがては母なる太陽を求めて大地をつき破る一本の芽を。

訳者あとがき

『ロミオとジュリエット』のようなロマンティックな物語がお好きですか？「はい」と答えた方の心をとらえて離さない魅力的な作品を、ダイナ・マコールが届けてくれました。

舞台はケンタッキー州の片田舎。かれこれ三十年前、たがいに敵対するジョスリン家の娘ファンシーとブレア家の息子ターナーはひそかに愛しあっていました。山中で秘密の結婚式を挙げたふたりは、よその町へ行って新生活をはじめることを夢見ますが、洞窟《どうくつ》に身を隠して臨月を待っていたファンシーをターナーが迎えに行ったときにはすでに手遅れで、妻は死に、赤ん坊は影も形もありませんでした。

そして現代、瀕死《ひんし》の母親から赤ん坊のキャサリンを託されて育ててきたアニーが他界し、成人したキャサリンは遺言どおりに彼女の遺体を故郷の山に埋葬するために町を訪れます。ところが、遺体の女性がかつて魔女として恐れられていた女性だと判明すると、町の人たちはパニックに陥り、キャサリンのことまで魔女呼ばわりして接触を避けようとします。

とまどったキャサリンはみずからの命を危険にさらしながら、保安官ルークの協力のもと、アニーの日記をひもといて過去の秘密を探ります。そして、二十七年前に起こった事件の真相にせまるうち、驚くべき事実が明らかになります……。

家と家との争いの犠牲となって悲しい運命をたどった若い恋人たちと、眠ったような町に新しい風を送りこんで人々の意識を変えていくキャサリンとルーク。異なる時代に生きたふた組のカップルの物語が、それぞれに魅力的に描かれています。とくに、禁じられた愛を貫いた若いファンシーが夜の森を落ち葉に足をとられながら必死に逃げる場面は手に汗を握らずにいられません。

シャロン・サラの別名義であるダイナ・マコールの作品も本書でＭＩＲＡ文庫三冊めとなりました。本書は本国での出版時期が既刊の『雷鳴の記憶』や『聖母《マドンナ》の微笑み』より早く、そのぶんシャロン・サラの作風にかなり近いものがあるように思えます。

ケンタッキーの豊かな自然のなか、ためらいながら惹《ひ》かれあっていくキャサリンとルークの熱いロマンスは、シャロン・サラのファンの方々にも大いに楽しんでいただけることでしょう。

二〇〇四年七月

皆川孝子

訳者　皆川孝子

東京都生まれ。英米文学翻訳家。主な訳書に、マーゴット・ダルトン『ひそやかな殺意』、メグ・オブライエン『誰にも言えない』『緋色の影』、ダイナ・マコール『雷鳴の記憶』『聖母《マドンナ》の微笑み』、B・H・ヒル『彼女が消えた夜』（以上、MIRA文庫）などがある。

月影のレクイエム
2005年3月15日発行　第1刷

著　　者／ダイナ・マコール
訳　　者／皆川孝子（みながわ　たかこ）
発 行 人／スティーブン・マイルズ
発 行 所／株式会社ハーレクイン
東京都千代田区内神田 1-14-6
電話／03-3292-8091（営業）
03-3292-8457（読者サービス係）

印刷・製本／凸版印刷株式会社

装 幀 者／土岐浩一

ISBN4-596-91132-0

MIRA文庫

ダイナ・マコール
皆川孝子 訳
聖母《マドンナ》の微笑み
人気作家シャロン・サラが別名で挑む新境地。殺人事件を追うFBI捜査官が運命の女性と出会うとき、謎に包まれた神秘の迷宮への扉が開かれた…。

ダイナ・マコール
皆川孝子 訳
雷鳴の記憶
謎の電話を受けた5人の女性が全員自殺…。姿なき殺人者を追うFBI捜査官は、次の標的を救えるか？　S・サラが別名で切り開いた新路線。

シャロン・サラ
新井ひろみ 訳
サイレント・キス
憎悪が雪のように女流作家ケイトリンに降り積もる。元警官マックは恐るべき狂気から彼女を救えるか？大ヒット続出、S・サラのロマンティック・サスペンス。

シャロン・サラ
カーラ・ネガーズ
ヘザー・グレアム
せとちやこ 訳
ミステリー・イン・ブルー——危険な饗宴
NYタイムズ・ベストセラー作家の豪華競演。静かな海辺には情熱の恋と危険のかけらが落ちている——秀作ロマンティック・サスペンスを3話収録。

ヘザー・グレアム
せとちやこ 訳
危険な蜜月
連続殺人を追う刑事と警察学校生、緊迫する空気の中で情熱の炎が燃え上がる——NYタイムズ絶賛！ヘザー・グレアムがあなたの体感温度を支配する!!

アン・スチュアート
村井　愛 訳
水辺の幻惑
過去の悪夢と危険な恋をたたえて、湖は静かに眠る。リンダ・ハワードが絶賛するロマンス・フィクションの旗手、アン・スチュアートが放つ会心作。